KB111912

봄,
서럼

봄,
서럼

초판 1쇄 발행일 2014년 5월 26일
초판 2쇄 발행일 2015년 9월 7일

지은이 | 한새희
펴낸이 | 김기선
펴낸곳 | 와이엠북스(YMBOOKS)

출판등록 | 2012년 7월 17일 (제382-2012-000021호)
주소 | 서울시 도봉구 노해로 379, 1005호(창동, 대성빌딩)
전화 | 02)906-7768 / 팩스 | 02)906-7769
E-mail | ymbooks@nate.com

ISBN 979-11-5619-189-6 03810

값 9,000원

YMBOOKS ROMANCE STORY

봄, 서렘

한새희 지음

목차

프롤로그

　다 같이 먹고사는 게 버겁던 시절, 까까머리를 한 14살 서중현과 박무영은 동네에서 유일하게 중학교를 다니는 친구였다. 그러니 둘이 매일 붙어 다니며 형제처럼 친하게 지낼 수밖에 없었다. 더위가 한창이던 그때도 두 사람은 함께 중현의 집 마당에서 연을 만들고 있었다.

　뉘엿뉘엿 해가 지기 시작한 시간이라 세상은 붉게 물들어가고 있었다.

　그때, 누군가 대문 안으로 들어왔다.

　"누구세요?"

　회색의 옷을 위아래로 입은, 나이 많은 할아버지가 인자한 미소를 지으며 중현과 무영이 있는 마당 안까지 들어왔다.

　"어른들은 안 계시니?"

"네."

"그럼 물이나 한 잔 얻어 마실 수 있을까?"

"누구신데요?"

무영이 중현의 옆구리를 쿡, 찌르며 귓속말을 했다.

"스님이잖아."

"그래?"

난생처음 중현은 스님을 가까이서 본 거였다.

"좋은 인연이로구나."

"네?"

"저 친구랑 연을 맺어야 대가 끊어지지 않겠어."

영 알아들을 수 없는 말만 하는 노승에게 중현은 의심의 눈초리를 하며 냉수 한 잔을 갖다 줬다. 시원하게 물을 마시고 노승은 미련 없이 중현의 집에서 나갔다.

옛 생각에 잠겨 눈을 감고 있던 서 회장을 박 기사가 조용히 깨웠다.

"도착했습니다, 회장님."

서 회장은 눈을 뜨고 밖을 내다봤다. 작은 분식집을 하며 넉넉하지 못하게 살고 있다는 보고를 받고 마음이 좋지 않았었다. 그런데 막상 눈으로 확인하고 나니 넉넉하지 못한 정도가 아닌 것 같아 씁쓸하기까지 했다. 진즉에 찾아볼 걸 하는 후회와 필요에 의해 이제야 찾게 된 자신이 친구인 무영에게 죄스러웠다.

"흐음."

낮은 한숨을 내쉬고 서 회장은 차문을 열었다. 박 기사가 잽싸

게 운전석에서 내렸지만 그는 손을 들어 가만히 있으라는 눈짓을 보냈다.

드르륵.

가게 문을 열고 안으로 들어간 서 회장은 앞치마를 두르고 있는 은주를 보고 그녀가 무영의 딸임을 한눈에 알아봤다.

"어서 오세요."

나이 많은 남자가 들어오자 은주는 당황한 듯한 표정을 지었지만 이내 친절하게 웃으며 인사를 했다.

"떡볶이 드릴까요?"

말을 해놓고도 은주는 뭔가 어색했다. 딱 보기에도 고급스러운 정장을 입었고 나이가 많아 보이기는 해도 눈빛이 상당히 날카로웠다. 떡볶이를 먹기 위해 온 사람은 아닌 듯했다.

"자네가 박은준가?"

"네?"

낯선 사람의 입에서 자신의 이름이 나오자 은주는 크게 놀랐다.

"누구시죠?"

"자네 아버지 친굴세."

"아버지요?"

서 회장이 자리를 찾아 앉았다.

"들어봤는지 모르겠는데 서중현이라고, 자네 아버지랑은 어려서부터 친구라네."

"네, 안녕하세요."

늦게야 은주가 정식으로 고개를 숙여 인사를 했다.

"내가 부탁할 게 있어서 찾아왔네."

돌아가신 아버지의 친구, 그것도 생전 처음 보는 분이 찾아와 느닷없이 부탁할 게 있다니 은주는 당혹스럽지 않을 수가 없었다. 한편으로는 혹시 아버지가 살아생전에 빚을 진 게 아닐까 싶어 가슴이 철렁하기도 했다.

서 회장의 말을 다 듣고 난 후 은주는 몇 번이나 제 귀를 의심했다.

"결혼이요?"

그런데 서 회장의 부탁은 그녀가 생각한 것과는 전혀 다른 차원의 일이었다.

커피 잔을 두 손으로 쥐고 은주는 서 회장의 말을 다 듣고 난 후에도 한참이나 말이 없었다.

"당장 대답을 하라는 건 아니니까 충분히 생각을 해보고 연락을 주게."

자리를 지키고 있는 게 은주는 더 곤란하고 불편하게 만드는 것 같아 서 회장은 몸을 일으켰다.

"정말 아무 조건도 없는 건가요?"

일어나는 서 회장에게 은주는 어두운 낯빛으로 그렇게 물었다.

"그런 건 없네."

당장 은주에게 무언가를 요구하는 건 정말로 없었다.

"생각, 해볼게요."

고개를 끄덕이고 서 회장은 〈승해 분식〉을 나왔다.

갑작스러운 서 회장의 방문 이후로 은주는 일이 손에 잡히지 않았다.

"자네 딸을 내 손자며느리로 주게."

고개를 아무리 세차게 저어도 서 회장이 했던 말이 머릿속을 떠나지 않았다. 잘살게 해주겠다던 말, 돈 걱정 같은 건 평생 하지 않을 거라는 말이 쉽게 지워지지 않았다.

아니, 지울 수 없는 말이었다.

그놈의 돈을 벌기 위해 하나밖에 없는 딸과 전쟁과도 같은 매일을 보내고 있는데 결혼만 하면 그런 걱정은 하지 않아도 된다. 공부를 하겠다면 공부를 시켜주고 좋은 집을 사달라면 좋은 집을 사주겠단다.

그것도 아무런 조건 없이.

"엄마!"

팔을 흔들며 부르는 승해 때문에 은주는 화들짝 놀라 정신을 차렸다.

"어?"

"무슨 생각을 그렇게 해?"

"아니, 그냥……."

대충 말을 얼버무리는 엄마가 수상해 승해는 눈을 가늘게 떴다.

"무슨 일 있지?"

"일은 무슨."

"엄마 어제부터 이상한 거 알아?"

"그랬어?"

"넋이 나간 사람 같아. 무슨 일인지 말해."

"아무 일도 없다니까."

은주는 아직 생각이 정리되지 않아 승해에게는 말을 할 수 없었다.

"진짜지?"

"어."

미심쩍었지만 아니라고 하는데 계속 물어볼 수가 없어 승해는 의심의 눈초리를 거뒀다.

"나 아르바이트 다녀올게."

"조심해서 다녀와."

"네."

운동화를 신고 가게를 나서는 승해를 은주는 아픈 눈으로 바라봤다. 그러다 상상을 했다. 승해가 높은 하이힐을 신고 고급스러운 정장을 입고 가게가 아니라 궁궐처럼 으리으리한 집을 나서는 모습을. 상상만으로도 좋았다.

"어차피 결혼을 하기는 할 거니까……."

상상 한 번만으로 은주의 마음은 이미 기울고 있었다. 승해만 행복하게 살 수 있다면 다른 건 다 필요 없었다. 돈 걱정하지 않고 제 나이에 맞게 즐기면서 하루하루를 살아갈 수만 있다면 괜찮을 것 같았다. 눈이 3개에 성질이 난폭한 괴물만 아니라면 상관없을 것 같았다.

하지만…….

"아니야, 그래도 결혼은 사랑하는 사람이랑 해야지."

금세 다른 마음이 생겨났다. 돈보다 사랑이 더 중요하다는 철없는 생각이 은주의 마음을 반대로 돌려놨다. 그렇게 은주는 몇 번씩 이쪽저쪽을 오가며 심각하게 고민했다.

서 회장이 〈승해 분식〉에 다녀간 지 이틀째 되던 날, 은주는 명함을 들여다보며 누군가에게 전화를 걸었다.

–여보세요.

비서를 거치지 않고 직통으로 서 회장과 연결이 됐다. 은주는 긴장된 목소리로 인사부터 건넸다.

"안녕하세요, 저 박은주예요."

심호흡을 하며 은주는 마음을 다졌다. 목숨보다 소중한 딸 승해를 위해 해줄 수 있는 건 당장 이것밖에 없었다. 남의 힘을 빌려야 한다는 게 미안했지만 그래도 빌릴 수 있는 힘이 있다는 것만으로도 감사하기로 했다.

"결혼, 시킬게요."

어쩌면 살면서 두고두고 후회를 할 수도 있다. 얼굴도 보지 못했고 어떤 남자인지 전해 들은 것도 별로 없었다. 알고 있는 거라고는 돌아가신 아버지의 둘도 없는 친구가 승해와 결혼할 남자의 할아버지라는 것, 그리고 그 할아버지가 굉장한 부자라는 것. 무모할 수도 있고 무책임할 수도 있는 결정이지만 그럼에도 은주는 번복하고 싶지는 않았다.

"하나만 약속해주세요."

–말해보게.

"우리 승해 가슴에 한 같은 건 남지 않게 해주세요."

울리지 말라는 말이었고 풍족하게 살 수 있도록 해달라는 말이었다.

"불행하지 않게만 해주세요."

한마디를 더 덧붙이며 은주는 기어이 눈물을 흘렸다.

1

　나른하게 늘어진 햇살에 승해는 잠시 입술 끝을 올렸다. 비가
온 뒤라 그런지 하늘은 눈이 부시게 청명했다. 이런 날 창가에 걸
터앉아 책을 읽으면 얼마나 마음이 말랑말랑해질까 싶어 공연히
심술이 나려 했지만 얼굴을 찌푸리지는 않았다. 으리으리한 호텔
보다는 나무 냄새 나는 집이 오늘따라 더 애틋하게 느껴졌다.
　띠리리링.
　전화벨 소리에 승해는 가방으로 손을 넣어 휴대폰을 꺼냈다.
엄마인 은주에게서 걸려온 전화에 승해는 혹시라도 심란한 마음
을 들킬까 얼른 심호흡부터 했다.
　"여보세요."
　―만났니?
　"아직."

-왜, 약속 장소를 못 찾은 거야?

"호텔 앞이에요. 그리고 아직 시간 안 됐어요."

나이 지긋한 노신사의 〈승해 분식〉 방문 이후로 은주는 꿈을 꾸기 시작했다. 좋은 집에, 좋은 차, 그리고 좋은 옷을 입고 공주님처럼 사는 승해의 모습이 눈앞에 아른거린다며 하루에도 몇 번이나 딴생각에 빠져 히죽거렸다. 꽤나 많은 부동산과 빌딩들, 그리고 그리 크지는 않지만 서울에서 제법 알아주는 유명 호텔을 운영하고 있다는 노신사는 아무런 조건 없이 승해가 금전적 어려움 없이 살 수 있게 해주겠다는 약속을 했다.

물론 은주는 딸인 승해에게 대놓고 돈 때문이라는 얘기는 하지 않았다. 그저 눈치 빠른 승해가 엄마의 속마음을 헤아릴 뿐이었다. 승해를 손자며느리로 달라고 했고 은주는 이틀을 고민한 끝에 승해의 의사와는 상관없이 그러겠다고 대답했다.

그렇게 승해에게는 하루아침에 약혼자가 생겼다.

그리고 햇살 좋은 봄날, 그 약혼자를 만나기 위해 가고 있는 중이다.

-승해야.

"네."

-지금이라도 싫으면 말해.

돈 없는 설움을 딸에게까지 물려주고 싶지 않다고, 하고 싶은 공부 실컷 하면서 남들처럼 누리고 사는 모습을 보는 게 소원이라고 눈물까지 흘리며 말해놓고, 그래서 가슴을 미어지게 만들어놓고 이제 와서 싫으면 말하라니.

"안 싫어요."

–엄마 때문에 억지로 나간 거 아니지?

어쩌면 엄마는 알면서도 모른 척하는 게 아닐까. 잠깐만 눈 질끈 감고 귀 막고 있으면 하나밖에 없는 딸이 부잣집에서 호강하며 살 수 있다고 믿고 있는 게 아닐까. 그렇게만 된다면 하루 벌어 하루 먹고사는 것도, 착하기만 한 아버지가 남기고 간 빚을 갚느라 매일 마음을 졸이는 것도, 한 달에 몇 번씩 동네 사람들에게 돈을 빌리기 위해 자존심을 내려놓는 것도 다 끝이 나지 않을까 하는 기대를 하고 있는 것 같다.

"콧구멍이 3개거나 눈이 이마에 달려 있거나 하지만 않으면 괜찮아."

–설마 그런 사람이 있으려고.

"정말 아니다 싶은 남자면 싫다고 할 거니까 걱정하지 말라고요."

말은 그렇게 했지만 승해는 이미 얼굴 한 번 본 적 없는 남자를 자신의 약혼자라고 마음으로부터 받아들이고 있는 중이었다.

–그래, 정말 아니다 싶으면 안 해도 돼.

"다 왔어요, 그만 끊어요."

전화를 끊고 승해는 호텔 안으로 들어갔다. 로비에서 직원으로 보이는 사람에게 커피숍이 어디인지 물은 후, 그녀는 단아한 몸짓으로 커피숍을 찾아 걸어갔다.

"후우."

직원이 가르쳐준 대로 로비를 지나 계단을 내려가자 바로 커피숍이 보였다. 승해는 일단 커피숍 앞에 두 발을 가지런히 모으고 섰다. 휴대폰 전원을 끄고 그녀는 안으로 들어섰다. 커피숍 안으로 들어간 그녀는 일단 혼자 있는 남자를 찾았다. 입구에 서서 실내를 주욱 둘러보는 승해에게 직원이 다가왔다.

"무엇을 도와드릴까요, 손님."

"아니요, 괜찮아요."

싱긋 웃으며 승해는 직원에게서 한 걸음 물러났다. 그러고는 다시 안을 살폈다. 몇몇의 남자들과 눈이 마주쳤지만 전부 혼자가 아니었다.

승해는 햇살 좋은 창가 쪽에 자리를 잡고 앉았다. 입구를 힐끔거리다 그녀는 창밖으로 시선을 던졌다. 막 꽃망울을 터트리기 시작한 목련이 소담하게 하늘을 올려다보고 있었다.

봄이었다.

봄, 이라는 단어만으로도 마음이 설렌다. 대학에 입학한 뒤로는 봄이 오는 게 두려웠다. 미처 마련하지 못한 등록금에 가슴은 바짝바짝 타들어갔고 그러다 결국 준비를 하지 못해 터덜터덜 학교로 휴학계를 내러가곤 했었다. 어른이 되면서 마냥 행복하고 설레기만 하지는 않았던 봄이었는데 올해는 유독 마음이 살랑거린다. 그게 다 새로운 인연을 만나기 위해서라고 승해는 그렇게 자신을 다독였다.

"물 한 잔 더 드릴까요?"

커피숍에 들어와 아무것도 시키지 않고 있은지 벌써 30분이 넘었다. 전원을 껐던 휴대폰은 다시 전원을 켰고 물은 두 잔이나 마셨다. 그리고 얼굴도 모르는 약혼자에게 떨리는 마음으로 두 번이나 전화를 걸었다. 하지만 신호만 갈 뿐 통화는 연결되지 않았다.

"커피 주세요."

여전히 친절한 미소를 짓고 있는 여직원에게 승해는 공연히 미안한 마음이 들었다. 딱 1시간만 기다려보자는 생각으로 커피가 나오길 기다렸다.

"감사합니다."

주문한 커피가 나오고 승해는 테이블 위에 올려놓은 휴대폰을 손에 쥐었다. 액정에 불이 들어오고 시계는 약속시간이 훌쩍 지났음을 알려주고 있었다.

그렇게 1시간 10분 후, 승해는 커피 한 잔을 다 비우고 자리에서 일어났다. 사고가 난 게 아닐까 걱정도 됐지만 아무런 연락도 오지 않는데 마냥 기다리고 있을 수는 없었다.

"안녕히 가세요."

김밥 열 줄보다 비싼 커피값을 내면서 승해는 손가락 끝이 파르르 떨렸다. 그래도 아무렇지 않은 척 상냥하게 인사를 하고 커피숍에서 나왔다. 번쩍번쩍 광이 나는 호텔 로비를 지나 밖으로 나오는 그녀의 발걸음이 무겁고도 빨랐다.

"후우."

들어갈 때와 마찬가지로 그녀는 건물 밖으로 나오자마자 크게 심호흡부터 했다. 마음을 다잡았다고 생각했는데 그게 아니었나보다. 긴 터널을 숨을 헐떡이며 달려 나온 것처럼 어쩐지 속이 후련하다.

그래, 처음부터 말이 되지 않는 일이었다. 부잣집 도련님이 뭐가 아쉬워서 할아버지가 하란다고 얼굴도 모르는 여자랑 덜컥 결혼을 한단 말인가.

"훗, 웃겼다, 윤승해."

탁탁, 바닥을 발로 차고 승해는 고개를 들었다. 그리고 막 걸음

을 떼려는데,

"벌써 가려고?"

선글라스를 낀 남자가 승해의 팔을 잡았다. 놀란 승해는 재빨리 몸을 돌려 팔부터 뺐다.

"누구세요?"

남자가 쓰고 있던 선글라스를 벗었다. 느슨하게 매고 있던 넥타이에서 남자의 피곤이 느껴졌다.

"들어가."

"네?"

"그럼 여기서 인사할까?"

삐딱한 자세, 그보다 더 삐딱한 눈빛.

"혹시 서재희 씨 되세요?"

"혹시 서재희 씨 맞으니까 들어가자고."

놓쳤던 승해의 팔을 재희는 다시 잡았다. 그러고는 저벅저벅 그녀를 데리고 호텔 안으로 들어갔다.

만나기로 한 시간으로부터 1시간 20여 분 후, 승해는 재희와 아까 앉았던 그 자리에 마주 앉았다. 콧구멍이 3개도 아니고, 눈이 이마에 박히지도 않았다. 눈빛이 마음에 들지 않지만 잘생겼다. 요즘 여자들이 좋아하는 머리부터 발끝까지 '나 돈 많은 남자에요!' 하는 그런 스타일이었다. 돈이 많아서인지 자신감을 넘어 자만심까지 온몸에 덕지덕지 붙은 것 같은 남자였다.

"할 말 있으면 해."

재희는 물 한 잔을 마시고는 대뜸 그렇게 말했다. 승해는 그런 재희를 가만히 쳐다보고만 있었다.

"없어?"

"무슨 말을 해야 하는 건데요?"

"원하는 거."

"그런 거 없어요."

"그런 건 우리 대장이랑 이미 얘기가 끝난 건가?"

어느 날 뜬금없이 결혼하라는 문자를 보내온 할아버지. 재희는 장난으로 받아들였지만 서 회장은 아니었다. 이미 결혼할 사람도 정해져 있었고 유언장까지 수정을 한 뒤였다.

수정된 유언장 내용은 간단했다. 윤승해라는 여자와 결혼해서 3년 이상을 무탈하게 살았을 때 유산을 상속한다는 내용이었다. 코웃음도 안 날 만큼 어이없었지만 발악을 할 일도 아니었다. 결혼이라는 건 언젠가는 해야 할 일이었고 딱히 마음에 두고 있는 사람이 없으니 아무하고나 해도 문제 될 건 없었다.

"사생활 간섭하지 말고 건방지게 나 가르치려고 하지 마. 그리고 부도덕한 짓 하지 말고."

"지금 뭐 하는 거예요?"

"내가 원하는 결혼 조건에 대해 말하고 있잖아. 귀먹었어?"

승해의 자그마한 손이 테이블 아래에서 둥글게 말렸다.

"그렇게만 하면 나랑 결혼을 하겠다는 말이에요?"

"여러 번 말 시키는 짓도 하지 마, 피곤해."

상당히 건방지고, 제멋대로고, 재수 없는 남자다.

"더 할 말 없으니까 일어나."

재희는 먼저 일어나 앉아 있는 승해를 지나쳐 걸어갔다. 벼락을 맞은 것처럼 멍한 표정으로 승해는 재희가 앉아 있던 자리를 쳐다봤다. 구두 소리가 점점 멀어지고 승해는 한참 후에야 자리에서 일어났다. 재희는 이미 커피숍을 나가고 없었다.

"안녕히 가세요."

아까의 그 직원이 아까와 같은 표정과 목소리로 승해에게 인사했다. 삐죽삐죽, 입술 사이로 웃음이 새어 나왔다. 웃음이 나기도 하고, 울컥하고 뜨거운 게 속에서 치솟기도 하고, 기분이 묘했다.

"주말은 바쁘니까 연락하지 마."

멍하니 서 있는 승해 앞으로 검은색의 고급 외제차가 섰다. 차창이 열리며 재희가 퉁명스럽게 내뱉고는 그대로 승해에게서 멀어졌다. 눈꺼풀을 간질이는 따사로운 햇살에 승해는 손으로 이마에 차양을 만들어 하늘을 올려다봤다. 여전히 하늘은 맑고 푸르다.

"날씨 좋다."

마음을 설레게 하는, 그러나 지금 이 순간만큼은 눈물이 날 것 같은 그런 봄날이었다.

"아빠 보고 싶다."

그림자만으로도 커다란 산처럼 든든했던 아빠였다. 많은 걸 누리고 살지 못했지만 부족하다고 느낀 적은 별로 없었다. 웃음이 많고 애정표현도 잘하고 언제나 다정다감했다. 세 식구가 함께 있으면 세상 부러울 게 없을 정도였다.

햇살 좋은 날이면 셋이 손잡고 동네라도 한 바퀴 돌았고, 비가 오면 빈대떡을 해 먹으며 빗소리를 감상했었다. 돌이켜보면 소중하지 않았던 순간이 없었다. 너무나 커다란 울타리였기에 아빠의 부재에 승해와 엄마 은주는 무너지지 않을 수가 없었다. 어떻게 살아야 하는 건지, 과연 살아낼 수 있는 건지조차 자신이 없었다. 눈물도 흘리지 못할 만큼 두려움의 연속이었다. 그래도 산 사람은 어떻게든 산다는 말처럼 하루 세끼를 먹고, 내일을 걱정하고, TV를 보며 깔깔깔 웃기도 하면서 그렇게 지금까지 살아내고 있었다.

지금 이 순간 아빠가 유난히 그리운 건 누구도 함부로 하지 못했던 그 시절의 커다란 울타리가 절실하기 때문이었다.

띠링.

하늘을 올려다보고 있던 승해가 고개를 내려 휴대폰을 꺼내 들었다.

[잘 지내지?]

전화 통화 한 지도 꽤나 오래된 친구로부터 웬일인지 문자가 왔다. 어딘가에서 보고 있는 것처럼 참 시기적절하게 보내온 문자였다.

[어, 잘 지내. 너도 잘 지내지?]

전화를 할까 싶었지만 목소리를 들으면 어색할 것 같아 간단히 문자로 답을 했다. 그리고 곧바로 한 통의 문자가 더 들어왔다.

[나 결혼해.]

아, 하는 탄식이 절로 흘러나왔다. 고등학교 때부터 사귄 남자 친구가 있는 친구로 대학을 졸업하면 바로 결혼부터 할 거라고 항상 입버릇처럼 말했었다. 그런데 정말 결혼을 하나 보다.

[축하해.]

나도 결혼해, 라고 쓸까 하다 승해는 허파에 바람 든 사람처럼 혼자 낄낄 웃어댔다. 아무도 믿지 않을 것 같은 농담 같은 결혼. 더구나 그 결혼을 하게 되기나 할지 알 수 없었다.

[축하해주러 올 거지? 주소 보내줘, 청첩장 보낼게.]

축하는 하지만 결혼식장까지 찾아가고 싶지는 않았다. 단둘이 밥을 먹은 적도 없고, 단둘이 수다를 떨어본 적도 없고, 휴학을 하는 동안 사적으로 연락을 주고받은 적도 없는 친구였다. 결혼식에 오라고 말하는 게 민망해 전화 대신 문자를 했을 테지만 약간은 치사한 친구에게 착한 척 웃어주는 건 내키지 않았다. 그래서 승해는 답장을 보내지 않았다.

천천히 걸음을 내딛는데 어딘가에서 싱그러운 풀냄새가 코끝을 자극했다. 승해는 가만히 서서 가슴 깊숙이 숨을 들이마셨다.

"흐흡."

한결 기분이 좋아졌다. 조금 전까지는 서글펐는데 지금은 전혀 그렇지 않았다. 몇 번의 심호흡으로 머릿속이 맑아졌다. 그냥 내일 일은 내일 생각하기로 하고 승해는 다시금 씩씩하게 앞으로 걸어 나갔다.

2

주말 내내 날이 좋지 않더니 월요일은 다시 봄날처럼 따뜻하다. 바람도 잠잠하고 하늘은 쾌청하니 맑다.

"어때, 짜지 않아?"

떡볶이를 뒤적이며 가게 밖을 내다보고 있는 승해에게 은주가 물었다.

"맛있어요."

아까부터 딴생각에 빠진 사람처럼 승해는 건성으로 대답하고 있었다.

"간도 안 보고?"

테이블 위 냅킨통에 냅킨을 정리하면서 은주는 딸의 눈치를 살폈다.

"안 봐도 맛있지, 뭐."

"연락 없어?"

"무슨 연락?"

"서 군 말이야."

잠깐 은주가 말한 서 군이 누군지 생각하느라 승해는 고개를 갸웃거렸다.

"없어요."

호텔에서 만남을 가진 지 3일이 지나도록 재희는 연락 한 번 없었다. 그의 연락을 기다리지도 않고 그에게 먼저 연락을 하지 않은 건 승해도 마찬가지였다.

"마음에 든다고 했다는데 왜 연락이 없지?"

은주는 혼잣말처럼, 그러나 승해에게 들리도록 나직이 중얼거렸다.

"근데 그 사람 할아버지는 나에 대해 아무것도 모르시면서 어떻게 손자랑 이어줄 생각을 하셨을까?"

"내 딸이고 네 외할아버지 손녀니까."

승해가 은주를 돌아봤다.

"말했잖아, 외할아버지랑 둘도 없는 친구였다고."

이해되지 않는다는 듯 승해가 미간에 주름을 만들어냈다.

"내가 돈이 좀 없어서 그렇지 자식 하나는 끝내주게 키웠잖아. 너를 며느릿감으로 탐내는 건 당연한 거야."

어깨까지 으스대며 은주가 말에 힘을 줬다.

"나에 대해 뭘 아시고?"

"보셨대."

"나를? 언제?"

"3월의 눈 내리는 날."

"응?"

의미심장한 눈빛과 미소로 은주는 승해를 더 궁금하게 만들었다. 떡볶이 젓는 것을 그만두고 승해는 은주 앞으로 걸어가 의자를 빼고 앉았다.

"착한 끝은 있는 거야."

가지런히 접은 냅킨을 통에 넣으면서 은주는 연신 미소를 짓고 있었다.

"너한테 10만 원 빌려달라고 했던 어르신 기억나?"

"10만 원?"

승해는 눈을 굴리며 기억을 더듬었다.

"아, 그 하얀 눈썹……."

뭔가가 생각난 듯 승해가 눈을 크게 떴다.

봄을 기다리던 3월의 마지막 날이었다. 한겨울처럼 눈이 펑펑 쏟아져 내렸고 갑작스러운 폭설에 도로는 물론 교통이 마비됐었다.

늦게까지 아르바이트를 하다 집으로 돌아오던 승해는 마침 집 근처 가로등 아래 우두커니 서서 하늘만 올려다보던 노신사를 보게 됐다. 땅이 꺼져라 한숨을 푹푹 쉬는 모습에 지나가던 발걸음을 돌렸고 혹시 도와드릴 게 없는지 물었다. 기운이 떨어져 잠시 숨을 고르는 거면 부축을 해드릴 참이었고, 길을 잃은 거면 집을 찾아드릴 생각이었다.

하지만,

"학생, 10만 원만 빌려주겠어?"

너무나 태연한 표정으로 노신사는 그렇게 말했다.

학교를 휴학하고 하루 종일 아르바이트를 전전하는 승해에게 10만 원이란 돈은 아주 컸다. 당연히 10만 원이 있을 리가 없었다.

"차비 필요하세요?"

"내가 기억력이 좋아. 그러니까 전화번호 말해, 나중에 이자 쳐서 갚을게."

"죄송한데 이거밖에 없어요."

주머니에 달랑 천 원짜리 2장 있던 승해는 그 2천 원과 함께 목에 두르고 있던 목도리를 건넸다.

그게 다였다.

아, 하는 짧은 탄식과 함께 승해는 다시금 눈에 힘을 줘 떴다.

"그 사람 할아버지가 그 어르신이라고?"

천 원짜리 2장을 받아 들고 허허, 웃던 노신사. 그 노신사가 서 재희의 할아버지라는 게 믿기지 않았다.

"어."

"근데 내가 엄마 딸인 건 어떻게 아셨대?"

"어?"

"그렇잖아, 길에서 잠깐 본 게 다고 서로 연락처를 주고받은 적도 없는데 내가 엄마 딸인 걸 어떻게 아시고 손자를 소개시켜주 시냐고."

"그때 전화번호 주고받은 거 아니었어?"

"아니."

해맑은 표정으로 일관하던 은주도 이제야 눈을 깜박였다.

"뒤를 밟으셨나……."

"말 안 되는 거 알죠?"

"그러게, 말이 안 되긴 하네. 사진을 보신 적도 없는데……."

"드라마 찍는 것도 아니고 정말 현실성 없다."

"원래 결혼은 집안이랑 그 집 어른들을 보고 시키는 게 제일 좋은 거야. 네 외할아버지가 그만큼 좋은 어른이었다는 뜻이구나, 그렇게 이해해."

마음이 따뜻하고 정이 많았던 외할아버지. 그런 아버지 밑에서 귀하게 자란 승해의 엄마 역시 심성이 곱고 악하지 않았다. 그 덕에 사람을 잘 믿기도 했고 마음이 여려서 금전적 피해나 마음의 상처를 입은 일이 여러 번 있었다.

"아줌마, 떡볶이 주세요."

드르륵.

가게 문이 열리고 모녀의 의아함은 잠시 중단됐다.

술 냄새가 역하게 풍기는 방 안을 둘러보는 오 여사의 표정엔 그 어떤 감정도 떠오르지 않았다.

"도련님이 들어오지 말라고 하셔서……."

검은 유니폼에 하얀 앞치마를 허리에 두른 미스 양이 난처한 표정으로 오 여사의 눈치를 봤다.

"언제 들어왔나."

"회장님 나가신 후에 들어오셨습니다."

"시원한 얼음물 한 잔 떠오게."

"네."

미스 양이 방에서 나가고 오 여사는 침대에 누워 자고 있는 재희에게로 조용히 걸어갔다.

"재희야."

나직한 목소리. 마치 귀에 대고 속삭이듯 작은 소리로 재희를 불렀다. 그러나 술에 취해 잠든 재희에게 그 소리가 들릴 리 없었다.

"서재희."

두 번째 재희의 이름을 부른 후 오 여사는 사뿐히 그의 침대에 걸터앉았다. 한복 자락이 오 여사의 발아래서 사각거렸다.

"사모님."

미스 양이 얼음이 동동 뜬 물 한 잔을 쟁반에 받쳐 들고 들어왔다. 오 여사가 물잔을 건네받았다.

"자네는 그만 내려가 보게."

서 회장의 갑작스러운 결혼 통보 이후로 재희는 더 엇나가고 있었다. 서 회장과는 얼굴을 보지 않으려는 듯 식사 시간에도 모습을 보이지 않았다. 그래봤자 며칠이지만 서 회장은 벌써부터 단단히 성을 내고 있었다.

"네."

미스 양이 다시금 방에서 나가고 오 여사는 한 번 더 재희의 이름을 불렀다. 이번에도 역시나 아주 작은 목소리로.

"재희야."

속눈썹 하나 꿈쩍하지 않고 재희는 단잠에 빠져 있었다.

주르르륵.

손에 들고 있던 차가운 얼음물이 재희의 검은 머리 위로 떨어졌다. 잔을 기울여 손자의 머리에 물을 쏟으면서도 오 여사는 표정 하나 흐트러지지 않은 채였다.

"뭐야!"

물이 목을 타고 등까지 흘러내리자 재희는 놀라서 벌떡 일어났다.

"아이 씨, 어떤 새끼야!"

"일어났니?"

차분하면서도 침착한 오 여사의 목소리에 팔을 휘젓고 욕설을 내뱉던 재희가 잠잠해졌다. 부르르, 몸을 떨며 재희는 오 여사에게로 돌아앉았다.

"술을 많이 마셨나 보구나."

담백하던 목소리에 약간의 웃음기가 서렸다.

"세수했으니 밥 먹자."

"네."

집안의 경제권을 손에 쥐고 있는 오 여사였다. 그래서 한량과도 같은 재희가 유일하게 겁내는 사람도 오 여사였다.

"상견례 하기 전에 집으로 한번 데리고 오거라."

짜증스러운 얼굴로 침대에서 일어나면서 재희는 머리를 긁적였다.

"누구를요?"

"그 아이 말이다, 너랑 결혼하겠다는 아이."

며칠 잊고 있었다.

"진지하게 대해줘."

계단을 내려오면서 재희는 승해를 떠올렸다. 굳이 인상을 써가며 생각해내려 하지 않아도 승해의 얼굴이 단번에 떠올랐다. 며칠이나 잊고 있었던 게 이상할 정도로 생생하게 떠올랐다.

"뭐 하는 집 애예요?"

거실에 두 발을 딛는 순간 오 여사가 재희를 돌아봤다.

"만나서 무슨 얘기를 한 게야."

"그냥 뭐……."

이름과 나이, 할아버지가 주선했다는 것 외에는 윤승해에 대해 아는 게 없는 재희였다. 사실 알고 싶지도 않았다.

"오늘 날이 좋다니까 같이 점심이라도 먹으면 되겠구나."

"벌써 11시가 넘었는데요?"

"세수도 했겠다, 옷만 갈아입으면 되겠네."

"할머니."

"좋은 시간 보내고 와."

오 여사의 고운 얼굴에 자잘한 주름이 졌다.

"싫다고 하면, 안 해도 되는 거예요?"

재희가 모처럼 진지한 투로 물었다.

"그럼, 안 해도 되지."

차갑던 표정을 지우고 오 여사는 그 어느 때보다 인자하고 다정한 얼굴로 재희에게 고개를 끄덕여주었다.

"약속하시는 거죠?"

그나마 재희가 이 집에서 버틸 수 있었던 건 할머니 오 여사 때문이었다. 살갑게 토닥이거나 안아주지는 않아도 눈빛만큼은 항상 따뜻했다. 걱정하고 있음을, 많이 아끼고 있음을 오 여사는 눈으로 말해줬다. 그래서 더 엇나가지 않고 철없는 손자로만 남았다. 아무리 술을 먹고 늦게까지 돌아다녀도 잠은 집에 들어와 잤고, 주먹질이나 여자 문제로 속을 썩게 하지도 않았다.

"그래, 약속하마."

싫어도 생각 없이 당장 그만두겠다고 할 재희가 아닌 걸 알기에 오 여사는 선뜻 웃으며 약속했다.

점심시간인데도 가게 안은 썰렁했다. 맛은 있었지만 유동인구가 많지 않은 작은 동네고 이렇다 할 홍보도 하지 않은 터라 겨우 재료값만 버는 수준이었다. 그러니 빚을 갚는 것도, 월세를 내는 것도 버겁기만 했다. 꾸준히 찾는 단골손님들 덕에 그나마 가게 문을 닫지 않고 있는 정도였다.

"우리 이러다 굶어죽겠다."

아침부터 끓인 어묵이 퉁퉁 불었다. 승해는 어묵 하나를 집어 오물오물 씹기 시작했다. 주방에서 뭘 하는지 아까부터 칼질을 해대느라 은주는 분주하기만 했다.

띠링.

앞치마에 넣어둔 휴대폰에 문자가 들어왔다. 승해는 한 손엔 어묵을 들고 다른 손으로 휴대폰을 꺼내 문자를 확인했다.

[나와.]

앞뒤 없이 달랑 나와, 한마디가 다였다. 이름이 저장된 번호도 아니었다. 잘못 온 건가 보다 하며 승해는 휴대폰을 다시 앞치마 주머니에 넣었다.

"라면 먹자."

노란 양은냄비를 들고 은주가 주방에서 나왔다. 한참을 뚝딱거리더니 라면을 끓인 모양이다. 라면 하나를 끓이는 데도 온갖 재료를 넣고 정성을 들이니 먹는 걸로 돈을 벌기는 글렀다.

"오늘 날 좋다."

요 며칠 기분이 아주 좋은 엄마다.

원래 평소에도 소녀 같기는 하다. 비가 오면 빗소리에 취해 시간 가는 줄 모르고 햇살이 좋은 날은 소풍이 가고 싶다고 말하는 철없는 엄마. 대출금 이자 낼 돈이 부족해 이웃에게 아쉬운 소리를 하며 돈을 빌려 자존심을 다치고도 다음 날이면 생글생글 웃는 긍정적인 엄마. 그러다 어느 날은 기분이 급격히 가라앉아 죽은 아버지를 따라가고 싶다며 아이처럼 우는 엄마.

그래도 세상에 남은 유일한 가족이고 세상에서 제일가는 고슴도치 엄마라 승해는 지치지 않고 하루하루 열심히 살아가고 있는 중이다.

"만두도 넣었어, 먹어봐."

은주는 큼지막한 만두 하나를 건져 승해의 앞접시에 놔줬다.

"어때?"

"만두는 또 언제 했어요?"

"어젯밤에."

"안 자고?"

"잠이 안 오더라고. 맛있지?"

"네."

남편이 죽은 지 겨우 2년.

은주는 아직도 남편의 죽음을 현실로 온전히 받아들이지 못하고 있었다. 며칠에 한 번씩 들리는 흐느낌을 승해는 모른 척하며 은주에게 시간을 주고 있었다. 아버지의 죽음을 받아들이지 못하는 건 승해도 마찬가지였다.

띠링.

[들어가게 하지 말고 나와.]

같은 번호로 비슷한 내용의 문자가 또 들어왔다. 문자를 들여다보면서 승해는 입을 둥글게 말았다.

"서 군이야?"

승해는 은주의 말에 그제야 번뜩 문자를 보낸 주인공이 서재희일 거란 생각이 들었다.

"그런 것 같네요."

"왜, 만나자고 해?"

"잠깐 나갔다 올게요."

따라 나올 듯 일어서는 은주를 자리에 앉히고 승해는 앞치마를 한 채로 가게를 나섰다. 고개를 길게 빼고 주변을 돌아보던 그녀는 호텔 앞에서 바람처럼 사라졌던 검은색 차를 발견하고 그곳으로 따닥따닥 걸어갔다.

스르륵, 창문이 열리고 재희가 얼굴을 내비쳤다.

"문자 못 받았어?"

인사 한마디 없이 짜증스러운 얼굴로 따지기부터 하는 재희였다.

"받았어요."

"근데 왜 이제 나와?"

"그쪽인지 몰랐어요."

동그랗게 눈을 뜨고 말간 얼굴로 말하는 승해를 보면서 재희는 어이없다는 듯 웃었다.

"번호 저장하고 내일부터는 문자든 전화든 바로바로 받고 반응해."

"내일부터 문자랑 전화하려고요?"

"해야지, 결혼할 사인데."

재희의 말에 비꼬듯 말하던 승해가 오히려 입을 꾹 다물었다.

"타."

"왜요?"

"결혼 전에 서로에 대해 알 시간을 가져야 하지 않겠어? 혹시 알아, 만나다 보면 나란 놈이랑 결혼이 하기 싫어질지?"

"하긴 그럴 수도 있겠네요."

묘하게 입술을 틀어 웃으며 승해가 차에 올랐다.

"설마 패션이야?"

재희가 승해를 힐끔 돌아보며 비웃듯 물었다.

"설마요."

깜박하고 있었다. 아무렇지 않은 척 앞치마를 풀면서 승해는 입술을 슬쩍 깨물었다.

"하나 마나 똑같은데 뭘 풀어?"

두 번째 만남, 예의나 배려를 바라기는 무리일까.

"내가 청개구리 기질이 좀 있어요."

"그래서?"

"일부러 그러는 거라면 작전 잘못 짰어요. 그쪽이 싸가지 없이 나올수록 나는 오기가 생겨서 그쪽이랑 더 결혼이 하고 싶어질 것 같거든요."

야무지고 똑똑하다더니 그게 아니라 당돌한 거였다.

"작전까지 짤 만큼 결혼하는 거에 대해서 큰 불만 없는데?"

어차피 할 결혼, 누구랑 해도 상관없었다. 고분고분하지 않을 것 같아 신경질은 나겠지만 그래도 지루한 타입보다는 나을 테니 재롱 본다 생각하면 못 참을 것도 없을 것 같다.

그렇다고 너무 기어오르는 건 봐줄 수 없다.

"그쪽은 그쪽이 피해자고 날 봐주는 쪽이라고 생각하죠?"

어른들이 정했고 군말 없이 따르고는 있지만 질질 끌려갈 생각은 없었다.

"어느 날 갑자기 결혼이라는 걸 하게 된 건 나도 마찬가지예요. 그러니까 혼자만 피해자인 척 굴지 마요."

"시끄러운 거 질색이야, 나하고 수다 떨 생각 하지 마."

"나도 시끄러운 거 질색이에요."

팔짱을 끼고 승해는 창문 쪽으로 몸을 돌려 의자에 기댔다. 지그시 눈을 감고 얼굴로 쏟아져 들어오는 햇살을 한껏 맞았다. 나른하니 잠이 올 것 같다.

"근데 뭐 팔아?"

"뭐가요?"

"분식이면 라면 같은 거 파나?"

〈승해 분식〉

간판을 보고 재희는 차마 차에서 내리지 못했다. 스타일 구겨지게 초등학생들이나 바글바글한 분식집 따위는 들어가고 싶지 않았다.

"떡볶이 같은 것도 팔아요."

"좋겠다, 떡볶이 같은 거 실컷 먹어서."

재희의 비아냥거림에도 승해는 발끈하지 않았다. 그저 가만히 밖을 구경하는 게 좋았다. 오랜만에 느껴보는 여유에 심란함 같은 건 잠시 접어두고 싶었다. 세상이 어떻게 돌아가는지, 봄은 어떤 모습으로 찾아왔는지 그런 거나 생각하듯 즐기며 그렇게 흘러가게 두고 싶었다.

"술은 하지?"

"대낮부터 술 마시려고요?"

"대낮부터 술 마시면 안 되는 이유라도 있어?"

할아버지를 향해 있는 반항심이 묘하게 승해에게까지 향하려고 했다. 아직까지 재희에게 승해는 결혼을 약속한 약혼자보다는 할아버지 편에 있는 적군처럼 느껴졌다. 그래서 말도 행동도 곱게 나가지 않았다.

"이유가 있어도 그건 네 사정이니까 나한테까지 들먹이지 마, 피곤해."

피곤하다면서 굳이 데리고 가려는 재희의 본심이 무엇일지 승해는 궁금했다. 더불어 재희가 어디까지, 언제까지 엇나갈지도 알고 싶었다.

"날씨 좋네요."

어색한 침묵이 지겨워 승해가 먼저 혼잣말처럼 중얼거렸다. 그런 승해를 재희가 힐끔 돌아봤지만 다른 말은 없었다. 정말이지 속을 알 수 없는 남자였다. 그저 한껏 심술이 난 것 같은 반항적인 눈빛이 보이는 전부였다. 생각하지 않으려고 해도 자꾸만 서재희와의 앞날이 불쑥불쑥 머릿속을 파고들었다.

밤인가 싶을 정도로 어둑하고 음침한 분위기의 술집, 그곳이 마치 제집인 것처럼 익숙한 몸짓으로 앉아 있는 재희. 그런 재희 옆에서 승해는 날 선 눈으로 제대로 보이지 않는 주위를 두리번거렸다.

"그 촌스러운 눈빛은 뭐야?"

투명한 빛깔의 술이 든 잔을 들면서 재희가 승해를 비웃었다.

"설마 이런 데 처음이야?"

이 남자는 세상을 무슨 재미로 사는 걸까.

자신보다 가진 게 덜한 사람을 비웃는 재미? 아니면 가진 걸 자랑하며 그것들을 흥청망청 쓰는 재미?

둘 중 무엇이든 서재희란 남자는 철이 덜 든 게 분명하다. 싸가지 없는 남자보다 철 안 든 남자가 어쩐지 더 골치 아플 것 같다.

"이런 데 처음이에요."

반듯하게 허리를 펴고 앉아 승해가 재희를 바라봤다. 승해의 입술 끝에 살포시 웃음이 번졌다.

"스물아홉, 맞죠?"

술잔을 내려놓으며 재희가 승해의 시선을 받아냈다.

"이 시간에 이런 데 와서 이런 술 마시는 거 쪽팔리지 않아요?"

"전혀."

"다행이네요."

재희가 소파에 느긋하게 기댔다.

"돈이라는 게 그런 거야, 스물아홉이 아니라 서른아홉이어도 돈이 있으면 이 시간에 이런 데 와서 이런 술 먹어도 되는 거거든."

슬쩍 올라간 입꼬리와 다르게 재희의 눈빛은 얼어 있었다. 철이 없어 보이지만 마냥 가벼운 사람은 아닌 것 같아 승해는 불현듯 머릿속이 복잡하게 얽혔다.

"콘셉트가 뭐야?"

느닷없는 재희의 물음에 승해는 잠시 머뭇거렸다.

"무슨 콘셉트요?"

"가난한 집안을 일으켜 세우고자 돈에 팔려가는 순종적이고 착한 딸인지, 목적은 같지만 자존심까지 팔아가며 굽실거릴 생각을 없는 당돌한 아가씨인지. 콘셉트가 뭔지 알면 상대하는 게 더 수월할 것 같아서 말이야."

유난히 크고 검은 눈동자 속에 담긴 진심이 무엇인지 얼핏 궁금하기는 하다. 세상 일 따위 관심 없다는 듯 무심하게 보이기도 하고 때로는 손끝만 대면 바로 공격을 할 것처럼 바짝 날이 서 있는 것도 같다. 밀가루가 묻은 지저분한 앞치마를 풀면서 아무렇지 않다는 듯 눈을 깜박였지만 붉은 입술은 팽팽하게 늘어졌었다.

"지금도 별로 버거워 보이지는 않는데요?"

재희가 미간을 구기며 승해 가까이 몸을 기울였다.

"그래서 더, 라고 했잖아."

툭툭, 생각 없이 말을 내뱉는 것 같았는데 재희는 자신이 한 말을 전부 기억하는 듯했다. 승해는 느슨해지려던 마음을 다잡았다.

"지금은 콘셉트 같은 거 없어요."

"지금은……."

고개를 느리게 끄덕이며 재희는 술잔을 채웠다. 그리고 내내 비어 있던 승해의 잔에도 술을 따라줬다.

"건배는 해야겠지?"

재희가 술잔을 들었다. 가만히 목석처럼 앉아 있던 승해도 잔을 들었다.

"함께하는 우리를 위해."

함께하는 우리, 다정하고 든든함이 느껴지는 말이지만 승해는 웃을 수가 없었다. 지금껏 단 한 번도 만나지 않았던, 서로의 삶에 그 어떤 추억도 공유할 게 없는 타인과 별안간 우리로 묶여야 하는 현실이 비로소 어이없고 황당하고 또 슬프다.

짠, 2개의 술잔이 부딪쳤다. 승해는 재희가 술잔을 비우기 전에 먼저 쓴 술을 입에 모조리 털어 넣었다.

대낮부터 술을 마신 승해는 고작 세 잔에 정신을 잃었다. 호기롭게 세 잔을 연거푸 들이켜더니 재희를 보며 씨익, 웃기까지 했

다. 고개를 비스듬히 하고 살포시 아랫입술을 깨물며 웃는 승해의
모습이 꽤 유혹적이었다. 테이블에 이마를 찧으며 고개를 푹 떨어
뜨리지 않았다면 꽤나 당돌하구나 하며 승해의 유혹에 못 이기는
척 넘어갔을지도 모른다. 지금껏 술 세 잔에 쓰러지는 여자는 본
적이 없기에 당연히 작정하고 덤비는 거라고 여겼다.

그러나 승해는 아무리 어깨를 흔들며 깨워도 일어나지 않았
다.

아니, 일어나지 못했다. 그렇게 승해가 술에 취해 잠든 지 3시
간이 훌쩍 지나 4시간을 향해 가고 있었다.

띠링.

문자 들어오는 소리에 재희의 얼굴에 짜증이 번졌다. 약속시간
을 30분이나 넘겼고 좀 전에도 다른 친구 녀석이 문자를 보내 욕
을 한 후였다.

[사고 났냐? 뭐 하는데 안 와?]

그래도 욕은 아니다. 휴대폰을 뒷자리의 테이블 위에 휙 집어
던지고 재희는 자세를 고쳐 앉았다. 인상 쓴 얼굴로 평화롭게 자
고 있는 승해를 쳐다봤다. 그러다 발로 테이블 다리를 툭툭 두 번
찼다. 테이블이 흔들리면서 승해의 몸도 같이 흔들렸다. 그래도
승해는 일어나지 않았다.

"아주 단잠을 주무시네."

인내심의 한계가 왔다. 서재희가 누군가를, 그것도 장장 4시간
이 기다려줬다는 건 실로 놀라운 일이었다. 아마 서 회장이 알았

다면 당장 병원부터 가보라고 했을 거고, 친구 녀석들이 알았으면 흙바닥을 데굴데굴 구르며 미친 듯이 웃었을 일이다.

"어이, 윤승해."

팔을 길게 뻗어 그가 승해의 등을 쿡 찔렀다.

"으음."

"어쭈?"

신음 소리를 낸 승해가 재희 쪽을 향해 고개를 돌려 누웠다. 기다랗게 늘어진 검은 속눈썹이 하얀 얼굴에 긴 그림자를 만들어냈다. 재희는 입술을 슬쩍 비틀고는 승해에게로 가까이 다가갔다.

"그만 일어나."

아무런 반응도 없이 승해는 여전히 새근새근 잘도 잤다. 재희의 얼굴이 승해에게 더 가까이 다가갔다.

"이제 와서 버리고 가게 하지 말고 일어나."

지금 버리고 가면 앞으로 서재희 인생에서 더 없을 4시간의 인내가 아무런 보상도 받지 못하고 날아갈 것 같아 차마 그렇게는 하고 싶지 않았다.

띠링.

타이밍 좋게 문자가 또 들어왔고 그 소리가 들렸는지 승해가 다시금 몸을 뒤척였다. 그 틈을 놓치지 않고 재희가 승희를 깨웠다.

"일어나라고."

눈꺼풀에 떨어지는 따뜻한 입김에 승해는 미간을 찡그렸다. 꿈을 꾸고 있는 것처럼 갑자기 몽롱한 느낌에 사로잡혔다. 나직한 목소리가 귓가에 들렸고 얼굴은 괜스레 후끈거렸다. 그렇게 테이블에 엎드린 채로 몇 초가 흘러서야 승해는 가만히 눈을 떴다.

"잘 잤어?"

낯선 얼굴, 그리고 낯선 목소리.

"이렇게 아무 데서나 자는 게 술버릇인가?"

나긋나긋하지만 전혀 다정하지 않은 눈빛.

"서재희?"

눈을 깜박이며 승해는 정신을 차리려고 애썼다. 지그시 승해를 내려다보고 있던 재희가 고개를 수그리며 그녀와 시선을 맞췄다. 후, 하고 입김을 불면 그대로 입술이 젖을 것처럼 가깝고도 위험한 거리가 승해와 재희 사이에 존재했다.

"눈 떴으면 그만 일어나지?"

"나 잤어요?"

"그것도 푹."

비꼬는 재희의 말투에 흐릿했던 머릿속이 또렷해졌다. 술을 마셨고 처음 마셔본 독한 술에 그만 정신을 잃었다. 술에 취해 잠이 들어버린 거다. 대체 얼마나 잔 걸까.

"많이 잤어요?"

승해는 여전히 테이블에 엎드려서는 태연한 척 재희에게 물었다. 승해의 물음에 재희는 같은 표정, 같은 자세로 대답했다.

"4시간."

"꽤 많이 잤네요."

거의 기절을 했나 보다. 말짱한 얼굴로 일어나기엔 너무 깊이 자버렸고, 그렇다고 허둥대며 일어나기엔 타이밍을 놓쳐버렸다.

"깨우죠."

어디까지 속을 보이고, 어디까지 속을 감춰야 하는 건지 모르겠지만 술에 취한 지금은 그냥 이래도 널브러져 있고 싶은 게 승해의 마음이었다. 싸가지 서재희가 매정하게 버려두고 갔다면 더 좋았을 텐데, 어쩌면 그는 이런 모습이 보고 싶어 일부러 술을 마시고 일부러 4시간이나 기다렸던 게 아닐까 싶은 생각도 들었다.

"가난하다더니 리모델링은 제대로 했네?"

흐음, 뜻 모를 숨을 들이마시고는 재희가 그렇게 말했다.

"무슨 말이에요?"

"눈, 코, 턱? 견적 꽤 나왔겠어?"

입술을 틀며 웃는 서재희는 상당히 불량스럽다.

"예쁘다는 소리로 알아들을게요."

역시나 당황하지 않고 말간 얼굴로 천연덕스럽게 대답했지만, 눈빛이 마주친 순간 승해는 내심 떨렸다.

"수술 안 했어?"

"네."

"하나도?"

"네."

"전혀?"

"성형외과 근처에도 안 가봤어요, 됐어요?"

조곤조곤, 표정 변화 없이 말하는 승해에게 재희가 손가락을 들어 까딱까딱 해 보이며 말했다.

"가까이 와봐."

"더 이상 가까이는 무리지 싶은데요."

재희가 픽, 웃었다.

"이렇게 예쁜데, 이렇게 가까이 얼굴을 맞대고 있는데, 나는 왜 하나도 떨리지가 않을까?"

재희의 얼굴에서 미소가 순식간에 사라졌다. 처음 만났을 때처럼 그는 냉기가 흐르는 눈빛을 하며 승해에게서 멀어졌다. 승해는 당황하지 않고 태연하게 굴었다. 어쩐지 얼굴 빨개져서 말을 더듬으면 재희한테 지는 것 같았다.

"어쨌든 고마워요."

"당연히 고마워해야지."

승해가 먼저 일어났다.

"그만 가요."

비틀거리지 않으려고 그녀는 땅을 딛고 선 발에 온 신경을 주며 힘을 쏟았다. 다행스럽게도 다리가 풀릴 정도는 아니었다.

핑, 돌기는 했지만 승해는 누구의 도움도 받지 않고 타박타박 걸어 재희의 차에 올라탔다. 친구들로부터 여러 번 전화가 왔지만, 그래서 재희가 친구들과 약속이 있다는 걸 어림짐작으로 알게 됐지만 승해는 굳이 알아서 가겠다는 말을 하지 않았다. 차비가 없는 것도 이유였고, 그것보다는 멋대로 찾아와 멀리까지 데리고 왔으니 집으로 돌아가는 것 또한 재희가 책임을 져야 한다고 생각했기 때문이었다. 그렇게라도 재희를 골탕 먹이고 싶었다. 이상하게도 재희랑 있으면 오기 같은 게 생긴다. 착한 척하기 싫고 반듯한 척하기 싫어진다.

"아무하고나 술 마시고 돌아다니는 짓도 하지 마."

차에 타자마자 재희가 승해에게 엄포를 놓듯 그렇게 말했다.

"나 팔려가요?"

재희의 말에 승해가 고개를 돌렸다.

"뭐?"

"이러다 웃지도 마, 울지도 마, 먹지도 마까지 나오는 거 아니에요?"

"그래야 한다면."

"그냥 하기 싫다고 해요."

"뭘?"

"결혼이요."

승해의 눈에 재희는 하기 싫어 죽겠는데 망할 자존심 때문에 번복하지 못하고 주위 사람들 피곤하게 억지를 부리는 12살 꼬마 같았다. 누군가 나서서 먼저 끝을 내주길 바라는 것 같아 안쓰러운 마음이 들기도 했다.

"하기 싫다고 안 했는데?"

"엄청 하기 싫은 것처럼 보이거든요?"

"내가 우리 할아버지를 별로 안 좋아하거든?"

예쁘지도 않은 여동생에게 모든 사랑을 빼앗긴 것 같아 심통이 났었고, 걸음마를 시작하면서부터 무엇이든 뺏으려고 하는 여동생이 마냥 미웠었고, 그런 동생을 혼내지 않고 무조건 예쁘다고만 하는 아빠에게 잔뜩 화가 났었다. 그래서 장난감 비행기로 아빠 뒤통수를 콕, 찔렀을 뿐이었다. 나 이만큼 화났으니까 얼른 봐주세요, 하는 투정이었을 뿐이었다.

그런데 막 걸음마를 시작한 여동생을 품에 안고 있던 엄마, 그리고 그 두 사람을 사랑스러운 눈으로 힐끔거리며 운전을 하던 아빠, 뒤에서 장난감 비행기를 가지고 놀며 괜한 심술을 부리던 어린 서재희는 그날 이후로 다시는 같은 차를 타고 맛있는 김밥을 싸서 동물원으로 소풍을 갈 수가 없게 됐다. 피 묻은 엄마를 보고 있는 게, 눈을 뜨지 못하는 아빠를 보고 있는 게 너무 무서웠다. 안 그래도 무섭고 불안한데 할아버지는 어린 자신을 붙잡고 어떻게 된 거냐고 호통치며 묻고 또 물었다. 핏발이 섰던 그 눈동자엔 말짱한 얼굴의 자신이 들어 있었다.

그때부터였다, 할아버지가 싫었던 건.

"그래서요?"

"내가 별로 안 좋아하는 할아버지가 윤승해 네가 아주 마음에 든대."

할아버지 눈에 들고 싶어 뭐든 시키는 건 목숨 걸고 잘하려고 용을 쓰던 때도 있었다. 어렸던 그 마음이 어른이 된 지금도 간혹 생각이 나 울컥하게 했다.

하지만 아무리 잘하려고 해도 할아버지 마음에 들어갈 수 없다는 걸 안 뒤부터 모든 걸 놔버렸다. 시키는 건 대충대충, 설렁설렁 하는 척만 했다.

그리고 할아버지가 마음을 놓고 있을 때 제대로 엇나가버렸다. 그러면 내내 점잖은 척하던 할아버지는 있는 대로 화를 내며 부르르 떨었다.

이번 결혼도 같은 마음에서 시작한 거였다. 3년의 시간이 흐른 후에도 윤승해와 잘 살 거라는 부질없는 기대를 하는 할아버지에게 제대로 엇나가는 자신을 보여주고 싶다. 딱 3년이 되는 다음

날, 보기 좋게 윤승해와 헤어질 거다.

"그래서 해보려고."

묘하게 뒤틀린 눈빛으로 재희가 승해를 돌아봤다. 씨익, 웃는 그 미소가 승해는 어쩐지 불쾌했다.

"나는 우리 엄마를 아주 많이 사랑하거든요?"

열어둔 차창 너머로 시원한 바람이 들어왔다. 술은 서서히 깨고 있었고 머릿속은 서서히 맑아지고 있었다.

"내가 아주 많이 사랑하는 우리 엄마가 서재희 씨와 꼭 결혼을 했으면 좋겠대요. 나도 그래서 해보려고요."

운명이다 싶은 사람을 만나 사랑을 하고 결혼을 한다면 좋겠지만, 그래서 평범하면서도 행복한 삶을 살아간다면 정말 좋겠지만 세상이라는 건 그 누구도 장담할 수 없는 거니까 주어진 삶에 최선을 다하는 게 가장 옳은 일일 수도 있을 것 같다. 23살 윤승해에게 주어진 삶이 운명이라고 말할 수 없는 서재희를 만나 결코 행복하다 할 수 없는 결혼을 해서 사는 거라면 그것마저도 열심히 살아내고 싶다.

발버둥을 치며 싫다고 거부할 수도 있고, 코웃음을 치며 어딘가로 멀리 도망을 칠 수도 있겠지만 사실 사는 게 고달파서 발버둥을 칠 기운이 없다. 마냥 나른해지는 봄이라서 그런지 그만 쉬고 싶다. 마냥 오기가 나게 하는 고약한 서재희 때문인지 꼬장꼬장한 이성에게서 제대로 엇나가고 싶어진다. 어디가 끝인지는 몰라도 일단 하겠다고 했으니 끝까지 최선은 다하고 싶다.

"자존심 없는 캐릭터를 택하겠다는 소리로 들리는데?"

"아니요, 자존심 있는 심청이 캐릭터로 가겠다는 말이에요."

"지루하지는 않겠네."

신호등이 빨간불로 바뀌고 재희의 차가 횡단보도 앞에 섰다. 빨간 신호등 불빛이 마치 치기 어린 오기는 이쯤에서 그만두라는 경고를 하는 것 같았다. 승해는 창밖으로 고개를 돌려버렸다. 겨우 빨간 불 하나 켜졌다고 그만둘 마음 따위는 없었다. 서재희가 손을 들고 물러서지 않는 이상 자신도 그럴 마음은 없었다.

"분식집도 조만간 정리하겠네?"

차가 출발하면서 재희가 확신하는 듯한 어조로 물었다.

"신부수업 제대로 해서 와."

승해가 재희를 돌아봤다.

"나만 해요?"

얼굴을 구긴 채로 재희가 승해를 힐긋 쳐다봤다.

"엄청 뻔뻔한 거 알지?"

"모르겠는데요."

왜 모를까. 그래서 더 고개를 빳빳이 쳐들고 말도 싸가지 없게 막 하고 있는 건데.

"그래, 자존심 있는 심청이 어울리네."

재희의 노골적인 비아냥에도 승해는 꼿꼿하게 허리를 펴고 앉아 있었다.

이미 간판 불이 꺼진 분식집 앞에 재희의 차가 섰다. 고개를 길게 빼고 재희는 허름한 분식집을 찬찬히 살폈다.

"잠은 어디서 자?"

"안에 방 있어요."

"설마 방 하나에 주방도 있고 거실도 있고 그런 건가?"

"구경할래요?"

앞치마를 챙겨 들고 내릴 준비를 하면서 승해는 차분한 어조로 말했다.

"자존심 있는 심청이 어울린다면서요? 괜히 돈 없는 걸로 나 자극할 생각이면 방법을 바꾸는 게 좋을 것 같네요."

"그러게, 그건 재미가 없겠네."

주머니 속에 넣어둔 휴대폰에 아까부터 계속 전화가 들어오고 있었지만 재희는 받지 않았다. 가슴을 두드려대는 진동이 그저 귀찮았다. 친구들과 술을 마시며 노는 게 오늘은 별로 내키지 않았다.

"세상을 재미로만 살아요?"

내리려다 말고 승해가 재희에게 진지한 투로 물었다.

"그럼 또 뭐가 있는데?"

"그쪽은 한심한 부잣집 도련님 콘셉트인가 보네요."

쾅, 승해가 차문을 닫았다. 재희는 쿡, 코웃음을 터트리고 차에서 내렸다.

"왜 내려요?"

차를 빙 돌아 제 앞에 서는 재희를 보고 승해는 살짝 긴장한 시선으로 쳐다봤다.

"내일부터 바빠질 테니까 전화하면 바로 받아."

"앞치마 입고 나가도 되는 자리 아니면 미리미리 전화해요."

만만하게 본 건 아니지만 그렇다고 이렇게까지 당찬 아가씨일 줄은 몰랐다. 제법 매력이 있다. 고개를 숙이고 눈물이 글썽글썽

한 눈으로 불쌍한 척이나 하면 어쩌나 싶었는데 그럴 일은 전혀 없을 것 같다. 부러지면 부러졌지 절대 휘지는 않을 것 같은, 그래, 잎이 새파란 대나무 같다.

"내가 워낙에 충동적인 걸 좋아해서 미리미리가 가능할지 모르겠네."

"나는 별로 한가한 사람이 아니라서 서재희 씨 충동에 적극 참여는 어려울 수도 있겠네요."

결혼을 하기로 했다고 해서 당장 하던 아르바이트를 전부 그만두고 감나무에서 감 떨어지기만을 기다릴 수는 없었다. 돈에 팔려가는 거라고 해도 팔려가기 전까지는 꼿꼿하게 고개 들고 살고 싶다.

"잠깐."

재희가 재킷 안주머니에 손을 넣어 휴대폰을 꺼냈다. 시선을 승해에게 둔 채로 그는 전화를 받았다.

"그러게, 오랜만이네."

싱긋, 재희의 입술 끝이 휘어 올라갔다. 그리고 휴대폰 너머에서 웃음기 가득한 여자의 목소리가 들려왔다.

"기다려, 금방 날아갈 테니까."

전화가 끊기는 그 순간까지도 여자의 웃음소리는 승해의 귀에 또렷하게 들려왔다. 아무렇지 않지가 않았다. 뭔가 찝찝하고 뭔가 유쾌하지 않았다.

대체 이 남자와 있으면 얼마나 많은 감정을 느껴야 하는 걸까. 나중에는 어떤 게 진짜인지 헷갈릴 것 같다.

"들어가."

차갑게 언 표정으로 돌변한 재희가 승해에게 등을 보였다. 그러고는 곧장 차에 올라 분식집에서 멀어졌다.

"마음은 주면 안 되겠다, 윤승해."

혼잣말을 중얼거리며 승해는 씁쓸하게 웃었다. 유난히 설레었던 봄이었는데 아무래도 그게 다일 것 같다.

드르륵, 분식집 문을 열고 들어가면서 승해는 한 번 더 쓰게 웃었다. 그러고는 손을 머리 위로 쭉 뻗으며 기지개를 폈다.

"낮잠을 너무 자서 잠 안 오겠다."

편치 않은 곳에서, 그것도 편치 않은 사람 앞에서 잠을 잤지만 꽤나 달콤했다. 실로 오랜만에 잔 낮잠이었고 최근 들어 가장 편안했다. 그 4시간의 낮잠이 그나마 위로가 됐다. 그래도 잠은 편하게 잘 수 있겠구나, 하는 보잘것없지만 시시하지 않은 위로. 그래서 멈칫하기 싫어졌다. 그래서 허무하게 끝나버린 봄이 아쉽지 않아졌다.

3

물기를 잔뜩 머금은 바람이 아침부터 정수리를 뜨겁게 달군다. 흘러가버린 봄을 아쉬워하기도 전에 여름이 찾아왔다. 언제부턴가 계절은 예고도 없이 불쑥 찾아온다. 전날까지도 선선했던 바람은 아침에 일어나니 후덥지근해졌고 하늘을 올려다보는 얼굴에는 짜증이 그득하다.

"일찍 왔네요."

재희의 차에 타면서 승해는 자신이 늦은 게 아니라는 말을 그렇게 했다.

"너는 융통성 없게 시간 딱 맞춰 나왔고."

바다 같이 넓은 마음에 하늘같이 높은 이해심을 바란 건 아니다. 그렇지만 일말의 배려도 하지 않는 재희가 승해는 마음에 들지 않았다.

"그건 뭐야?"

차를 출발시키면서 재희는 승해의 무릎 위에 얌전히 놓여 있는 보따리를 턱 끝으로 가리켰다.

"선물이요."

얼렁뚱땅 결혼이라는 걸 하기로 약속을 하고 처음으로 재희의 집에 인사를 가는 날이었다. 몇 주 전 정식으로 초대를 받았지만 은주가 전날 밤에 급체를 하는 바람에 응급실을 가느라 어쩔 수 없이 다음으로 미뤄야 했다. 그때 재희의 할머니와 통화를 하며 승해는 예비 시할머니에게 처음으로 인사를 했었다.

"뭔데?"

"떡이요."

"날도 더운데 떡은 무슨. 차라리 꽃 한 다발을 사는 게 품격 있어 보이지 않았을까 싶다."

승해의 보자기를 다시 한 번 단단히 조였다.

"날도 더운데 떡 한다고 밤새운 우리 엄마 때문에 꽃다발 살 생각은 못했네요."

"직접 하셨다고?"

입을 꾹 다물고 승해는 정면만 내다보고 있었다.

"별걸 다 하시네."

재희는 언젠가부터 집에서 해 먹는 음식에 대한 그리움이나 애틋함 같은 게 없어졌다. 그저 때가 되면 밥을 먹고 배가 고프면 먹을 게 생각나는 정도였다.

"할머니가 좋아하시겠다."

재희의 낮은 음성에 승해가 고개를 돌렸다. 한 손으로 핸들을 잡고 운전을 하는 재희의 옆모습이 그 어느 때보다 진지했다. 봄이 지나고 여름이 오기까지 열 번도 채 만나지 않았지만 만날 때마다 재희는 장난스러웠고 또 불량했다. 결혼을 하겠다고 했지만 전혀 반기지 않고 있음을 여실히 보여줬다. 마치 이 결혼을 승해 혼자만 원하고 있는 것처럼 간혹 시비 비슷한 걸 걸기도 했다. 대수롭지 않은 척 굴었지만 그럴 때마다 승해는 조금씩 가슴이 아팠다.

"싫으면 지금 말해요."

그래서 벌써 몇 번이나 같은 걸 묻고 또 묻는 승해였다.

"뭐가?"

"이 말도 안 되는 결혼이요."

재희가 승해를 돌아봤다. 그러고는 이내 손을 바꿔 핸들을 잡았다.

"나한테 떠넘기고 싶어?"

이번엔 재희가 승해에게 물었다.

"그럴 수도."

재희가 먼저 스톱을 외쳐주길 바랐던 건지도 모르겠다. 돈에 팔려가도 자존심은 지키겠다고 큰소리친 것처럼 먼저 손들고 물러나기는 싫었던 건지도 모른다.

그러고 보면 망할 자존심을 세우고 있는 건 자신도 마찬가지였다.

"어쩌나, 난 여전히 그만둘 생각 없는데."

사악한 표정을 지으며 재희가 입술 끝을 올렸다.

"싫잖아요."

"좋지는 않지."

"근데 왜 그만둘 생각이 없어요?"

"할아버지가 하라고 하니까."

청개구리처럼 엇나가기만 하는 건 10대들이나 하는 반항이다. 과제를 던져주고 얼마나 잘하는지 두고 보자 하면 상대가 생각하는 것보다 더 뛰어난 결과를 보여주면 되는 거다.

물론 처음 결혼 얘기를 들었을 때는 발끈했고 기가 막혔었다. 인생까지 좌지우지하려는 할아버지가 원망스럽기도 했다.

하지만 그깟 3년 잡음 없이 잘 살아내기만 하면 된다는데 못할 것도 없었다.

"할아버지가 시키면 다 해요?"

"대체로."

고분고분 따르지 않아서 그렇지 반항을 즐기는 어린애는 아니었다.

"착한 손자네."

승해가 비꼬듯이 말했다. 몇 번의 만남으로 승해는 재희를 닮아가고 있는 듯했다.

"착하게 굴어야지, 내 돈줄인데."

너무 노골적인 말에 승해의 미간이 좁아졌다.

"왜, 속물 같아?"

"네."

"속물 아닌 사람도 있나? 돈 때문에 사랑하지도 않는 나랑 결혼하겠다고 나선 너도 속물 아니었어?"

재희의 말에 승해는 아니라는 말을 차마 할 수 없었다.

"최선을 다할 생각은 없지만 적어도 내가 먼저 그만두자고는 안 할 거니까 걱정하지 마."

적어도 3년은 윤승해를 놓지 않을 거다. 나약하게 먼저 손 털고 물러나는 모습은 보이지 않을 거다. 기대보다 훨씬 더 잘 살아낼 거고, 걱정보다 훨씬 더 지금과 같은 생활을 잘 즐길 거다. 아마도 결혼 생활을 하는 3년 내내 할아버지는 하루에도 몇 번씩 심장이 철렁하지 않을까 싶다.

"나도 먼저 그만두자는 말은 안 해요."

"당연히 안 해야지."

대체 서재희의 꿍꿍이가 뭘까. 분명 다른 뜻이 있는데 그게 뭔지 알 수가 없다.

커다란 대문, 그보다 더 커다란 건물.

눈만 돌려서는 결코 집안 전체를 훑어볼 수도 없을 만큼 크고 넓은 집에 승해는 거실로 올라서면서부터 저도 모르게 주눅이 들었다.

"어서 와요."

한복을 곱게 차려입은 오 여사가 제일 먼저 승해를 맞았다.

"안녕하세요, 윤승해라고 합니다."

그래도 제법 담담한 목소리로 승해가 허리를 숙여 인사했다.

"엄마가 준비해주셨어요."

단아한 손길로 승해는 고운 핑크색 보자기로 싼 떡 보따리를 내밀었다. 오 여사 옆에 있던 도우미가 두 손으로 보따리를 받아 들고 주방으로 들어갔다.

"감사하다고 전해줘요."

"네."

어색한 인사가 끝나고 오 여사는 승해를 거실 소파로 안내했다. 승해가 소파에 앉는 사이 재희는 2층 제 방으로 올라갔다. 야속한 눈길로 승해는 재희가 사라진 곳을 힐끔 쳐다봤다.

"다감하지는 않죠?"

맞은편에 앉아 있던 오 여사가 슬쩍 미소를 지으며 말했다.

"네?"

"엄한 할아버지 밑에서 큰 탓에 별로 다감하지는 못할 거예요."

"네."

반듯하게 앉아 있는 자세도, 맑은 눈빛도, 그리고 깨끗하게 다듬은 승해의 손톱도 오 여사는 마음에 들었다. 생각했던 것보다 얼굴에 그늘이 덜한 것 같아 마음이 놓이기도 했다. 사랑 많이 받고 자란, 가족이 북적북적대는 그런 집안의 아가씨와 결혼을 하면 더 좋았겠지만 승해의 첫인상도 나쁘지는 않았다.

"사모님, 차 준비할까요?"

주방에서 나온 도우미가 오 여사에게 공손히 물었다.

"시장해요?"

"아니요, 괜찮습니다."

"그럼 회장님 나오시면 식사하는 걸로 하죠. 회사에서 급한 연락이 와서 서재에서 통화 중이세요."

"네."

도우미가 물러가고 잠시 드넓은 거실엔 정적이 감돌았다. 그때

2층에 올라갔던 재희가 옷을 갈아입고 내려왔다.

"어때요?"

계단을 내려와 승해 옆에 앉으면서 재희는 오 여사에게 대뜸 그렇게 물었다.

하지만 오 여사는 아무런 대답도 하지 않았다.

"생긴 것처럼 마냥 곱상하지는 않아요."

재희의 말에 승해의 귓불이 빨개졌다.

"너도 생긴 것처럼 마냥 다정하지는 않으니 잘됐구나."

그래도 오 여사의 농담에 승해는 한결 마음이 편안해지는 듯했다.

"내가 손님을 불러놓고 너무 기다리게 했구나."

목소리가 들리는 쪽으로 고개를 돌리며 승해가 자리에서 일어났다.

편한 셔츠 차림의 서 회장이 성큼성큼 걸어 승해 가까이 다가왔다. 눈 오는 날 만났던 할아버지가 아닌 것 같아 승해는 속으로 당혹스러웠다. 길거리에서 눈을 맞으며 돈을 빌려달라던 할아버지는 어쩐지 초라한 것 같았는데 대궐처럼 커다란 집 안을 위풍당당하게 가로지르는 할아버지는 그냥 회장님이었다. 흰 머리카락마저도 근사하고 힘이 있어 보였다.

"안녕하세요."

승해의 인사에 서 회장은 흐뭇한 미소를 지었다. 좀처럼 보기 힘든 서 회장의 미소가 재희는 낯설기만 했다.

"나 알아보겠어?"

"네."

다른 모습이기는 하지만 얼굴은 기억과 같았다.

"고맙다, 골칫덩이를 맡아주겠다고 해서."

서 회장이 슬쩍 승해의 어깨를 토닥였다.

"식사부터 하세요."

"그러지."

오 여사가 앞장서서 주방으로 들어갔다. 움직일 때마다 치맛자락이 사부작거리는 듣기 좋은 소리를 냈다.

긴장되기는 했지만 승해는 소복하게 담긴 밥을 한 톨도 남기지 않고 다 먹었다. 그리고 도우미 둘이 상을 치우기 시작하자 돕겠다며 소매를 걷어 올리고 나섰다. 그런 승해를 재희가 거실로 데리고 나왔다.

"설거지 같은 거 잘할 것 같기는 한데 그래도 남의 영역 멋대로 침범하지는 마."

승해를 소파에 앉히고 재희도 그 옆에 앉았다. 삐딱하게 굴기는 해도 그래도 승해를 챙기는 것 같아 서 회장은 내심 안심이 됐다. 더구나 나란히 앉혀놓고 보니 둘이 상당히 잘 어울렸다. 선남선녀, 딱 두 사람을 두고 하는 말이었다.

"솜씨가 좋으시구나."

시원한 매실차와 승해가 가져온 떡이 후식으로 나왔다. 흠이라도 잡힐까 은주는 떡 보따리를 들려주며 몇 번이나 잘한 짓인지 모르겠다는 말을 반복했었다. 결혼하기 전, 돌아가신 외할머니로부터 유일하게 배운 게 바로 떡 만드는 거였다며 늘 자신 있어 하던 은주였다.

"그래, 결혼은 언제 했으면 좋겠니."

서 회장의 물음에 승해는 선뜻 대답을 하지 못했다.

"여름엔 너무 덥겠지?"

여름에 하는 게 좋겠다는 뜻을 서 회장은 그런 식으로 내비쳤다. 그런 의중을 모를 리 없는 오 여사가 나직이 서 회장을 탓했다.

"더운 게 아니라 너무 빠른 거죠."

"빠른 건 아니지, 둘이 만난 게 언젠데."

"일단 재희도 인사를 다녀오고 그다음에 승해 어머니 만나서 얘기하는 게 좋을 것 같아요."

찻잔을 입으로 가져가며 오 여사는 조용히 말을 이었다. 언성을 높이거나 무서운 표정을 짓지 않는데도 이상하게 오 여사에게서 카리스마가 느껴졌다.

"괜찮다고 하시면 여름에 해요."

고요한 평화를 깨트리듯 재희가 떡 하나를 포크로 찍으면서 툭 말을 뱉었다. 승해의 커다란 눈이 재희에게로 향했다.

"어차피 할 건데 여름이면 어떻고 가을이면 어때? 설마 에어컨도 안 나오는 데서 결혼식 할까봐 그래?"

"오랜만에 마음에 드는 소리 하는구나."

서 회장은 오 여사의 시선을 피하며 찻잔을 들었다. 너무 서두른다고 오 여사가 말려주길 바랐지만 딱히 말이 없었다.

"왜, 싫어?"

재희가 승해에게 대놓고 물었다. 승해는 어떤 대답을 해야 하나 잠깐 망설이다 담백한 어조로 대답했다.

"아니요, 상관없어요."

시간을 끈다고 달라지는 건 없었다.

그저 머릿속만 더 복잡해질 것 같아 승해는 재희가 하자는 대로 따르기로 마음먹었다.

별다른 실수 없이 첫 인사를 마쳤다. 대문을 열고 밖으로 나오자 승해는 긴 숨을 내쉬었다.

"뭐야, 긴장했었어?"

"그랬나 봐요."

그러고 보니 승해의 양 볼이 불그스레하다.

"하여간 촌스럽기는."

히죽거리며 재희가 승해의 볼을 손등으로 쓸어내렸다. 갑작스러운 그의 행동에 승해는 놀라서 흠칫, 숨을 들이마셨다. 그러나 정작 재희는 아무렇지 않은 듯 차에 올라탔다.

"안 타?"

어정쩡하게 서서 눈만 깜박이던 승해가 마른침을 삼키고 조수석 문을 열었다. 이젠 제법 익숙해진 가죽 시트의 냄새가 두근거리는 마음을 진정시켜줬다. 하지만 가벼워진 손과 달리 마음은 무거웠다.

"우리 정말 여름에 결혼해요?"

"어."

분식집 앞 골목보다 몇 배는 넓은 것 같은 골목을 재희의 차가 부드럽게 빠져나갔다.

"촌스럽다고 욕하지 말고 뭘 어떻게 준비해야 되는지 미리 말해줘요."

"준비할 거 없어."

"혼수 같은 거 그쪽 수준에 맞춰서 못해요."

"그러니까 준비할 거 없다고."

"그래도……."

"어차피 맞출 능력도 없잖아."

말을 어쩜 이렇게 예쁘게 할까.

"남들 하는 거 다 따라 하려면 다른 것부터 해야 되니까 그냥 가만히 있어."

"다른 거 뭐요?"

"육체적, 정신적 만남."

음흉하게 틀어지는 재희의 미소에 승해는 미간을 좁혔다.

"우리가 제대로 된 결혼을 한다고 생각해? 아닌 거 너도 알잖아. 대충대충 하자고."

분식집 딸과 결혼하라는 말을 들었을 땐 좀 의아했었다. 돈 좋아하는 서 회장님이 어째서 가진 것 없는 집안과 사돈을 맺으려고 하는지 이해가 되지 않았다.

그런데 이제는 어렴풋이나마 이해가 됐다. 가진 게 많고 잘난 집안과 사돈을 맺어서 부모 없는 손자 때문에 약자인 듯 고개를 숙이는 것보다는 갖고 있는 것들을 지키면서 고개까지 쳐들고 강자가 될 수 있는 쪽을 택한 거였다.

거기에 3년이란 조건을 붙였으니 그 3년이란 시간 동안 서 회장은 손자 앞에서도 강자가 될 수 있었다.

"어디 가요?"

동네를 빠져나온 재희의 차가 집과는 정반대 방향으로 달리고
있었다.

"친구들 만나러."

"지금이요?"

"어."

"그럼 버스정류장에서 내려줘요."

"왜?"

"친구들 만나러 간다면서요."

"혼자 간다고 안 했는데?"

"같이 가자고요?"

"잘하면 다음 달에 결혼할 수도 있는데 그 전에 친구들한테
얼굴은 보여줘야 되지 않겠어?"

언제나 멋대로인 재희에게 적응이 되려면 대체 얼마나 더 많은
시간이 흘러야 하는 걸까.

"미리 말해주면 어디가 덧나요?"

"미안."

진정성이라고는 손톱만큼도 담겨 있지 않은 재희의 성의 없는
사과에 승해의 한숨이 더 짙어졌다.

"술은 마시지 마."

"그럼 방긋방긋 웃기만 해요?"

승해가 몸을 틀어 억지웃음을 지었다. 그런 승해를 돌아보고
재희가 눈살을 찌푸렸다. 그러다 픽, 짧게 웃음을 터트렸다.

"10명이든 20명이든 좋으니까 보여줄 친구 있으면 말해."

"없어요."

고등학교 친구들은 연락한 지가 오래돼서 결혼한다고 전화하기가 민망스럽고, 대학 친구들은 워낙에 휴학을 밥 먹듯 한 탓에 깊이 친해질 시간이 없었다.

"왕따였어?"

"내가 모두를 왕따 시켰죠."

사는 게 고단했다. 친구들과 어울려 떡볶이를 먹을 시간도 없었고 쇼핑을 하러 돌아다닐 여유도 없었다.

"서재희 씨는 친구 많아요?"

"어떤 의미의 친구?"

"친구에도 의미가 있어요?"

"그럼, 친구마다 다 역할이 있고 의미가 있지."

단순히 술이나 마시고 즐기기 위해 만나는 친구가 있고, 앞을 내다보고 사업적 측면에서 만나는 친구가 있고, 또 서로를 절대 친구라고 여기지 않지만 누구보다 우정이 두터운 척 연기를 하며 어울리는 친구가 있다.

"진짜 친구는 없구나?"

시간이 없어 친구를 사귀지 못한 자신보다 시간도 많고 여유도 많지만 진심으로 친구를 사귀지 못한 재희가 어쩌면 더 불행한 삶을 살았던 게 아닐까 싶어 그녀는 문득 그가 가여워졌다.

재희의 차가 멈춰 선 곳은 호텔이었다. 환한 대낮에 친구들과 놀겠다고 호텔을 들락거리는 게 승해로서는 이해되지 않았다.

"설마 여기서 친구들을 만난다는 거예요?"

차창 밖을 내다보며 승해가 물었다.

"그럼 설마 포장마차 같은 데서 만날 줄 알았어?"

미끄러지듯 호텔 앞에 차를 정차한 재희는 자연스럽게 차에서 내렸다. 모자에 유니폼을 갖춰 입은 남자가 조수석 문을 열어줬다. 차에서 내린 승해는 본능적으로 제 옷차림부터 확인했다. 가지고 있는 것 중 가장 단정하고 깔끔한, 그리고 제일 비싸게 주고 산 옷으로 골라 입은 건데 왠지 지금 이 순간만큼은 초라한 것처럼 느껴졌다.

"쪽팔리지 않겠어요?"

선수 치듯 승해가 먼저 재희에게 물었다.

"그러게, 쪽팔리긴 하겠네."

재희는 걸치고 있던 얇은 카디건을 벗어 승해의 어깨에 걸쳐줬다.

"뭐예요?"

"비싼 거니까 뭐 묻히고 그러지 마."

혹시라도 조명 아래서 승해의 하얀 블라우스 안이 비칠까봐 그런 건 아니었다. 무릎까지 내려오는 크림색의 하늘하늘한 스커트가 신경 쓰여서 그런 것도 아니었다.

"서재희 씨가 사는 세상이랑 내가 사는 세상이 참 많이 다르다는 걸 느끼는 하루네요."

한숨 쉬듯 승해의 말끝이 묵직하게 내려앉았다.

"그걸 이제 알았어?"

재희의 손이 가볍게 승해의 어깨를 감싸 안았다.

"곧 결혼할 사인데 이 정도 스킨십은 해도 되는 거 아닌가?"

재희는 자연스럽게 승해를 안고 걸었다. 그와 보폭을 맞추며 승해는 들리지 않게 한숨을 한 번 더 내쉬었다.

"싸가지 없게 굴어도 좋으니까 기죽지 마, 그게 더 쪽팔리니까."

마른 입술을 혀끝으로 슬쩍 적시며 승해는 고개를 들었다. 쪽팔리는 건 싫었다. 기죽을 것도 없었다.

재희와 나란히 발을 맞춰 도착한 곳은 승해가 예상했던 곳과 크게 달랐다. 스카이라운지 같은 데서 간단히 술을 마시는 게 아닐까 생각했었다. 그게 아니라면 대부분의 호텔 지하에는 클럽 같은 게 있다니 그곳에서 친구들과 어울려 놀겠구나 했었다.

그런데 재희가 승해를 데리고 간 곳은 스카이라운지도 아니고, 지하에 있는 클럽도 아니었다. 호텔에 있는 스위트룸이었다. 룸 앞에서 멈칫했던 승해는 따질 기회도 없이 벌컥 열린 문 앞에서 한 번 더 놀라고 말았다.

"왔어?"

방이 아니라 하나의 집처럼 스위트룸은 어마어마하게 컸다. 그리고 그 안을 가득 채운 꽃과 향이 좋은 초들. 남자들이 있었고 또래거나 그보다 어려 보이는 여자들이 있었다. 그들은 하나같이 길쭉한 샴페인 잔을 손에 들고 웃고 떠들고 또 춤을 추고 있었다. 그야말로 파티였다.

"이렇게 놀아요?"

스위트룸 안으로 한 발 들여놓으면서 승해가 얼이 빠진 표정으로 재희에게 물었다.

"가끔."

대체 이런 방은 하룻밤에 얼마나 하는 걸까. 돈은 누가 내는 걸까. 다 놀고 난 후 청소는 또 누가 하는 걸까.

"그 표정 좀 풀지?"

"내 표정이 어떤데요?"

재희의 핀잔에 승해는 너무 눈을 댕그랗게 뜨고 있었나 싶어 얼른 눈에서 힘을 빼고, 너무 미간을 좁히고 있었나 싶어 얼른 입술 끝을 슬쩍 끌어 올려 웃었다.

"즐겨."

즐길 수 없는 곳에 데려와 놓고 재희는 그렇게 말했다. 친구들과 생일 파티 한 번 제대로 해본 적이 없는 승해였다. 호텔에서 낯선 사람들과 어울려 샴페인을 마시고 몸을 흔들어대는 게 승해에게는 절대 쉬운 일이 아니었다. 그러니 즐기라는 재희의 말에 눈앞이 캄캄해졌다.

"왔어?"

얼굴이 하얀 남자가 손을 들어 재희를 반겼다. 그리고 그 남자 옆에 있던 여자들이 일제히 재희가 아닌 승해에게로 시선을 날렸다. 승해의 어깨를 감싸고 있던 재희의 손에 살포시 힘이 들어갔다.

"늦었다?"

"너희들이 이른 거겠지."

서재희는 친구들 앞에서도 별로 고분고분하지 않구나.

"그런데 이 아름다운 레이디는 누구?"

남자의 사심 어린 눈빛에 승해는 올라가 있던 입술 끝을 내렸다.

"내 약혼녀."

재희의 대답에 주위에 있던 사람들의 눈이 아까의 승해처럼 커다래졌다.

"뭐야, 결혼한다는 말이 진짜였어?"

"결혼한다고? 서재희가?"

"너는 알고 있었어?"

재희와 승해를 옆에 두고 사람들은 자기들끼리 질문을 하고 또 답을 하느라 정신이 없었다. 재희는 놀란 친구들은 관심 없다는 듯 승해를 그곳에 세워두고 샴페인을 가지러 테이블이 있는 쪽으로 움직였다.

"서재희 약혼녀예요?"

몸에 쫙 달라붙는 빨간색 원피스를 입은 여자가 믿을 수 없다는 표정으로 승해에게 물었다.

"네."

승해의 간결한 대답에 여자들은 달갑지 않은 표정을 지었다.

"그러니까 서재희랑 결혼을 한다고요?"

"네."

서재희가 결혼이라는 걸 한다는 게 놀라운 걸까, 아니면 서재희와 결혼을 하겠다는 사람이 자신이라는 게 놀라운 걸까. 둘 중 무엇이든 기분이 좋지는 않다.

"그런데 나이가 어떻게 돼요?"

"그건 네가 알아서 뭐 하게?"

샴페인 두 잔을 들고 승해 곁으로 온 재희가 여자의 질문을 싹둑 잘랐다.

"뭐 하긴, 궁금해서 그렇지. 우리보다 많이 어려 보이는데?"

"내 약혼자가 어려 보이는 게 아니라 네가 늙어 보이는 거겠지."

"재수 없는 새끼."

여자에게 막말을 하는 재희나 친구에게 욕을 하는 여자나, 승해 입장에서는 전혀 적용되지 않는 상황일 뿐이었다.

"동물원 원숭이 만들려고 데리고 온 거 아니니까 인사할 거 아니면 신경 끄고 가서 놀아."

차갑게 웃으며 말하는 재희를 승해가 슬그머니 돌아봤다. 눈이 마주치자 재희는 승해에게 샴페인 잔 하나를 건넸다.

"처음 뵙겠습니다, 재희 친구 고민준입니다."

짙은 파란색의 넥타이를 멋스럽게 한 남자가 승해에게 손을 내밀며 정중하게 인사를 해왔다.

"안녕하세요, 윤승해라고 해요."

민준이 내민 손을 잡으며 승해가 살갑게 웃었다. 커다랬던 눈이 작아지며 눈웃음을 짓는 승해를 민준은 귀엽다는 눈빛으로 쳐다봤다.

"만나서 반가워요, 저는……."

하나둘씩 제 소개를 하며 인사를 했고 승해는 상냥하게 웃으며 악수를 하거나 고개를 숙여 그들과 인사를 나눴다. 남자들은 대체로 친근하게 인사를 건넸고 여자들은 겨우 예의를 차리는 듯했다. 그러거나 말거나 승해는 재희의 약혼녀로서 마음을 다해 파티를 즐기려고 애썼다.

"달짝지근해서 음료수인 줄 아는 거야?"

사업 얘기인지 한창 친구들과 어울려 주식이 어떻고 마케팅이 어떻고 떠들어대던 재희가 어느새 혼자 있는 승해 옆으로 다가와 샴페인 잔을 뺏어 들었다.

"하긴 호텔이니까 여기서 하룻밤 자고 가는 것도 나쁘지는 않겠네."

음흉하게 웃으며 재희는 승해가 마시던 샴페인을 옆에 있는 테이블에 내려놨다.

"내가 없이 살기는 했어도 가정교육은 제대로 받고 컸거든요."

머리카락을 귀에 꽂으며 승해가 제법 도도한 척했다.

"근데 이렇게 내일까지 노는 건 아니죠?"

캄캄한 밤도 아닌데 호텔에 모여 파티를 하는 것부터가 승해의 상식으로는 이해가 되지 않았다. 아무리 주말이라고 해도, 아무리 돈이 넘치게 많다고 해도 이 시간에 이런 공간에 틀어박혀 술을 마시고 몸을 흔들며 마냥 즐거워하는 이들이 승해는 그다지 부럽지 않았다.

"할 일 없는 사람은 내일까지 놀 테고, 바쁜 사람은 다른 파티에 가겠지."

인사를 나눴던 사람 중 몇은 자리를 떴고 몇은 새로운 얼굴들이었다.

"어쨌든 다 논다는 거네요."

"노는 것도 일이니까."

허물없이 가까운 동네 친구나 학교 친구가 아니었다. 재벌들이 볼 때는 우스운 수준이겠지만 엄연히 사업을 하는 집안의 자제들이었다. 웃고 떠들고 술을 마시면서도 틈틈이 사업 얘기를 논하며 다들 비즈니스를 하는 중이었다.

"서재희 씨도 일을 해요?"

"나이가 스물아홉이나 됐는데 마냥 놀고먹는 줄 알았어?"

"남들 한창 바쁜 시간에 불쑥불쑥 나타났으니까요."

"대신 남들 한창 노는 시간엔 열심히 일을 할 거란 생각은 안 했어?"

비꼬는 것도, 사람 말문 막히게 하는 것도, 그리고 사람 헷갈리게 하는 것도 우주 최강인 남자다.

"근데 우리 언제 가요?"

"왜?"

"피곤해요."

온종일 긴장을 한 탓인지 승해는 아까부터 속이 좋지 않았다. 명치끝이 갑갑한 게 체한 것 같기도 하다.

"괜찮으면 나 혼자 가도 되고요."

"안 괜찮으니까 기다려."

퉁명스러운 말투로, 그러나 눈빛과 몸짓만큼은 꽤나 사랑스러운 듯 그렇게 재희는 승해의 어깨를 토닥이고 다시 친구들에게로 갔다. 멀뚱히 서서 재희의 뒷모습을 보던 승해는 그가 비우고 간 잔에 샴페인을 따랐다.

"재미없죠?"

입술을 잔에 대는데 아까 인사를 나눈 재희의 친구가 살갑게 말을 걸어왔다.

"막 재미가 있지는 않네요."

"솔직하시네요. 그런 의미에서 건배."

남자는 들고 있던 샴페인 잔을 승해의 잔에 갖다 댔다. 짠, 하고 맑은 소리가 음악 사이로 흘렀다.

"제 이름 기억하세요?"

샴페인을 한 모금 마시고 남자가 싱긋 웃으며 물었다.

"죄송해요."

우르르 인사를 나누는 통에 한 사람, 한 사람 이름을 다 기억하기란 불가능했다.

"역시."

남자는 실망한 듯한 표정으로 눈을 찡긋했다.

"나는 윤승해 씨 아는데."

"네?"

"오늘이 아니라 그전부터 알고 있었다고요."

승해는 미소를 거두고 눈썹을 삐죽하게 세웠다. 분명 처음 보는 얼굴이었다. 혹시 수작을 걸어오는 게 아닐까 싶어 승해는 일단 경계를 하며 물었다.

"어디서 봤는데요?"

"학교에서, 그리고 근처 편의점에서."

사실 학교에서는 승해를 여러 번 본 현수였다. 하지만 정작 승해는 현수를 처음 보는 사람처럼 전혀 기억해내지 못했다.

"학교?"

기억을 더듬느라 승해는 인상까지 썼다.

"다시 정식으로 인사할까요? 윤승해 씨의 대학 선배이자 서재희의 친구 이현숩니다."

현수가 고개를 옆으로 까딱하며 손을 내밀었다. 승해는 대학 선배라는 말에 덥석 그의 손을 잡았다.

"아직 기억 안 났죠?"

"네."

"그때도 오늘처럼 여럿이 같이 있을 때 인사한 거니까, 뭐."

악수를 하며 인사를 나누는 두 사람을 재희가 멀찍이서 흥미롭게 지켜봤다.

"어쨌든 다시 만나서 반가워요."

"네."

승해의 빈 잔에 현수가 샴페인을 따라줬다. 하얀 거품이 듣기 좋은 소리를 내며 방울방울 터졌다. 승해는 샴페인을 마시지 않고 가만히 내려다보기만 했다.

"왜요, 그만 마시려고요?"

"네, 더 마시면 안 될 것 같아요."

처음엔 맛이 좋아서 마셨고 그다음 몇 잔은 톡 쏘는 게 탄산처럼 답답한 속을 풀어줄 것 같아 마셨다. 그런데 속은 여전히 더부룩했고 달달한 샴페인은 머리까지 아프게 하려고 했다.

"취한 것 같지는 않은데요?"

"너도 취한 것 같지는 않은데 남의 약혼녀 앞에 오래 머물고 있다?"

바지주머니에 한 손을 찔러 넣은 재희가 그다지 즐거워 보이지 않는 표정으로 승해 옆에 바짝 섰다.

"혼자 심심하실 것 같아서."

여유가 넘치는 말투로 현수가 재희를 보며 웃었다.

"심심했어?"

재희가 승해를 보며 다정하게 물었다. 승해는 어깨를 들었다

봄,
서럼

내리며 시큰둥하게 대답했다.

"별로요."

승해의 대답에 현수가 피식, 웃었다.

"하여간 친절이 넘친다니까."

재희의 비꼬는 말에도 현수는 별로 기분 나쁜 표정을 짓지 않았다.

"이현수 네가 심심한 거 아니야?"

"뭐, 막 재미있지는 않네."

조금 전 승해가 했던 말을 현수가 따라 했다. 그 덕에 승해가 옅게 웃었다. 둘만 아는 무언가를 주고받은 것 같아 재희는 기분이 상하기 시작했다.

"물이 별로라서 그런가?"

작정을 한 듯 재희는 현수에게 시비를 걸기 시작했다.

"글쎄."

"붙잡을 사람도 없는 것 같은데 물 좋은 데 찾아서 그만 가보든지."

"봐서."

시비 거는 사람 더 화나게 현수는 사람 좋은 얼굴을 하고 연신 재희의 성질을 긁어댔다.

"하긴 여자 좋아하는 이현수한테 맞는 파티는 아니네."

"그건 너도 마찬가지 아닌가?"

남자들의 유치찬란한 신경전을 보고 있자니 승해는 머리가 더 아파오는 것 같았다.

"나야 여자들이 나를 좋아하는 거고."

재희가 한껏 어깨를 세우며 으스댔다.

"언제까지 할 거예요?"

참다못한 승해가 기어이 둘 사이에 끼어들었다.

"머리, 많이 아파요?"

현수가 친절하게 승해를 챙겼다.

"조금이요."

재희가 승해의 어깨를 세게 감싸 안았다.

"아프면 말을 하지, 미련하기는. 가자."

"그래도 돼요?"

"어. 너는 안 가?"

재희가 현수에게 물었다.

"나는 좀 더 있다가."

"그럼 저기 가서 놀든지."

재희가 왁자지껄 떠들고 있는 한 무리를 손가락으로 가리켰다. 현수가 흘깃 돌아보며 쿡, 웃었다. 그러고는 다음에 다시 보자는 인사를 하고 두 사람 곁에서 멀어졌다.

"유치했던 거 알죠?"

현수가 사라지고 승해가 재희에게 눈을 흘겼다.

"너는 우아하지 않았고."

웃으면서 말했지만 재희의 눈빛은 차갑기만 했다.

"가자."

처음부터 재미를 기대하고 온 건 아니었지만 그래도 생각보다 더 지루하고 시시한 파티에 재희는 짜증이 나려고 했다.

호텔을 나와 집에 올 때까지 재희는 한마디도 하지 않았다. 딱히 할 말이 없어 승해도 입을 다문 채 멍하니 앞만 내다보고 있었다.

"분식집은 저녁 장사는 안 하는 건가?"

불이 꺼진 분식집 앞에 차를 세우면서 재희가 혼잣말처럼 중얼 거렸다.

"저녁 장사가 아니라 밤 장사겠죠."

9시가 넘어서 떡볶이를 사러 오는 사람은 거의 없었다. 더구나 초등학생 손님이 대부분인 〈승해 분식〉은 저녁 7시만 되면 가게 문을 닫는 편이다.

"지금부터가 제대로 놀 시간이네."

"맞다, 음주운전 했어요?"

차에서 내리던 승해가 정색하며 물었다.

"그런 건 출발하기 전에 물어봐야 되는 거 아니야?"

탁, 재희가 먼저 내려 차문을 닫았다.

"아무리 샴페인이라도 술이에요. 술 마시고 운전하는 건……."

"술 마신 건 내가 아니라 너겠지."

샴페인 잔을 내내 들고 있기는 했지만 재희는 한 모금도 술을 마시지 않았다. 홀짝홀짝 술을 마시는 승해를 가만히 지켜보기만 했을 뿐이었다.

"들어가지 말고 기다리고 있어."

"왜요?"

차를 타고 올라왔던 길을 재희는 성큼성큼 걸어 내려갔다. 시 야에서 완전히 사라진 그를 승해는 고개를 빼고 쳐다봤다.

"노는 것도 피곤하네."

승해는 분식집 앞 계단에 털썩 엉덩이를 붙이고 앉았다. 집에 왔다는 안도감 때문인지 급격히 피로가 몰려왔다. 속은 울렁울렁거렸고 머리는 지끈지끈거렸다. 얼른 침대에 눕고 싶은 마음만 간절했다.

승해는 고개를 길게 빼고 재희가 내려간 길 끝을 바라봤다.

그때, 외롭게 켜진 가로등 불빛 속으로 재희가 천천히 걸어 들어오고 있었다.

재희가 가까이 다가올수록 승해의 미간은 점점 더 좁아졌다. 뿌옇게 흩어지는 담배 연기, 냄새도 나지 않을 만큼 떨어져 있는데도 승해는 왠지 모르게 목이 따끔거렸다.

"이제 들어가도 되죠?"

엉덩이를 툭툭 털며 일어나는 승해에게 재희는 하얀 비닐봉지 하나를 툭 던져줬다. 엉겁결에 봉지를 받아 들고 승해는 재희를 빤히 쳐다봤다. 담배를 쥐고 있는 손을 허리 뒤로하고 재희가 퉁명스럽게 말했다.

"다음부터는 미련하게 먹지 마라."

"소화제예요?"

하얀 비닐봉지 안에 든 초록색의 병, 따끔했던 목이 뜨겁기까지 하다.

나쁜 남자의 매력, 서재희에게서 엿보인다.

"들어가."

"가요, 먼저."

"내가 알아서 갈 거니까 들어가라고."

조금만 더 따뜻한 눈빛으로 바라본다면, 조금만 더 다정하게 말해준다면, 그렇다면 많이 위험할 것 같다.

"조심해서 가요."

인사를 하고 승해는 곧장 분식집 문을 열고 들어갔다. 승해가 들어가고도 재희는 차에 오르지 않았다. 생각이 많아진 듯한 얼굴로 조금 전 승해가 앉아 있던 곳에 앉았다.

"피곤하네."

긴 숨을 내쉬며 그는 관자놀이를 손가락으로 꾹꾹 눌렀다. 승해와 차를 타고 다니는 일이 잦아질수록 선명하게 떠오르는 기억에 그는 조금 힘이 들었다. 까르르 웃으며 즐거워하던 동생의 모습이 자꾸만 승해에게서 보였다. 재잘재잘 말을 많이 하는 것도 아니고, 동생처럼 까르르 목젖이 보이게 웃어젖히는 것도 아니고, 경계심 없는 눈으로 바라봐주는 것도 아닌데 왜 윤승해에게서 동생의 모습이 보이는 걸까. 다시 사고가 나기 전으로 돌아간다면 동생한테 잘해주겠노라고 매번 다짐했는데 그 마음은 온데간데 없이 승해에게 못되게만 굴게 된다.

"집에나 가자."

앉을 때와 마찬가지로 긴 숨을 몰아쉬며 재희는 다리를 펴고 일어났다.

끝나가는 하루가 왠지 서글퍼지려고 했다. 마주하기 싫은 과거의 한 자락만 확인한, 그래서 전혀 즐겁지 않은 하루였다.

에어컨 냉기가 남아 있어서인지 차 안으로 들어오는 바람이 그다지 덥지만은 않았다. 재희는 열린 창문에 팔 하나를 기댄 채로 그렇게 집까지 운전해 왔다.

띠링.

집에 도착해 차에서 내리려는데 문자가 들어왔다.

[내일도 혹시 불쑥 찾아올 거면 2시쯤 와요. 엄마가 점심 먹으러 오래요.]

무표정한 얼굴로 무뚝뚝하게 말하고 있는 승해가 눈에 보이는 것 같아 풋, 짧게 웃음을 터트리는데 문자 하나가 더 들어왔다.

[싫으면 안 와도 돼요.]

휴대폰을 뚫어져라 쳐다보다 재희는 승해에게 문자를 보냈다.

[1시까지 간다고 말씀드려. 누가 점심을 2시에 먹냐?]

전송 버튼을 누르고 재희는 길게 몸을 늘어뜨렸다. 아무것도 뜨지 않은 까만 밤하늘이 그의 눈앞에 드리워져 있었다. 무심한 눈으로 밤하늘을 올려다보면서 그는 불 꺼진 휴대폰을 쳐다봤다.

띠링.

다시 문자 알림음이 올리자 휴대폰을 얼굴 위로 들었다. 휴대폰의 환한 불빛이 어두웠던 그의 얼굴까지 물들였다.

[알았어요.]

너무나 단순하고 성의 없는 답장에 재희는 늘어뜨리고 있던 몸을 일으켰다. 그러고는 바로 통화 버튼을 눌렀다.

－여보세요.

"뭘 알아?"

－뭐가요?

"알았다며, 뭘 알았느냐고."

하, 하고 한숨 소리 비슷한 게 휴대폰 너머에서 들리는 듯했다.

－1시까지 온다면서요.

"그러라고 하셔?"

－엄마 주무셔서 못 물어봤어요.

"벌써 주무신다고?"

－네.

"문자 보낸 지 얼마나 됐다고?"

－우리 엄마가 원래 베개에 머리만 닿으면 자요.

"그래? 근데 왜 물어보지도 않고 네 멋대로 1시까지 오라고 해?"

－시비 걸려고 전화했어요?

"집에 도착했다."

승해는 숨소리조차 내지 않으며 잠깐의 정적을 만들었다. 말을 한 재희 역시도 입을 다물었다.

"자라."

대답을 듣지 않고 재희는 먼저 전화를 끊었다. 열기를 머금은 바람이 차 안으로 들어왔다.

"더럽게 덥네."

신경질을 내며 재희는 차에서 내렸다. 그러나 대문을 열고 들어가는 그의 발걸음은 그다지 신경질적이지 않았다. 사람이라 그런가, 마음이 참 간사하다. 분명 조금 전까지만 해도 심란하고 짜증이 났는데 그랬던 마음이 사라졌다. 일렁이던 파도가 잠잠해진 기분이었다.

4

호텔에 출근해 오전 미팅과 영국에서 온 VIP 손님 접대를 한 후
재희는 승해 집으로 출발했다. 우연히 로비에서 마주친 서 회장에
게 출근이 연중행사냐는 듣기 싫은 잔소리를 들었지만 재희는 유
순하게 인사까지 하고 호텔 밖으로 나왔다. 등에 닿는 시선이 따
가웠지만 크게 신경 쓰지 않았다. 아침에 일어났을 때부터 날씨가
좋았다. 더불어 기분도 상쾌했다. 이 기분이 오늘 잠자리에 들 때
까지 이어지길 바라며 재희는 가벼운 몸짓으로 차에 올랐다.

부드럽게 출발해 호텔을 빠져나오면서 그는 백미러로 힐끔 뒷
자리를 돌아봤다. 오전에 출근하면서 비서에게 미리 지시를 해둔
터라 선물은 부족함 없이 준비됐다. 하면 하는 거고, 말면 마는 거
라는 식으로 결혼에 대해 무신경하게 굴었는데 막상 친구들에게
소개를 하고 또 승해의 집에 인사까지 가려니 마음이 슬쩍 어수선

해지는 건 사실이었다. 아직까지는 설렘이나 흥분보다는 기정사실이 돼버린 결혼이 묵직하게 어깨를 누르며 책임감과 의무감을 지그시 강요하고 있는 중이지만, 어쨌든 윤승해라는 여자와 결혼을 한다는 게 그리 싫지 않으니 그것만으로도 놀라운 변화가 아닐 수 없었다. 짐작하지 못했던 변화가 낯설었지만 굳이 거부하거나 부정하고 싶지는 않았다. 시작이 나쁘지 않으니 그깟 3년 느릿느릿 가지는 않을 것 같다.

"후우."

이제는 익숙해져버린 길이 보이자 재희는 무의식적으로 짧지 않은 숨을 내뱉었다. 시원한 에어컨 바람에 오랜만에 라디오를 들으며 재희는 〈승해 분식〉 앞에 정확히 12시 57분에 도착했다. 차문을 열고 내리자마자 뜨거운 열기가 얼굴을 덮치는 통에 그는 뒷자리에 있는 선물들을 꺼내 빠른 걸음으로 분식집을 향해 걸었다.

문이 활짝 열려 있는 분식집 안에는 주말인데도 꼬마 손님들이 여럿 있었다. 프랑스에서 들여온 짙은 남색의 수트와 이탈리아의 유명 브랜드에서 한정판으로 나왔던 블랙의 구두가 갑자기 분식집을 코앞에 두고 안에 들어가기를 거부했다. 바글바글한 정도는 아니지만 그래도 깔끔해 보이지 않는 어린 꼬마들이 좁은 분식집 안을 어슬렁거리고 있으니 혹시라도 옷이나 구두에 빨간 떡볶이 국물이 튀는 건 아닐까 신경이 곤두섰다. 초등학교에 들어갔을 때 잠깐 친구들이 사먹는 떡볶이가 먹고 싶어 학교 앞에 있는 분식집을 힐끔거린 적은 있었지만 성인이 된 후로 초등학생들이 드나드는 분식집을 들어가 본 적은 단 한 번도 없었다. 그것도 이렇게 고급스러운 차림새로는.

"거기서 뭐 해요?"

등 뒤에서 들리는 익숙한 음성에 두 손 가득 선물 보따리를 든 재희가 휙 고개를 돌렸다. 방 밖으로 나오면 안 될 것 같은 허름한 티셔츠에 반바지를 입은 승해가 검은 비닐봉지를 들고 재희에게로 걸어왔다. 그녀를 보는 재희의 시선이 가느다랗게 휘었다.

"이 동네 땅값 얼마야?"

뜬금없는 질문에 승해의 눈도 재희만큼이나 가늘어졌다.

"또 무슨 시비를 걸려고요?"

"그러고 다니면 안 쪽팔려?"

재희의 눈이 승해를 위에서 아래로 주욱 훑었다.

"이 동네에서는 그러고 다니는 게 더 쪽팔릴 것 같은데요?"

이번엔 승해가 재희를 위아래로 훑어봤다. 너무 과하다 싶게 차려입고 왔다.

"안 더워요?"

쳇, 콧방귀를 뀌어주고 승해는 재희를 지나쳐 분식집 안으로 들어갔다.

"엄마, 서재희 씨 왔어."

돌아갈까, 몇 초간 심각하게 고민하던 재희의 귀에 승해의 목소리가 들려왔다. 한숨을 크게 쉬고 재희는 분식집 안으로 들어섰다. 떡볶이에 튀김을 먹던 아이들의 눈이 전부 재희에게 달라붙었다.

"안녕하세요, 서재희라고 합니다."

앞치마를 두르고 승해와 똑 닮은 눈으로 서 있는 은주에게 재희는 허리를 숙여 인사부터 했다.

"어서 와요, 내가 승해 엄마예요."

허겁지겁 손에 묻은 밀가루를 앞치마에 닦으며 은주가 재희의 손을 잡았다. 눈물이 또르르 떨어질 것처럼 은주의 눈이 촉촉하게 젖어 있었다. 재희는 그런 은주의 모습이 얼핏 당혹스러웠다.

"지금이 그나마 바쁠 시간이라 서 군 불편할까봐 2시에 오라고 한 건데. 정신없죠? 미안해요."

그렇게 깊은 뜻이. 진즉에 말해줬더라면 2시가 아니라 아예 3시에 오는 건데 그랬다.

"활기 넘치고 좋은데요?"

넉살 좋게 웃으며 재희가 은주를 안심시켰다.

"들어가 있어요, 내가 얼른 상 차려줄게요."

잡은 손을 한 번 더 힘주어 잡으며 은주가 웃었다. 잠깐이었지만 따뜻했다. 어릴 때 잡았던 엄마의 손처럼 그렇게 보드라웠다.

"아니에요, 천천히 하셔도 돼요."

예의 바르고 변죽 좋게 말도 잘하는 재희였다. 승해는 그런 재희 모습이 낯설어 빤히 쳐다보고만 있었다.

"승해야, 얼른 안으로 들어가."

"따라와요."

동글동글한 눈으로 자신을 구경하고 있는 꼬마 손님들을 뒤로하고 재희는 승해를 따라 안으로 들어갔다. 가게 뒤로 나 있는 문을 열고 들어가자 자그마한 마당이 나왔다. 사실 마당이라고 해봤자 빨래를 널면 돗자리 하나 깔 공간도 안 나올 만큼 협소했다. 어쨌든 그 끝에 역시나 자그마한 크기의 집이 있었다.

"여기가 집이야?"

고개를 돌릴 것도 없이 가만히 서서 눈만 살짝 굴리면 집이 다 보였다. 정원 옆에 있는 창고와 큰 차이가 없었다.

"설마 화장실은 있겠지?"

놀란 티를 노골적으로 내고 있는 재희였다. 얄밉기도 했지만 딱히 자존심이 상하지는 않았다. 살아온 세상이 다르다는 걸 인정하고 나니 자신이 부자라는 걸 있는 대로 으스대는 재희가 꼴사나워 보이지는 않았다. 그의 집에 갔을 때, 그의 친구들을 만났을 때 자신도 지금의 재희처럼 놀라워했고 닮은 눈빛을 했을 테니까.

"들어와요."

끼익, 낡은 현관문에서 쇳소리가 났다. 안으로 들어선 재희가 집 안을 휘이 둘러보고 있는 사이 먼저 신발을 벗고 거실로 올라선 승해가 방으로 쏘옥 들어갔다. 그녀가 사라진 곳을 재희는 샐쭉한 눈으로 쳐다봤다.

"이거 신어요."

방에서 나온 승해가 핑크색의 털이 복슬복슬한 실내화를 재희 앞에 내려놨다.

"이걸 신으라고?"

"네."

"이 촌스럽고 유치한 걸 나보고 신으라고?"

재희는 신발을 벗고 거실로 올라서서는 촌스럽고 유치한 실내화를 발로 툭 쳐버렸다. 승해는 입을 삐죽거리다 재희에게 내쳐져 아무렇게나 내동댕이쳐진 실내화를 제 발에 쑤셔 넣었다. 작년 겨울 은주가 시장에서 큰마음 먹고 사다준 실내화로 승해는 그걸 사려고 몇 번이나 시장을 들어갔다 나왔다 반복했다는 엄마 말이 가슴 아파서 아끼고 아끼느라 한 번도 신지 않았던 거였다. 하긴 그런 애틋함이 깃든 실내화라는 걸 재희가 알 리 없으니 눈을 흘겨봤자다.

"배고파요?"

"아니."

"그럼 조금만 기다려요."

키 큰 재희가 거실 한가운데 떡하니 버티고 서 있으니 안 그래도 작은 집이 더 작게 느껴졌다.

"좀 앉죠?"

"그래도 있을 건 다 있네?"

"그럼 천장은 뻥 뚫리고 바닥엔 지푸라기가 깔려 있을 줄 알았어요?"

안방으로 보이는 곳에 들어갔다 나온 승해가 재희 발아래 방석 하나를 내려놓았다.

"이것도 서재희 씨 취향은 아니겠지만 비싼 옷 덜 다치게 하려면 깔고 앉는 게 좋을 거예요."

방석을 발로 끌어당겨 위치를 바꾸고는 재희가 엉덩이를 붙이고 앉았다.

"언제부터 살았어?"

"몇 년 됐어요."

안이 훤히 들여다보이는 거리에 있는 주방으로 승해가 들어갔다. 달그락 소리가 이어지더니 곧이어 승해가 시원해 보이는 얼음물 한 잔을 들고 나왔다.

"더우면 말해요, 선풍기 틀어줄게요."

"됐어."

얼음물 한 잔을 앉은 자리에서 다 들이켠 재희에게 승해가 턱 끝으로 무언가를 가리키며 물었다.

"좀 과하지 않아요?"

아까 재희가 들고 온 선물 보따리들이 신발장 앞에 가지런히 놓여 있었다.

"그러게, 좀 과했네."

냉장고가 작아 사온 것들 반도 안 들어갈 것 같았다. 차라리 커다란 냉장고나 한 대 사올 걸 잘못했다.

"근데 점심은 나가서 먹나?"

"아니요."

"그럼 설마 지금부터 준비하시겠다는 거야?"

좁은 주방 안에 있는 2인용 식탁 위에는 아무것도 차려져 있지 않았다.

"만두 좋아해요?"

"싫어하지는 않아."

"우리 엄마가 만두를 아주 기가 막히게 만들어요. 아마 맛있을 거예요."

"정식으로 처음 인사 온 건데 달랑 만두만 준다고?"

미간을 찡그리며 재희가 볼멘소리를 했다.

"삼겹살이라도 구워줘요?"

"마당도 좁은데 삼겹살을 어디서 구워?"

"여기에 신문지 깔고 구우면 되지 마당은 무슨."

자글자글 주름이 졌던 재희의 미간이 확 퍼졌다.

"이 좁은 집에서 그 냄새나고 기름 많은 삼겹살을 구워 먹는다고?"

이 남자, 진심으로 놀란 눈치다.

"그래서 신문지 깐다고 했잖아요. 먹을 거예요, 말 거예요?"

"됐어, 만두나 먹어."

진수성찬까지는 아니더라도 최소 요리 몇 가지는 있을 줄 알았다. 그래도 명색이 백년손님인 사위가 인사를 오는데, 그것도 먼저 오라고 해서 정식 초대를 받고 오는 건데 별로 특별하지 않은 만두만 했다는 게 여간 실망스럽지 않다.

"네 방은 어디야?"

양반다리를 하고 앉아 있던 재희가 심드렁하게 물었다.

"저기요."

아까 실내화를 가지고 나온 방을 승해가 가리켰다. 재희는 알았다는 듯 고개를 몇 번 끄덕이고는 그대로 자리에서 일어났다.

"왜요?"

"보려고."

앞을 가로막고 서 있는 승해를 자연스럽게 지나쳐 재희가 걸음을 옮겼다.

"여자 방 막 그렇게 들어가는 거 아니에요."

잡으려고 했지만 재희가 더 빨랐다. 앉은뱅이책상에 오래된 옷장 하나가 전부인 단출한 방을 재희는 이번에도 신기한 눈으로 구경했다.

"침대는?"

"없어요."

"바닥에서 잔다고?"

"좁아서 들여놓을 데도 없어요."

생각했던 것보다 승해는 더 가난했다. 거실과 주방을 다 합쳐도 자신의 방보다 작았다. 유일한 생계수단인 분식집도 테이블 2개가 다였다. 그것도 어린 아이들 대여섯 명만 들어와도 꽉 찰 것처럼 좁았다. 누군지도 모를 남자와 덜컥 결혼을 하겠다고 나선 스물셋의 윤승해가 조금은 이해되는 순간이었다.

"난 침대 아니면 못 잔다."

"그래서요?"

음흉하게 웃으며 재희가 승해에게로 한 발 다가섰다. 꼿꼿하게 서서 승해는 재희를 응시했다.

"집이 너무 좁은 것도 문제겠다."

속눈썹이 다 보일 정도로 두 사람 사이가 가까웠다. 입안이 마르고 심장이 두근두근 뛰었지만 승해는 의연한 척했다.

"내가 손만 잡고 잘 만큼 순수한 놈으로 보이는 건 아니지?"

"내가 손만 잡고 자자고 할 만큼 어린애로 보여요?"

파르르, 입술 끝이 떨렸으면서 승해는 제법 도발적인 눈빛을 해 보였다. 하지만 재희는 뼈가 살갗을 뚫고 나올 만큼 꽉 쥐어진 승해의 손을 이미 다 봐버렸다.

"기대할게."

재희의 손가락이 승해의 하얀 뺨을 스윽, 쓸어내렸다.

1시가 훌쩍 넘어서 집 안으로 들어온 은주는 연신 늦어서 미안하다는 말을 하며 분주하게 점심상을 차렸다. 앞치마를 한 은주 옆에서 승해는 차분히 반찬을 꺼내 그릇에 담았다. 시큼한 냄새가 입맛을 돋우는 김장 김치와 파김치, 그리고 깨소금이 솔솔 뿌려진 나물 반찬들이 금세 상에 뚝딱 차려졌다.

"오라고 해놓고 겨우 만둣국만 대접해서 어째요?"

진심으로 미안한 얼굴이었다.

"저 만둣국 좋아합니다, 어머니."

"어머니?"

눈웃음을 치며 어머니라 부르는 재희를 은주는 감동 어린 눈빛으로 쳐다봤다. 할아버지 강요에 못 이겨 억지 결혼을 해야 하는 부잣집 도련님 재희가 은주는 걱정스러웠다. 혹시라도 가진 게 없다고 승해를 무시하고 힘들게 하면 어쩌나 뒤늦게 후회가 되기도 했다. 그런데 막상 만나고 보니 그런 걱정들이 싹 사라졌다.

"고마워요. 그리고 미안해요."

"그런 말씀이 어디 있어요. 그리고 말씀 편하게 하세요."

은주를 대할 때의 재희는 딴 사람 같다. 웃기도 잘하고 말도 따뜻하게 잘한다. 승해는 거짓말일지라도 은주에게 보이는 서재희의 행동이 싫지 않다. 오히려 고마운 생각까지 들려고 한다.

"내가 새벽부터 일어나서 정성을 다해 만들었어요. 천천히, 많이 먹어요."

하얀색과 노란색의 계란 지단을 올린 만둣국이 재희 앞에 놓였다. 투명한 만두피 안으로 붉은색의 속이 보였다. 매운 걸 잘 먹지 못하는, 그래서 매운 걸 싫어하는 재희는 숟가락을 들다 잠시 멈칫했다.

"잘 먹겠습니다."

하지만 그는 싫다는 말 한마디 없이 부지런히 숟가락질을 했다. 그런 그를 은주는 지긋이 바라보기만 했다.

"엄마 때문에 체하겠다."

승해가 은주의 옆구리를 쿡 찔렀다.

"어?"

"그만 보고 드시라고요."

"보고만 있어도 배가 부르네."

홀쩍, 은주가 앞치마 자락으로 눈가를 닦았다. 제대로 대학 졸업을 못 시킨 게, 또래 친구들처럼 연애 한 번 못하는 게, 날 좋은 날 놀러 한 번 못 가는 게 한이 돼버린 은주였다. 누구보다 똑똑하고, 누구보다 착한 딸이 부모 잘못 만나 한창 예뻐야 할 나이에 돈을 벌겠다고 아침저녁으로 뛰어다는 게 은주의 가슴을 무너지게 했었다. 그래서 서 회장의 느닷없는 제안에 덥석 고개를 끄덕였다.

가난이라는 건 부끄러운 게 아니라지만 자식을 둔 엄마로서는 그 어떤 것보다 부끄러운 거였다. 아무리 발버둥을 쳐도 벗어날 수 없는 가난이 싫었다. 가끔은 보험이라도 들어놓고 달려오는 차에 몸이라도 날려볼까 싶기도 했다. 천진난만한 아이들 상대로 떡볶이나 파는 자신이 한심하지는 않았다. 하지만 손님으로 오는 아이들 주머니에서 초록의 지폐를 볼 때마다 좌절과도 같은 감정을 느끼곤 했다. 그런 좌절감을 승해도 느끼게 하고 싶지 않았다.

"이렇게 맛있는 만둣국은 처음 먹어요."

싸가지 서재희가 오늘은 참 예뻐 보인다.

"맛있기는."

수줍게 웃으며 은주는 재희의 숟가락에 반찬을 놔줬다. 맛있게 잘 익은 김치를 젓가락으로 주욱 찢어주기도 하고, 파김치를 손으로 돌돌 말아 올려주기도 하면서 살뜰히 재희를 챙겼다.

"아니에요, 정말 맛있어요."

"그래요?"

"저 거짓말 같은 거 못합니다, 어머니."

"맛있으면 더 먹어요."

승해가 제 그릇에 있는 만두 하나를 숟가락으로 떠 재희 그릇에 덜어줬다. 재희가 싸늘하게 노려봤지만 승해는 미처 알아채지 못했다.

"그거 갖고 되겠어?"

은주가 일어나 주방으로 들어갔다. 그러고는 냄비를 통째로 들고 나왔다. 신이 난 얼굴로 그릇에 만두를 그득하게 채워주는 은주에게 재희는 차마 그만 먹겠다는 말을 하지 못했다. 그렇게 재희는 족히 3인분은 될 것 같은 많은 양의 만둣국을 하하하, 웃으며 물 여섯 잔과 함께 맛있게도 먹었다.

재희가 사온 과일과 차가 만둣국이 있던 자리를 대신했다. 은주는 이렇게 맛있는 멜론은 처음 먹어본다며 호들갑을 떨었고 승해는 아까부터 누군가와 메시지를 주고받느라 바빴다.

"결혼을 다음 달에 했으면 하신다고?"

재희의 집에 인사를 다녀온 후 승해는 서 회장이 그랬으면 한다는 말을 은주에게 전했었다.

"우리 사정 다 아시지만 그래도 여자는 준비할 게 많은데……."

"승해만 있으면 됩니다."

"어?"

"다른 거 준비하실 것도, 신경 쓰실 것도 없으세요."

은주의 눈빛에서 엿보이는 애잔함과 미안함, 그리고 따스함이 재희는 마음에 걸렸다. 뭔가 죄를 지은 사람처럼 눈치를 보기도 하고, 그러다 사심 없이 환하게 웃어주기도 하는 은주가 안쓰러웠다. 승해를 보는 눈빛과 자신을 바라보는 눈빛이 크게 다르지 않은 것 같아서, 한없이 마음이 따뜻한 분인 것 같아서 버릇없이 굴기 싫었다. 지금껏 봐왔던 어른들과는 무언가가 달랐다.

"그런데 어머니, 괜찮으시면 저는 여름 지나고 했으면 하는데요."

승해가 재희를 돌아봤다.

"왜, 다음 달에 하고 싶어?"

재희가 승해에게 다정한 목소리로 물었다.

"다음 달에 하고 싶어서가 아니라 여름 지나고 했으면 좋겠다는 서재희 씨 말에 어떤 의미가 담겼나 해서요."

"얘는 뭘 그렇게 딱딱한 말투로 묻니?"

은주가 승해를 나무라듯 팔을 툭툭 쳤다. 그러나 은주 역시도 재희의 말에 어떤 뜻이 담긴 건 아닌가 걱정하는 눈빛이었다.

"결혼하면 아줌만데 아줌마보다는 아가씨 윤승해랑 연애하는 게 더 재미있을 것 같아서."

그윽하게 흐르는 목소리도, 애정이 넘치는 눈빛도, 싸가지 있는 말도 다 서재희답지 않았다. 하지만 승해는 그런 걸로 시비를 걸지는 않았다. 그저 평소에도 그런 것처럼 태연하게 받아줬다. 괜한 걸로 은주를 걱정시키고 싶지 않아서였다.

"어르신들만 괜찮다고 하시면 결혼 날짜는 둘이 결정하도록 해."

"네."

멜론 하나를 포크로 콕 찍어 입에 넣고는 은주가 자리를 털고 일어났다.

"저녁엔 삼겹살 구워 먹을까?"

"귀찮게 뭘."

"점심엔 밀가루 먹였으니까 저녁엔 고기 먹여야지."

"누구, 서재희 씨?"

은주의 눈이 이미 재희를 사랑스럽게 바라보고 있었다.

"저녁까지 먹고 갈 거지?"

대체 얼마나 마음에 들었으면 처음 본 날부터 이러는 걸까.

"그래도 될까요?"

"안 바빠요?"

"전혀."

소파가 없어 바닥에 앉아 있느라 허리도 아프고 다리고 저리지만 일어나고 싶을 정도로 불편하지는 않았다. 점심에 먹은 만두 때문에 속이 쓰리고 자꾸 목이 타기는 하지만 왠지 저녁이 기대된다.

"나는 잠깐 나가서 오후 장사 좀 하고 들어올 테니까 둘이 재미있게 놀고 있어."

"재미있게는 무슨."

찡긋, 눈치를 주며 은주가 부리나케 밖으로 나갔다. 갑자기 둘만 남겨진 집 안에 싸늘한 한기가 감도는 듯했다.

"배부르니까 잠 온다."

재희는 거실 바닥에 드러누워 팔을 머리 뒤로 해 팔베개를 했다.

"저녁까지 안 있어도 되니까 피곤하면 가요."

"안 피곤해."

"비싼 옷에 냄새 밸 텐데?"

"하나 더 사 입지, 뭐."

서울에서 태어나 서울에서 자랐다. 향수에 젖을 고향이 따로 있는 것도 아니고 추억할 만한 애틋한 어린 시절이 있는 것도 아니다. 띄엄띄엄 생각나는 것들을 추억이라고 하기엔 기억하는 것들이 너무 미미했다. 그런데 오늘 이상하게도 고향에 온 것 같은 그런 착각이 든다. 엄마가 살아 계셨더라면 매일 점심이 오늘 같지 않았을까. 별거 아닌 만두 하나에 오랜만에 돌아가신 엄마가 떠올라 가슴이 욱신욱신하다.

"바닥 딱딱해서 허리……."

그 순간, 재희의 손이 승해의 팔을 잡아 끌어당겼다. 그 바람에 승해는 재희의 품에 안기다시피 쓰러졌다.

"시끄러워, 말하지 마."

까칠하게 말했지만 어깨를 감싸고 있는 재희의 손길은 뜨거울 만큼 따뜻했다. 승해는 아무런 말도 못하고 재희에게 안긴 채로 나직이 숨만 내쉬었다.

할머니 오 여사가 외출을 나간 어느 일요일 오후, 어린 재희는 할아버지 서 회장과 단둘이 식탁에 앉았다. 너무 오랜만에 있는 일이라 숨이 막힐 듯 어색했다. 재희는 밥을 먹으면서도 잔뜩 긴장을 했고 서 회장의 눈치를 살피느라 바빴다. 무슨 말이라도 해주면 좋을 텐데 서 회장은 시선 한 번 주지 않았다. 밥을 씹는 소리도 들리지 않을 정도로 적막했다.

"할아버지."

딱히 할 말이 있어서 서 회장을 부른 건 아니었다. 그냥 참았던 숨을 내쉬면서 저절로 말이 나와버렸다.

"죄송해요."

주눅은 들어 눈도 제대로 뜨지 못하고 말하는 재희를 서 회장은 냉랭한 시선으로 바라봐줬다.

"뭐가 말이냐."

밥을 먹을 때만 벌어지던 서 회장의 입이 재희를 향해 열렸다.

"혼자 살아서요."

사고가 난 후로 재희는 이 말이 하고 싶었다. 죄책감을 덜기 위해 하는 얄팍한 속내가 아니었다. 그냥 해야만 할 것 같았다.

"밥이나 먹어."

그러나 서 회장은 끝까지 잔인했다. 받아주지 않았고 알아주지 않았다. 혼자 남은 게 두렵고 수치스러운 어린 손자를 안아주지 않았다. 못하는 게 아니라 안 하는 것처럼 느껴졌다. 그때부터였다, 밥맛이 느껴지지 않았던 건. 죽지 않기 위해, 때가 돼서 먹을 뿐이었다. 달랑 세 식구지만 그 세 식구가 식탁에 둘러앉아도 즐 겁지 않았고 지겹고 답답하기만 했다.

넓지도 않은 거실 바닥에 신문지를 깔고 있는 승해를 재희는 팔짱을 끼고 주시했다. 무릎을 꿇고 바닥에 보이지 않게 신문지를 빼곡하게 깔고 있는 게 마냥 신기했다.

"굳이 고기를 집에서 먹는 이유가 뭐야?"

흥분한 얼굴로 삼겹살 파티를 알리는 은주에게 재희는 더 흥분 된 얼굴로 기대된다 말했다. 은주는 신이 나서 동네 정육점으로 고기를 사러 갔고 현관문이 닫힘과 동시에 재희의 얼굴은 딱딱해 졌다.

"돈도 많이 안 들고 마음도 편하고."

고깃값이 지금보다 저렴하던 몇 년 전에는 삼겹살을 2만 원어 치 사면 세 식구가 배 터지게 먹을 수 있었다. 하지만 아빠가 돌아 가신 후에는 집에서 단둘이 고기를 구워 먹는 일은 별로 없었다. 그래도 아르바이트 비를 받은 날 큰마음 먹고 둘이 앉아 고기를 먹으며 소주 한 잔을 마시는 게 모녀의 외로움을 달래주기도 해 몇 달에 한 번은 승해가 삼겹살을 사오곤 했다.

"돈이 얼마나 안 드는지는 모르겠지만 몸이 불편하고 집이 불 쾌해지잖아."

"이중인격이에요?"

승해가 짜증이 난 얼굴로 물었다.

"뭐?"

"처음부터 먹기 싫다고 하든지."

혼잣말처럼 승해는 작은 소리로 중얼거렸다.

"다 들린다."

"다 들으라고 한 거예요."

들고 있던 신문지를 마저 다 깔고 승해는 도도하게 고개를 치켜들고 일어나 제 방으로 들어갔다. 그녀를 따라 재희도 움직였다.

"넌 뭘 믿고 이렇게 비싸게 구는데?"

방문 앞에 삐딱하게 기대선 재희가 몸짓보다 더 삐딱한 투로 물었다. 승해는 옷장 문을 열고 그 안을 들여다보며 건성으로 대답했다.

"비싸지도 않은데 비싸게 굴어서 미안해요."

재희는 짧게 웃음을 터트렸다.

"나 들어간다."

이미 안이 훤히 들여다보이는 곳에 있었으면서 새삼스럽게 들어오겠다는 말을 하는 재희가 승해도 우스웠다.

"윤승해."

방 안으로 성큼 들어온 재희는 열린 옷장 문 중 하나를 손으로 툭 쳐서 닫았다.

"뭐예요?"

미간을 좁히며 승해가 재희를 쳐다봤다. 재희는 심각한 표정으로 승해의 시선을 받아내며 말했다.

"너처럼 나한테 막 하는 애는 처음이야."

"그래서요?"

"보통의 여자들은 내 앞에서 얌전한 척, 천사인 척, 순진한 척

내숭을 떨거든? 그런데 너는 그러지 않아서 신선해."

드라마에서, 아니 드라마보다는 순정만화 같은 데서 많이 보던 대사다. 백마를 탄 싸가지 없는 남자가 가진 건 없지만 얼굴은 빼어나게 예쁜 여자를 보며 마음을 훅, 내줄 때 하는 닭살 돋는 대사.

"나 너한테 빠질 것 같다."

재희의 얼굴이, 재희의 손이 승해 가까이 다가왔다. 숨을 내쉬면 그대로 그의 인중을 데울 것처럼 너무나도 가까운 거리였다.

"긴장했어?"

코앞까지 다가온 재희가 아무런 말도 못하고 눈만 깜박이고 있는 승해를 놀리듯 말했다.

"뭐야, 너도 여자라고 그런 유치한 말에 가슴이 막 뛰고 그래?"

후, 승해는 가만히 참았던 숨을 내쉬었다.

"네, 가슴이 막 뛰어서 죽는 줄 알았어요."

얼굴이 빨개지거나 속마음을 들킨 게 억울해 입술을 깨물며 눈을 부라릴 줄 알았다. 그런데 승해는 신문지를 깔 때와 크게 다르지 않은 표정이다.

"그런 유치한 말을 하는 것도 그렇고, 그런 유치한 발상을 하는 것도 그렇고, 진짜 듣는 나까지 쪽팔리네요, 쪽팔려."

고개를 절레절레 저으며 승해는 닫힌 옷장 문을 열었다. 열린 옷장 문 뒤에서 재희는 후후, 거친 숨을 몰아쉬었다.

"너 진짜 매력 있다?"

"너무 빨리 안 거 아니에요?"

옷장 안 깊숙하게 넣어둔 티셔츠를 꺼낸 승해는 그걸 재희에게 내밀었다. 허름하고 촌스럽기는 하지만 그래도 갖고 있는 것 중 가장 커다랗고 헐렁한 티셔츠였다.

"비싼 옷에 저렴한 삼겹살 냄새 배게 했다고 심통 부리지 말고 이걸로 갈아입어요."

"심통?"

뭔가 윤승해에게 끌려가는 느낌이다. 지루하지 않아서 괜찮겠다 싶었는데 아무래도 윤승해를 너무 얕잡아 본 것 같다.

"심통 부리는 김에 제대로 한번 부려볼까?"

승해가 내민 티셔츠를 낚아채듯 받아 들고 재희는 뜻 모를 웃음을 흘렸다.

"그 사악한 미소의 의미는 뭐예요?"

"글쎄, 뭘까."

스윽, 재희가 더 가까이 얼굴을 들이밀었다. 승해는 속으로 가슴을 들썩이며 태연한 척하려 노력했다. 하지만 재희의 입술이 뺨에 닿는 순간 승해는 더 이상 태연한 척할 수가 없었다.

"한 번 더 까불면 그때는 입술에 해버린다."

위협적인 눈빛으로 겁주듯 말했지만 승해는 가슴이 떨렸다. 얼어붙어 꼼짝 않고 있는 승해의 볼을 재희는 손가락으로 부드럽게 쓸어내리고 방에서 나갔다.

"후우."

방문이 닫히고서야 승해는 숨을 몰아쉬었다. 말랑말랑해지고 싶지 않은데 연약한 심장이 머리를 따라주지 않는다. 멋대로 뛰고 멋대로 바닥으로 떨어진다. 어쩐지 자존심이 상하지만 그게 또 기분이 나쁘지는 않으니 문제다.

뭔가 아쉬운 듯한 마음을 뒤로하고 재희는 은주에게 인사를 한 후 집에서 나왔다. 손등이며 바지며 삼겹살 기름이 튀어대고 좁은 집 안에 가득 찬 연기 때문에 비싼 옷에서도 삼겹살 냄새가 진동하지만 재희는 왠지 마음이 편안했다. 흔히들 말하는 집밥이 무엇인지 알 것 같기도 했다.

"매일 오늘 같겠지?"

차 앞에까지 배웅을 나온 승해에게 재희가 담백하게 물었다.

"뭐가요?"

"숟가락 위에 반찬을 놔주고 대화가 끊이지 않고 행복한 것처럼 웃는 거 말이야."

승해는 팔짱을 끼며 가만히 눈을 굴렸다.

"대체로요. 근데 행복한 것처럼이 아니라 행복한 거예요."

이해할 수 없다는 듯 재희가 승해의 입술을 빤히 쳐다봤다.

"돈이 없다는 건 세상을 살기가 힘들다는 거예요. 근데 그것 뿐이지 그게 불행하다는 뜻은 아니에요. 그러니까 그런 표정 할 거 없어요."

"그럼 힘들지 않기 위해 나와 결혼을 하겠다는 거야?"

처음부터 알고 있었던 거지만 전부터 알고 있던 힘들다란 의미가 다르게 해석되고 있는 재희였다. 힘든 건 불행하다는 그의 생각을 승해가 아무렇지 않게 깨부수고 있었다.

"엄마가 힘든 걸 보고 싶지 않아서라고 하는 게 맞겠네요."

"희생인가?"

"사랑이죠."

희생이라고 대답하면 엄마한테 미안할 것 같아서, 그럼 이 결혼을 도저히 하지 못할 것 같아서 승해는 스스로를 다잡듯 사랑이라고 대답했다.

"대단한 사랑이네."

비꼬듯 말했지만 재희의 눈빛만은 온화했다. 다 가진 것 같은 남자지만 그가 정말 원하는 것은 한 번도 가져보지 못한 게 아닐까, 승해는 문득 서재희가 안쓰러워졌다.

5

이틀 연속으로 호텔로 출근하는 재희를 서 회장은 혹시나 하는 희망적인 눈으로 지켜봤다.

그러나 그것도 잠시, 재희는 친구들의 전화에 쪼르르 달려 나가 새벽까지 술을 마시고 들어오는 일을 다시 시작했다.

"마법을 부리지 않는 한 그렇게 빨리 변하게 할 수는 없어요."

노여움 가득한 표정으로 숟가락을 드는 서 회장에게 오 여사는 평온한 말투로 말했다.

"무슨 말이야?"

"그 아이가 재희를 철들게 할 거라고 믿으시잖아요."

"내, 내가 언제?"

"그런 동화 같은 일은 동화에서만 일어나는 거예요."

승해가 마음에 들지 않는 게 아니라 그런 비현실적인 생각으로 하나밖에 없는 손자의 미래를 장난치듯 결정지은 남편 서 회장이 못마땅한 오 여사였다. 하지만 평생 그러했듯 남편의 말에 조용히 순응하며 따라주고 있었다.

"흡족하지 않은 모양이군."

"세상 어떤 부모도 자기 자식보다 남의 자식이 낫다고 생각하지는 않으니까요. 하물며 손잔데 당연하죠."

반듯하게 자라서 그나마 마음이 놓였고 재희가 크게 반항하지 않아 다행이다 싶었다. 하지만 두 사람 사이에 사랑이나 믿음이 생기기 전까지는 오 여사도 승해에게 온전히 마음을 주기는 어려웠다.

"돈이 없을 뿐이지 좋은 아이야."

"나쁜 아이라고는 안 했어요."

"이제 그만 유해질 때도 되지 않았나?"

오 여사가 고개를 들어 서 회장과 눈을 맞췄다.

"재희가 찬 건 다 당신 닮아서야."

"조용히 식사하세요."

"흠흠."

헛기침을 했지만 서 회장은 오 여사의 말대로 조용히 식사에 집중했다.

"안녕히 주무셨어요."

부스스한 몰골로 재희가 식당에 들어섰다. 서 회장의 매서운 눈빛을 피해 재희는 얼른 냉장고 앞으로 걸음을 옮겼다. 주방 아주머니가 준비한 따끈한 꿀물을 마다하고 그는 물에 얼음을 넣어

벌컥벌컥 마셨다.

"여기 국이랑 밥 내와요."

오 여사의 말에 주방이 분주해졌다. 재희는 물 한 잔만 마시고 다시 올라갈 생각이었지만 시계를 잘못 본 탓에 어쩔 수 없이 서 회장과 아침 식사를 같이해야만 했다.

떨떠름한 표정으로 식탁에 앉는 재희를 오 여사가 흘깃 쳐다봤다. 재희는 재빨리 시선을 돌렸다.

"다시 시작인 게냐."

서 회장이 참지 못하고 한마디 던졌다.

"다른 걸 기대하셨어요?"

비아냥거리며 대꾸하는 재희를 오 여사가 살벌하게 노려봤다. 재희는 얼른 입을 다물고 딴청을 부렸다.

"그 아이까지 힘들게 할 거면 이쯤에서 그만둬라."

"시작도 할아버지 마음대로 하시더니 그만두는 것도 마음대로 하시려고요? 죄송하지만 그건 따를 수가 없겠네요."

"뭐?"

"죽을 만큼 힘들어서 윤승해가 그만두겠다고 하면 모를까, 제가 먼저 그만두는 일을 없을 겁니다."

스르륵, 의자를 밀고 재희가 일어났다.

"갑자기 속이 안 좋아서 아침은 못 먹겠네요. 죄송합니다."

굳은 표정으로 식당에서 나가는 재희를 보며 오 여사는 가슴이 답답해왔다. 별것도 아닌 말일 수도 있는데 재희는 서 회장의 모든 말에 일단 방어 자세부터 취했다. 켜켜이 쌓인 상처들이 그렇게 만들었겠지만 도저히 허물어질 기미가 보이지 않아 그게 오 여사 마음을 아프게 했다.

어쩌면 자신도 승해라는 아이가 서 회장과 재희의 사이를 좋아지게 해줄 수 있지 않을까 하는 동화 같은 기대를 하고 있었던 게 아닐까 싶다.

"내 저놈을……!"

서 회장이 미간을 좁히며 성을 부렸다.

"그냥 두세요."

오 여사가 숟가락을 살며시 내려놓으며 서 회장을 타이르듯 말했다.

"당신이 오냐오냐 하니까 더 그러는 거 아니야!"

"그럼 당신처럼 저도 재희를 탓할까요?"

"뭐라고?"

"이 집에서 적어도 한 사람은 재희 편이 돼줘야 하지 않겠어요?"

차가운 눈빛으로 서 회장을 노려보고 오 여사는 먼저 식탁에서 멀어졌다. 휑한 식탁을 바라보며 서 회장은 깊은 숨을 내쉬었다.

싸늘하게 식은 아들의 얼굴을 손으로 매만지며 서 회장은 억장이 무너져 내렸다. 어제까지도 아무 일이 없었다. 행복했고 단란했다. 아이들을 데리고 놀러 갔다는 아내의 말에 그냥 그렇구나 하며 고개를 끄덕인 게 다였다. 그런데 몇 시간 지나지 않아 단란했던 일상이 산산조각 났다.

하나밖에 없는 아들이 죽었고, 하나밖에 없는 며느리가 죽었고, 역시나 하나밖에 없는 손녀가 죽었다.

그리고 하나밖에 없는 손자만 살아남았다.

"내가 그랬어요……."

겁에 질려 파래진 얼굴로 어린 재희가 말했다. 같은 말만 반복하며 몸을 떨어댔다. 오 여사는 그런 재희를 부둥켜안고 울었다. 초점 없는 눈으로 죽은 제 아버지만 쳐다보고 있는 재희를 서 회장이 오 여사 품에서 떼어냈다.

"어떻게 된 거야? 어떻게 된 거냐고!"

재희의 머리에서 피가 나고 있다는 것도, 당장 숨이 끊어질 것처럼 놀라서 헐떡이고 있다는 것도 서 회장은 개의치 않았다.

그저 아들이 죽었다는 것밖에는 아무것도 생각을 할 수가 없었다.

"내가 그랬어요……."

제정신이 아닌 것처럼 재희는 눈물도 흘리지 않고 몸을 떨어댔다.

"뭐 하시는 거예요!"

오 여사가 황급히 재희를 품에 안았지만 서 회장이 다시 달려들어 재희의 어깨를 거칠게 붙잡았다.

"자세히 말해, 뭐가 어떻게 된 건지!"

슬퍼할 겨를도, 현실을 받아들일 정신도 없었다. 왜 하얀 천을 뒤집어쓴 사람들이 자신의 아들이고 며느리이고 어린 손녀인지 이유를 알아야겠다는 생각만 들었다.

그리고 어째서, 왜 재희만 말짱하게 살아남은 건지 알아야만 했다.

그렇게 서 회장은 받아들여야만 하는 현실에서 멀어져 갔다.

"잘못했어요. 잘못했어요, 할아버지."

재희가 무릎을 꿇고 손을 싹싹 빌며 말했다. 영혼이 빠져나간 듯한 눈빛으로 재희는 차가운 시멘트 바닥에 꿇어앉았다. 자신을 거칠게 몰아붙이는 할아버지에게 딸꾹질까지 하며 빌어댔다. 그 모습에 오 여사는 분노가 치밀었다. 하지만 서 회장을 말릴 수가 없었다. 이미 서 회장은 이성을 잃었고 그대로 휘청거리다 쓰러졌다.

생각하고 싶지 않은 과거의 한 자락이 또다시 서 회장을 뒤흔들었다. 생각하지 않으려고 노력했고 최근엔 생각나지 않았던 게 사실이었다. 지금처럼 불쑥 과거가 떠오를 때면 냉정한 서 회장도 중심을 잡기가 힘들었다.

"후우."

깊은 숨을 쏟아내면서 서 회장은 잠시 눈을 감았다 떴다. 잘못했다는 걸 알면서도 선뜻 재희에게 손을 내밀 수가 없었다. 재희의 잘못이 아니라는 걸, 누구에게나 일어날 수 있는 불행한 사고였다는 걸 알면서도 언제나 머리와 가슴은 따로 놀았다.

몇 번이나 화해를 할 수 있는 기회는 있었다. 하지만 서 회장의 고집으로, 혹은 재희의 자존심 때문에 그 기회가 날아가곤 했다.

띠리리링.

희미하게 휴대폰 벨소리가 들리더니 오 여사가 서 회장의 휴대폰을 들고 주방으로 다시 들어왔다.

"받아보세요."

휴대폰을 건네주는 오 여사의 눈빛이 꽤나 싸늘했다.

화해를 해야 할 사람이 한 명 더 늘었다. 그래도 재희만큼 힘들지는 않을 것 같아 서 회장은 느긋하게 생각하며 휴대폰을 받아들었다.

좀 더 멋있고 그럴싸하게 반항하고 싶은데, 반항이라는 것 자체가 도저히 멋있을 수가 없는 것 같다.

"그래서 아침도 안 먹고 나왔어요?"

자리를 박차고 나와 재희는 곧장 승해에게로 왔다.

"아침 먹었어?"

"이제 먹으려고요."

"늦게 먹네?"

"그쪽 집이 일찍 먹는 거죠."

아침 햇살이 벌써 차창을 뚫을 듯 거세게 쏟아져 내린다. 아침이 아니라 오전이라고 해도 될 만한 시간이었다.

"그래서?"

"뭐가 그래서예요?"

둔한 건지, 일부러 고약하게 구는 건지 승해는 재희가 원하는 물음을 하지 않았다.

"이쯤 되면 들어가서 아침 먹자는 소리가 나와야 되는 거 아니야?"

아, 하며 승해가 이제야 알겠다는 듯 고개를 주억거렸다.

"들어가자."

"난 아직 들어가자는 말 안 했는데요?"

"내가 들어가서 같이 먹어주겠다고 하면 고맙다고 해야지 먹히지도 않게 튕기기는 왜 튕겨?"

차갑게 쏘아붙이고 재희가 먼저 차에서 내렸다. 가게를 향해
성큼성큼 걸어가는 재희를 보면서 승해는 픽, 웃음을 터트렸다.

"어머니!"

가게 문을 열고 들어가면서 재희는 밖에까지 다 들리도록 큰
소리로 은주를 불렀다. 그 뻔뻔함에 승해는 또 한 번 웃을 수밖에
없었다.

"어머나, 이렇게 이른 시간에 어쩐 일이에요?"

놀란 은주가 버선발로 재희를 맞았다.

"어머니 밥이 갑자기 너무 먹고 싶어서요."

얼굴이 얼마나 두꺼우면 저렇게 아무렇지 않게 거짓말을 술술
할 수 있는 걸까.

"미리 전화라도 했으면 후딱 마트라도 다녀오는 건데. 먹을
게 없어서 큰일이네."

은주는 부랴부랴 주방으로 들어갔고 재희는 천천히 하라는 말
을 하고 편하게 거실 한자리를 차지하고 앉았다.

"그런 대회는 안 나가봤어요?"

신발을 벗고 안으로 들어온 승해가 정색하며 물었다.

"무슨 대회?"

"누가 누가 뻔뻔한가."

"내가 일등 할 게 빤한데 얼굴 팔리게 그런 데를 뭐하려고 나
가?"

"하!"

"아침 먹고 나갈 거니까 일단 샤워부터 좀 하지?"

"어디 가려고요?"

"데이트."

딱히 승해랑 데이트를 해야겠다고 마음먹고 나온 건 아니지만 막상 집을 나오니 아침부터 마땅히 갈 곳이 없었다. 그래도 만만한 게 윤승해라고 핸들을 잡은 손이 알아서 이곳으로 방향을 틀었다.

"누구 마음대로?"

"내 마음대로."

"할 일 있어요."

"다음으로 미뤄."

"내가 서재희 씨 5분 대기조예요?"

재희의 눈이 가늘어졌다.

"아르바이트 다시 시작했어?"

"아니에요."

결혼을 하기로 하고 각자의 집에 다녀간 후로 승해는 하던 일을 전부 그만둔 상태였다. 시작부터 자존심 같은 건 접어두고 서재희에게 모든 걸 맞추기로 했으니 불평이나 딴지를 걸 핑계는 어디에도 없었다.

"그럼 5분 대기조니 뭐니 하면서 못마땅해하는 이유가 대체 뭔데?"

태평하고 평온한 얼굴로 재희는 단호하게 말했다. 서글서글하니 웃고 있지만 도저히 물러설 것 같지 않은 눈빛이었다.

"기분 나쁜 거 나한테 풀려고 그러는 건 아니죠?"

"맞아."

"내가 그렇게 만만해요?"

승해가 발끈해서 물었다. 허리춤에 손을 올리고 눈썹을 뾰족하게 세우면서 화를 내는 승해가 재희의 눈에는 마냥 귀엽기만 했다.

"어, 만만해."

더는 말해봤자 성질만 날 것 같아 승해는 한숨을 푹푹 내쉬고 제 방으로 들어갔다.

마침 주방에서 뭔가를 분주하게 준비하던 은주가 낭랑한 목소리로 재희를 불렀다.

"미리 연락하고 오면 난리 나겠는데요?"

식탁에 앉으며 재희가 듣기 좋은 소리를 쏟아내기 시작했다.

"어머니가 해주시는 거면 된장찌개 하나라도 밥 두 그릇은 먹을 텐데 이렇게 많이 차리시면 대체 몇 그릇을 먹으란 말씀이세요?"

"호호호호."

은주의 호들갑스러운 웃음소리가 온 집 안에 울려 퍼졌다.

"다음엔 그냥 숟가락 하나만 더 올리시면 돼요."

"사위는 백년손님이라는데 그럴 수는 없지."

이미 은주의 얼굴은 벚꽃보다 더 환하게 펴졌다. 딸과 단둘이 조용하게만 살다가 재희가 며칠에 한 번씩 들러 웃을 수 있게 해주는 게 은주는 무엇보다 좋았다.

덜컥 일을 저지르고 어떻게 수습을 해야 하나, 지금이라도 없던 일로 해야 하는 건 아닌가, 이러다 하나밖에 없는 딸 인생을 망치는 건 아닌가…….

사실 밤마다 잠을 못 이룰 정도로 고민이 많았는데 재희를 하루, 이틀 볼수록 그런 걱정은 스르르 사라지고 있었다. 뭔가 투명한 눈빛을 하고 있지 않아 속을 다 꿰뚫어 볼 수는 없지만 그래도 악한 사람 같지는 않았다. 사랑을 많이 받고 자라지 못해 다른 사람을 어떻게 사랑하는지 모르는, 그저 마음에 상처가 많은 어린 남자일 뿐이었다. 그러니 마음으로 안아주고 진심으로 정을 주면 받은 만큼 마음을 열지 않을까 싶었다.

"승해야!"

보글보글 끓는 된장찌개를 식탁에 올려놓으면서 은주가 승해를 불렀다. 어느새 옷을 갈아입은 승해가 주방으로 들어왔고 세 사람은 한식탁에 둘러앉아 아침식사를 시작했다. 많은 말이 오가지는 않았지만 식사를 하는 내내 분위기는 훈훈하니 좋았다.

아침을 먹고 커피 한 잔까지 하고서야 재희는 승해와 함께 집에서 나왔다. 장사 준비를 하는 은주를 도와주고 싶었지만 떡하니 버티고 선 재희 때문에 승해는 무거운 마음으로 집을 나섰다.

"어디 가요?"

"생각 중."

"생각 끝나면 말해줘요."

여유로운 아침이었는데 재희의 등장으로 상당히 어수선하고 복잡해졌다. 승해는 의자에 편하게 몸을 기댔다.

"잘 생각하지 말고 너도 생각해."

"나가자고 한 사람이 해요."

"따라 나왔으니까 너도 해."

"정말 불필요한 말만 오가는 거 알죠?"

체념의 결과일까, 서재희가 편해진 걸까. 재희와의 대화가 불편하지 않다.

"서재희 스타일로 놀래, 윤승해 스타일로 놀래?"

심드렁하게 대화를 이어가던 승해가 반듯하게 몸을 일으켜 앉았다.

"내 스타일이 서재희 씨랑은 안 맞을 텐데요."

"내 스타일도 윤승해랑은 안 맞아."

"그럼 오늘은 내 스타일로 놀아요."

논다는 말을 이렇게 아무 생각 없이 하게 될 줄은 몰랐다. 친구들과 저녁을 먹는 일에도 몇 번이나 고민을 하고 시간 체크를 해야 했었다. 그러다 결국은 아르바이트 시간과 안 맞아 친구들과 노는 걸 포기해야 했었다. 포기하는 일이 잦을수록 놀자고 먼저 다가와주는 친구는 점점 없어졌다.

"말해, 어디로 갈지."

"남산이요."

"남산?"

재희가 미간을 좁히며 승해를 돌아봤다.

"가보고 싶었어요."

"안 가봤어?"

"어릴 때 가보고 안 가봤어요."

아빠가 살아 있을 때, 지금보다 조금 더 잘살았을 때, 엄마와 아빠 손을 잡고 남산에 놀러 갔다가 처음으로 돈가스를 먹었던 기억이 난다. 너무 즐거웠던 시간이라 며칠이나 남산에 갔던 일을 친구들에게 하고 또 하기도 했었다.

"가봤어요?"

승해의 물음에 재희는 어깨를 으쓱했다.

"아니."

"한 번도?"

"어."

"왜요?"

"데리고 가주는 사람이 없었어."

아무렇지 않은 척 말하는 재희가 승해는 묘하게 아팠다.

"내가 데리고 가줄게요."

"말은 똑바로 하자. 운전은 내가 하고 있거든?"

재희의 가슴 밑바닥을 채우고 있는 상처가 어떤 건지 알지는 못했지만 승해는 어쩐지 그가 가여웠다. 넓지만 따뜻하지 않았던 집, 많은 걸 가졌지만 원하는 건 주지 못했을 것 같은 조부모님, 친구들에게 둘러싸여 살았지만 너무나 외로웠을 것 같은 재희.

"돈가스 좋아해요?"

"애냐?"

하여간 한 번이라도 곱게 말하는 법이 없다.

"그래서 싫다고요?"

"싫은 것도 좋은 것도."

"오늘 점심은 내가 살게요."

"돈가스 정도는 사줄 수 있다?"

승해는 재희의 빈정거림을 한 귀로 듣고 한 귀로 흘렸다. 창문을 열고 승해는 숨을 깊이 들이마셨다. 차들로 붐비는 서울의 도로를 달리고 있었지만 마음만은 이미 초록의 남산을 오르고 있는 기분이었다.

"아, 바람 좋다."

사람은 참 간사한 동물인가 보다. 불과 며칠 전까지만 해도 재희와의 결혼에 자괴감마저 들곤 했었다. 현실적이지 못하다고 생각하면서도 아무런 말도 못하고 끌려가는 자신이 한심했었다. 언제부터 그렇게 착하고 말 잘 듣는 딸이었다고 일생일대의 중대한 일을 엄마 혼자 결정지었는데 굳은 얼굴과 상처 입은 듯한 눈빛만 하고 있을 뿐 크게 반항도 하지 않는 자신이 한없이 가식적이라는 생각도 했다. 어쩌면 엄마의 선택을 무언으로 지지하고 있는 게 아닐까, 엄마 말처럼 팔자를 고칠 수 있다는 속물적인 희망을 갖고 있는 게 아닐까…… 스스로의 마음이 헷갈리기도 했었다.

하지만 지금은 재희와의 결혼에 대해 부정적인 생각은 별로 하지 않는다. 가끔 진짜 연애를 하듯 가슴이 뛰기도 하고 행복한 결혼 생활을 꿈꾸기도 한다.

"감기 든다."

"봄이잖아요."

"나 네가 생각하는 것보다 훨씬 귀한 몸이거든?"

퉁명스럽게 말하고 재희는 슬쩍 속도를 줄였다. 바람에 흩날리는 승해의 머리칼에 재희의 시선이 자꾸만 닿았다. 승해의 검은 머리칼을 만지면 어떤 느낌일지 사뭇 궁금해졌다.

가파른 길을 오르기 시작한 지 겨우 10여 분, 재희의 숨소리가 거칠어졌다.

"설마 저 꼭대기까지 이렇게 걸어갈 생각은 아니지?"

숨소리만 거칠어진 게 아니라 재희의 표정까지도 거칠어졌다.

"힘들어요?"

"그럼 안 힘들겠냐?"

"너무 귀한 몸이라 운동은 전혀 안 하나 봐요?"

"뭐?"

"이렇게 천천히 걷는데 힘들다고 하니까 그렇죠."

"차가 있는데 굳이 걷겠다고 하는 저의가 뭐야?"

"바람도 느끼고 햇살도 느끼고, 좋지 않아요?"

"어, 좋지 않아."

재희가 걸음을 멈추고 그대로 삐딱하게 서서 팔짱을 꼈다. 앞서서 걷던 승해도 어쩔 수 없이 걸음을 멈췄다.

"끌어."

"네?"

"아님 혼자 올라갔다 오든가."

승해가 새치름하게 눈을 흘기자 재희가 스윽 손을 내밀었다. 몇 초 미묘한 신경전이 이어졌지만 먼저 백기를 든 건 이번에도 역시나 승해였다.

"힘들면 말해."

"말하면요?"

"끄는 거 말고 뒤에서 밀게 해줄게."

"참 배려가 넘치시네요."

"내가 좀 그래."

커다란 재희의 손을 잡고 승해는 끙끙, 소리까지 내며 그를 끌고 올라갔다. 있는 대로 힘을 뺀 재희는 진짜 승해에게 온몸을 의지하고 있었다. 지나는 사람들이 힐끔거렸지만 재희는 개의치 않았다. 오히려 뻔뻔하게 아직도 멀었느냐며 짜증을 부렸다.

"진짜 유치해서 못 놀겠네."

"들린다."

"들으라고 한 소리예요."

승해의 말에 재희가 몸에서 힘을 더 뺐다. 180센티미터가 넘는 성인 남자가 있는 대로 몸을 늘어뜨리고 있으니 그 무게는 상당했다. 그래도 승해는 악바리처럼 재희의 손을 놓지 않았다. 걸음을 옮길 때마다 재희는 조금씩 힘을 줘 걸었지만 승해는 알지 못했다.

"뭐가 이렇게 멀어?"

"그러게요, 오늘따라 진짜 머네요."

승해가 잠깐 걸음을 멈추고 숨을 골랐다. 숨소리가 제법 거칠어지기까지 했다. 재희는 피식 웃다 승해와 맞잡고 있는 손에 냅다 힘을 줘 그녀를 끌어당겼다. 그러고는 승해가 휘청거리는 찰나 그녀를 가로질러 앞장서서 걷기 시작했다. 덕분에 이번엔 반대로 재희가 승해를 끌고 가는 꼴이 돼버렸다.

"뭐 대단한 게 있다고 여기 가는 데 아까운 시간을 다 허비하냐?"

거의 뛰다시피 끌려갔지만 승해의 얼굴엔 이상하게도 웃음이 번졌다.

"올라가서 별거 없으면 알아서 해."

"별거 없으면 내려갈 땐 내가 업어줄게요."

살랑살랑 불어오는 봄바람 때문에, 정수리를 따뜻하게 데워주는 봄 햇살 때문에, 심장을 두근거리게 하는 재희의 따뜻한 손 때문에 자꾸만 입꼬리가 씰룩거린다.

몇 년 만에 다시 찾은 남산은 이번에도 많은 걸 느끼게 해준다. 남산 하면 이제 한 사람이 더 생각날 것도 같다.

"저거 뭐야?"

지나가는 케이블카를 보고 재희가 얼굴을 구겼다.

"저런 게 있는데 지금 이 비싼 신발을 신고 여기까지 개고생해서 올라오게 한 거야?"

승해를 돌아보는 재희의 눈빛이 살벌했다.

"저런 게 언제 생겼지?"

천연덕스럽게 모른 척을 했지만 그걸 놓칠 리 없는 재희였다.

"우리 다음엔 저거 타요."

"다음엔?"

"아니면 내려갈 때 탈까요?"

애교 부리는 고양이처럼 승해가 커다란 눈을 굴리며 재희를 빤히 쳐다봤다. 너무 사랑스러운 눈빛이라 재희는 하마터면 고개를 끄덕일 뻔했다.

"나 때문인가?"

재희는 혼잣말처럼 나직이, 그러나 승해의 대답을 기다리는 눈빛으로 물었다.

"뭐가요?"

"윤승해가 변한 거 말이야."

승해의 미간이 좁아졌다.

"말도 많아지고 표정도 많아지고."

"내가요?"

생뚱맞다는 듯 되물었지만 승해 자신도 스스로의 변화를 조금은 눈치채고 있었다.

"시끄럽긴 하지만 지루하지 않으니까 나쁘지 않은 변화야."

"서재희 씨도 변했어요."

"어떻게?"

"나쁘지 않게요."

말을 아끼며 승해가 휙 재희를 지나쳐 갔다.

남산은 별게 없었다. 작은 블록처럼 보이는 서울 시내를 내려다보고, 팔각정 앞에서 기타 연주와 함께 노래를 하는 젊은 남자의 공연을 잠깐 감상하고, 주렁주렁 매달린 자물쇠를 보며 재희가 콧방귀를 뀌고, 시원한 생수 2병을 사서 파란 하늘을 보며 마른 목을 축인 게 다였다. 그리고 한 발짝도 안 움직일 것처럼 굴던 재희는 케이블카 대신 다시 가파른 길을 걸어 내려가는 걸 선택했다.

"어때요?"

남산에서 제일 유명하다는 돈가스를 앞에 놓고 승해가 눈을 빛내며 물었다.

"무슨 대답을 원해?"

"군침 돌죠?"

"개냐, 먹을 거 앞에 놓고 침 흘리게?"

"말을 해도 꼭."

다른 건 다 잊더라도 같이 돈가스를 먹었던 건 기억했으면 싶다. 같이 밥을 먹는다는 건 그 순간만큼은 서로에게 소중한 사람이었다는 뜻일 테니까.

"돈가스 좋아해?"

커다란 돈가스를 나이프로 조각조각 잘라놓고 먹는 승해와 달리 재희는 먹을 때마다 먹기 좋은 크기로 잘라 입에 넣고 오물거렸다.

"돈가스 싫어하는 사람도 있어요?"

자장면을 잊게 한 게 돈가스였다. 아빠를 따라 처음 갔던 동네 레스토랑, 그곳에서 처음으로 나이프와 포크를 양손에 쥐고 돈가스를 썰었다. 밥을 먹는 데 나이프를 쓴다는 것도 신기했고 조용한 음악이 흘러나오는 것도 신기했었다. 그때만큼은 아빠가 세상에서 제일 멋있고 높은 사람 같았다. 친구들이 도시락 반찬으로 돈가스를 싸와도 더는 부럽지 않았다.

"진짜 없이 살았구나?"

"지금도 없이 살고 있어요."

"뻔뻔해지기까지? 그래, 고개 푹 숙이고 불쌍한 척하는 것보다는 낫지."

재희를 향해 눈을 한 번 흘겨주고 승해는 자신의 어린 시절 얘기를 꺼내놓기 시작했다.

"우리 아빠가 사준 것 중에 제일 맛있었던 게 돈가스였어요. 1년에 한 번밖에 못 먹었지만 그래도 그 한 번으로 1년을 버틸 수 있을 정도였어요. 진짜 딴 세상 얘기 같죠?"

"어, 70년대 얘기 같다."

그깟 돈가스를 1년에 한 번밖에 못 먹었다는 것보다 그 한 번을 같이해준 아빠가 있었다는 게 재희는 내심 부러웠다.

"우리는 먹는 걸로 다 이겨냈어요. 세 식구가 똑같은 음식을 앞에 놓고 둘러앉아서 먹을 때가 제일 행복했어요."

"행복하기 참 쉽네."

"그때는 쉬웠죠."

아프게 웃는 승해를 재희는 빤히 쳐다봤다. 혹시 우는 게 아닌가 싶었지만 승해는 어깨를 한 번 으쓱하더니 다시금 돈가스를 먹었다.

"근데 이 돈가스는 대체 누가 만들었을까요?"

"상이라도 주려고?"

"내가 주는 상이 무슨 의미가 있겠어요, 그냥 진하게 키스 한 번 해주는 거죠."

이런 말을 이렇게 아무렇지 않은 표정으로 할 수 있는 자신이 승해는 낯설면서도 놀라웠다. 하지만 싫지가 않았다. 뭔가 변화하고 있고 달라지고 있는 것 같아 조금은 흥분이 되기도 했다.

"진하게?"

재희가 스윽, 몸을 앞으로 기울였다.

"해봐."

"뭘요?"

"진한 키스."

"미쳤어요?"

화들짝 놀란 승해가 얼른 주변을 두리번거렸다. 하지만 어느 누구도 두 사람에게 신경 쓰고 있는 사람은 없었다.

"이제 와서 조신한 척하는 건 뭐야. 내숭인가?"

"그냥 좀 웃으면서 넘어가주면 안 돼요?"

"계속 해봐, 없이 살던 시절에 대해서."

누군가는 묻고 누군가는 대답하면서 그렇게 두 사람은 평범하지만 마냥 평범하지만은 않은 데이트를 즐겼다.

띠리리링.

휴대폰을 꺼낸 재희가 냅킨으로 입을 닦고는 통화를 했다.

"왜?"

친한 사람인지 인사 대신 퉁명스럽게 용건부터 묻는 그였다.

"오늘? 왜, 누구 생일이야?"

안 들으려고 했지만 워낙 가까이 마주 앉아 있어서 재희의 통화 내용이 승해에게 고스란히 전달됐다.

"알았어."

통화를 끝낸 그가 승해에게 말했다.

"저녁은 내 스타일로 놀자."

그가 말한 서재희 스타일이 어떤 건지 대충 짐작이 갔다. 과연 마음 편하게 놀 수 있을지 승해는 자신이 없었다.

"왜, 싫어?"

"쪽팔리지 않겠어요?"

"뭐가?"

"나 잘 못 놀아요. 분위기 같은 거 맞출 줄도 모르고요."

"설마 내가 너한테 그런 걸 기대했을 것 같아? 그냥 옆에 앉아 있기만 해."

꿔다놓은 보릿자루인 양 자리나 차지하고 있는 것도 썩 내키지는 않았다. 불현듯 재희와의 결혼이 걱정스럽게 다가왔다. 조금

전까지만 해도 꿈을 꾼 것 같다. 이제 막 연애를 시작한 것처럼 두근두근하는 착각, 정말 우스운 꿈이었다.

"알았어요."

"싫으면 안 가도 돼."

재희의 말에 승해의 미간에 잡힌 주름이 펴졌다.

"아니에요, 갈게요."

돈가스를 입에 넣는 승해의 표정이 뭔가 비장했다.

아직 날도 어두워지지 않았는데 재희의 친구들은 이미 흥건하게 취해 있었다. 재희의 말처럼 승해는 간단히 인사를 하고 자리를 지키고 앉아 있었다. 승해의 출연이 반갑지 않은지 몇몇의 여자들을 곱지 않은 시선으로 그녀를 훑어봤다.

"뭐야, 한 잔도 안 되는 거야?"

친구들이 술을 권했지만 재희가 중간에서 전부 막아냈다.

"취한 애 업고 가게 만들지 마, 짜증나니까."

"약혼녀라고 엄청 챙기시네."

친구 녀석의 이죽거림에도 재희는 크게 반응하지 않았다. 친구라고는 하지만 끈끈한 우정보다는 그냥 오랜 시간을 같이 놀기만 한 사람들 같았다.

"생일이라더니 주인공은 왜 안 보여?"

"룸 하나 더 잡았어."

"생일이 뭐, 대단한 거라고."

재희가 술잔을 들었다. 하지만 입술 가까이 잔만 댈 뿐 술을 마시지는 않았다. 그런 재희를 의아한 눈으로 쳐다보다 승해는 그와 눈이 마주쳤다.

"왜?"

"아니, 안 마셔서요."

"내가 무슨 술꾼이냐?"

말끝에 재희가 설핏 웃었다. 그 미소에 승해는 가슴이 뛰었다.

"가고 싶으면 말해."

"괜찮아요."

승해는 슬쩍 분위기를 봐서 먼저 일어날 생각이었다. 그러나 재희가 술을 마시지 않고 있어서 딱히 일어날 타이밍을 찾을 수가 없었다.

"결혼은 언제 해?"

몸매가 여실히 드러나는 하얀 원피스를 입은 여자가 농염한 미소를 지으며 물었다.

"왜, 오려고?"

"안 부를 생각이었어?"

재희가 의미심장하게 웃으며 어깨를 들었다 내렸다.

"괜히 승해 씨 오해하겠다."

당황하지 않고 여자가 오히려 더 뭔가가 있는 것 같은 표정으로 말했다.

"아니요, 그런 거 안 해요."

멍하니 앉아만 있고 싶지 않아 승해가 생글생글 웃으며 대답했다.

"그럼 다행이고요."

눈썹을 살짝 올렸다 내리고, 한쪽 입술 끝을 올리며 웃고, 관찰

하듯 고개를 비스듬히 기울여 보는 여자의 행동 하나하나가 승해
를 불쾌하게 했다.

"아직 학생이라고요?"

마치 나이부터 사는 곳까지 모든 걸 알고 있다는 듯한 뉘앙스
로 여자가 확인하듯 물었다.

"네."

"결혼하기엔 이른 나이 아닌가?"

여자와 승해 사이에서 재희는 침묵으로 일관하며 무덤덤한 표
정을 짓고 있었다.

"결혼하기에 적당한 나이가 따로 있나요?"

당차게 대꾸하는 승해가 여자는 마음에 들지 않는지 자세까지
바꿔가며 시선을 맞췄다.

"사랑해서 하는 결혼은 아니죠?"

이번엔 좀 더 직설적이고 도를 넘어선 질문이다.

"혹시 서재희 씨한테 다른 마음 있어요?"

승해도 마찬가지로 대놓고 물었다.

"네?"

"너무 무례한 질문을 하시는 것 같아서요."

"무례한?"

짙은 화장을 한 여자의 얼굴이 순식간에 일그러졌다.

"저 먼저……."

가방을 챙겨 일어나려는데 재희가 승해보다 먼저 일어났다.

"재미없다, 가자."

재희가 승해의 손을 잡았다.

"야, 아직 주인공도 안 왔는데 먼저 가는 법이 어디 있어?"

"재미없어서 먼저 갔다고 해."

"진짜 가려고?"

친구들이 하나둘씩 일어나 재희를 말렸다.

"간다."

그러나 재희는 그 어떤 망설임도 보이지 않고 곧장 승해를 데리고 룸에서 나왔다.

"이렇게 가도 돼요?"

"그럼 어떻게 가야 되는데?"

"나 때문인 거면 괜찮으니까 놀다 와요."

재희의 손을 잡고 붉은 카펫이 깔린 복도를 성큼성큼 걸어가며 승해는 미안한 표정을 지었다.

"너 뭐?"

"내가 간다고 하니까⋯⋯."

"간다고 했었어? 언제?"

승해가 미간에 주름을 잡으며 재희의 뒤통수를 쳐다봤다. 시선을 느꼈는지 재희가 걸음을 멈추고 승해를 돌아봤다.

"재미없는데 엉덩이 붙이고 앉아 있을 이유가 있어?"

"정말 재미없어서 그래요?"

"너랑 내가 조금 친해진 건 맞는데 내가 너를 위해 무언가를 포기할 만큼은 아니거든? 그러니까 착각도 적당히 해."

어떻게 하면 말을 이렇게 재수 없게 할 수 있을까.

"너 때문에 개고생 했더니 피곤해, 가자."

그런데 툴툴거리고, 버럭 짜증내고, 미운 말만 골라서 하는데 재희의 등이 왜 미워 보이지 않는 걸까.

"맞다."

갑자기 재희가 휙 몸을 돌렸다. 재희의 등을 넋을 놓고 보고 걷던 승해가 놀라서 뒷걸음질을 쳤다.

"왜, 왜요?"

"다음부터는 아랫배에 힘 팍 주고 말해."

"네?"

"열 받았다는 걸 상대한테 들키면 진짜 쪽팔린 거거든? 그러니까 다음부터는 실실 웃으면서 되받아치라고."

안 듣는 척했으면서 사실은 다 듣고 있었던 거였다.

"이렇게요?"

아까 그 여자가 그랬던 것처럼 승해는 고개를 비스듬히 하고 입술 끝을 적당히 올려 실실 웃었다.

"내 앞에서는 까불지 말고."

재희가 승해의 볼을 꼬집었다. 그리고 그 순간 둘의 시선이 미묘하게 엮였다. 아무렇지 않은 척 시선을 돌리기는 했지만 승해도, 그리고 재희도 머릿속이 복잡해지기는 했다.

활동적이었던 낮과 달리 저녁은 적막하게 흘러갔다. 라디오도 켜지 않은 차 안에서 승해는 가만히 정면만 바라봤고 재희는 운전에만 열중했다.

"뭐야?"

잘 달리던 도로가 갑자기 막혀서는 꼼짝도 하지 않았다. 승해도 목을 길게 빼고 앞의 상황을 살폈다. 경찰차가 보이고 구급차도 보였다.

"사고 난 거 아니에요?"

"사고?"

재희의 표정이 급격히 어두워졌다.

"크게 난 것 같은데요?"

구급차가 한 대 더 왔다. 사고 현장을 수습하며 경찰들이 길을 터줘 차들이 조금씩 빠지고 있었다. 굳은 얼굴로 재희는 핸들만 붙잡고 있었다.

"많이 안 다쳤어야 할 텐데……."

승해가 혼잣말을 했지만 재희의 귀에는 아무런 소리도 들리지 않았다. 어서 빨리 이곳에서 벗어나고 싶은 심정이었다.

어릴 적 사고 이후로 재희는 운전하는 게 겁났다. 도로 위를 달리는 차만 봐도 호흡이 빨라지곤 했었다. 그래서 친구들보다 몇 년이나 늦게 운전면허를 따기도 했다.

특히나 교통사고를 목격할 때면 재희는 악몽을 꾸느라 다음 날까지도 힘이 들었다.

"제기랄."

재희가 낮게 욕을 뱉어냈다.

"다친 사람도 있는데 좀 참아요."

재희의 속을 알 수 없는 승해는 그가 그저 차가 막혀서 짜증이 난 거라고만 생각했다.

"누가 뭐래?"

신경질이 승해에게로 날아갔다. 금방 후회하며 재희는 핸들을 힘주어 잡았다.

"괜찮아요?"

"뭐가?"

"안색이 창백해요."

"속이 안 좋아서 그래."

"돈가스 먹은 게 체했나?"

승해가 갑자기 재희의 손을 잡더니 엄지손가락과 집게손가락 사이를 꾹꾹 눌렀다.

"뭐야?"

"속 안 좋다면서요. 체했을 때는 이렇게 하면 속이 좀 시원해져요."

까만 승해의 정수리를 보고 있으니 거짓말처럼 속이 편해지는 느낌이었다.

"어때요?"

"그냥 그래."

눈을 흘기면서도 승해는 누르는 걸 멈추지 않았다. 그리고 승해의 정수리를 내려다보고 있는 시선을 재희도 거둬들이지 않았다.

문득 승해가 옆에 있다는 사실에 마음이 놓였다. 만약 지금 이 순간 이 차 안에 혼자 있었다면 숨이 가빠지고 식은땀이 흐르며 심장이 아프게 조여왔을 거다. 당장 차를 버리고 도망치고 싶다는 생각에 불안하게 주변을 돌아봤을지도 모른다. 그런데 숨이 가쁘지도 않고 도망치고 싶다는 생각도 들지 않았다.

처음이었다. 사고를 목격하고도 마음이 평온했던 적은.

많은 걸 한 하루인데 아직도 밤이 깊지 않았다. 집으로 돌아오는 길에 재희는 근처 정육점에 들러 고기를 샀다.

"체했다면서 고기 먹으려고요?"

"누가 그래, 체했다고?"

"속 안 좋다고 했잖아요. 얼굴도 안 좋았고."

"체했다고 안 했어."

실컷 손가락 마사지 다 받아놓고 이제 와서 체한 게 아니라고 말하는 재희였다. 승해는 뭔가 당한 것 같은 기분에 그를 힘껏 노려봐줬다.

"근데 엄청 투덜거리더니 맛은 있었나 보네요."

"사주면 그냥 잘 먹겠습니다 해."

"같이 먹을 거잖아요."

"누가 그래, 같이 먹는다고?"

"그냥 가려고요? 저녁 안 먹고?"

"왜, 같이 먹고 싶어?"

"아니, 그게 아니라……."

"알았어, 같이 먹어줄 테니까 사정하지 마."

"잉?"

승해의 머리를 손으로 마구 헝클고 재희는 다시 핸들을 잡았다. 집으로 가면서 승해는 연신 코웃음을 쳤고 재희는 못 들은 척 시선도 주지 않았다.

"어? 엄마다."

가게 앞에서 누군가와 얘기를 나누고 있는 은주를 발견하고 승해가 입꼬리를 올렸다.

"그렇게 좋냐?"

"뭐가요?"

"입이 찢어지게 웃고 있잖아."

고개도 안 돌리더니 웃는 건 또 언제 봤을까.

"좋죠, 엄만데."

오늘 여러 번 울컥하게 만드는 윤승해다. 그녀가 말한 아버지와 엄마, 이제는 그들과의 추억은커녕 얼굴조차 가물가물하다.

"엄마!"

차가 멈추고 승해가 먼저 폴짝 내려 은주에게로 걸어갔다.

"어, 왔어?"

당황한 듯 승해의 눈치를 보며 은주는 대화를 나누던 사람에게 눈짓을 했다. 승해가 고개를 돌려 은주 앞에 있는 사람을 쳐다봤다.

"안녕하세요."

일단 인사부터 하고 소개시켜주길 바라며 은주를 돌아봤다.

"저기, 그러니까……."

"애도 아니고 다 큰 딸이구먼 뭘 그래요. 나 이번에 이 건물 인수한 사람이에요."

"네?"

가게를 팔 거라는 말도, 또 팔렸다는 말도 금시초문이었다. 몇 년에 한 번씩 구두상으로 재계약을 하고는 있지만 그래도 엄연히 세입자가 있는데 이렇게 한마디 말도 없이 주인이 바뀌다니.

"엄마, 알고 있었어?"

은주가 난처한 표정을 지으며 가만히 고개를 끄덕였다. 역시 말도 없이 주인이 바뀐 건 아니었다.

"그런데 무슨 일이세요?"

승해가 반듯하게 허리를 펴고 새로운 주인이라는 여자를 똑바로 응시했다.

"엄마랑 다 얘기했으니까 그건 엄마한테 들어요, 난 약속이 있어서."

주인아주머니가 급하게 자리를 뜨고 승해는 은주와 단둘이, 아니 주차를 하고 온 재희까지 셋이 남게 됐다.

"그건 뭐예요?"

승해의 말을 사전에 차단하려는 듯 은주가 재희의 손에 들린 것에 호들갑스러운 관심을 돌렸다.

"어머니 좋아하시는 삼겹살이요."

"아까부터 삼겹살 당겼던 걸 어떻게 알고?"

엄지손가락까지 들어 보이며 은주가 반색을 했다. 무슨 일인지 묻고 싶었지만 승해는 입을 다물고 먼저 가게 문을 열고 들어갔다.

"엄마는요?"

가게 안으로 혼자 들어오는 재희를 보고 승해가 물었다.

"상추랑 사신다고 시장 가셨어."

국물이 졸아버린 떡볶이에 어묵 국물을 한 국자 떠서 부어주고 승해는 주걱으로 떡볶이를 휘저었다.

"청승 떨지 마."

"내가 언제요."

"앞으로 떨 거잖아. 너랑 내가 결혼하는 데에 여러 목적들이 존재한다는 거 잊지 마. 그러니까 당당하게 요구해. 너 때문에 나까지 지질해지고 싶지는 않으니까."

"말 참 예쁘게 하는 거 알아요?"

"말까지 예쁘게 해주길 바라는 건 도둑놈 심보 아니야?"

재희가 드르륵, 의자를 밀고 일어났다.

"간다."

"고기 안 먹고?"

아무런 대꾸도 하지 않고 재희는 그대로 가버렸다. 열린 가게 문 사이로 그 모습을 지켜보며 승해는 한숨을 내쉬며 입술을 깨물었다.

승해네 분식집을 나와 곧바로 집으로 돌아온 재희는 정원에서 차를 마시고 있는 오 여사와 마주쳤다.

"밤중에 여기서 뭐 하세요?"

"달구경 하지. 넌 웬일로 일찍 들어온 거니?"

아직 달이 뜨지 않은 하늘을 올려다보면서 재희는 오 여사 앞에 있는 의자를 끌어당겨 앉았다.

"일찍 들어오는 날도 있어야죠."

봄은 봄이다. 밤인데도 춥지 않고 포근하다.

"봄바람이 좋구나."

오 여사의 주름이 전보다 깊어졌다.

"우리 오 여사님 늙으셨네."

"세월 앞에 장사 있나."

두 사람은 한참이나 말없이 봄바람을 맞았다.

"재희야."

먼저 침묵을 가른 건 오 여사였다.

"네."

"할아버지 때문이라면 그만둬도 된다."

무슨 말을 하는 건지 알고 있다는 듯 재희는 이렇다 할 대답을 꺼내놓지 않았다. 그렇게 한동안 입을 다물고 있던 재희가 바지주머니에 손을 찔러놓고는 말했다.

"재미있어요."

"그 아이가?"

"네."

사람으로 존중하지 않고 소유물로 생각해 재미있다는 게 아닌지, 오 여사는 잠시 재희의 표정을 살폈다. 반항하는 걸로 제 상처를 사람들에게 꺼내 보인 철없는 아이지만 심성까지 꼬이진 않았다고 철석같이 믿는 오 여사였다. 사랑받고, 사랑을 주는 법을 잊은 거라고, 그래서 고약하게 구는 거라고, 오 여사는 그렇게 믿으며 재희를 안타까워했다.

그렇다고 마냥 오냐오냐 하며 재희의 상처를 달래주지는 못했다. 세상은 어떻게든 혼자 살아가야 하는 법이나 늦더라도 누구에게도 의지하지 않고 혼자 서는 법을 터득하길 바라서였다. 그 방법이 과연 옳았는지는 어쩌면 죽을 때까지도 확신하지 못할 것 같다.

"걔랑 있으면 내가 좀 한심하게 느껴져요. 근데 그게 기분 나쁘지 않아요. 재미있죠?"

"그러게, 재미있구나."

"윤승해보다 가진 게 많다는 것도, 그 가진 걸로 윤승해를 울게도 또 웃게도 할 수 있다는 게 재미있어요."

오 여사는 재희의 말과 표정을 보며 어쩌면 이 결혼이 정말 동화 같을 수도 있겠구나, 하는 생각이 들었다.

"그러니까 할아버지 때문에 억지로 끌려가고 있는 게 아닌가 하는 걱정은 안 하셔도 돼요. 제가 언제 싫은 거 억지로 하는 거 보셨어요? 싫으면 당장 그만둔다고 할 거니까 걱정 마세요."

"결혼은 어디까지나 네 생각이 제일 중요한 거니까 네가 알아서 잘하리라 믿는다."

"먼저 들어갈게요, 저녁을 안 먹었더니 슬슬 배가 고프네요."

"그래라."

"조금만 있다 들어오세요, 감기 걸려요."

긴 그림자를 만들며 터벅터벅 걸어가는 재희를 오 여사는 모처럼 뿌듯한 눈길로 뒤따랐다. 제 부모 죽인 놈이라는 손가락질을 받으며 자랐으니 그 속이 얼마나 썩어 문드러졌을까. 가끔 싹수없이 굴기는 해도 저 정도면 아주 훌륭하게 자란 거라고 오 여사는 가슴을 쓸어내렸다.

6

회사로 찾아온 은주와 서 회장은 20여 분 정도 대화를 나눴고 재희와 승해를 올해 안에 결혼시키자는 결론을 내렸다. 아파트를 사주겠다는 서 회장의 제안을 은주는 웃는 얼굴로 거절했다. 지금 하고 있는 가게를 정리하면 시골에 작은 집 하나는 마련할 수 있다면서 승해만 잘 살면 된다고 거듭 부탁했다. 죽은 친구와 똑 닮은 착한 심성에 서 회장은 잠시나마 스스로가 부끄러워지기도 했다.

사실 얼마 전 병원장을 하는 지인으로부터 사돈을 맺으면 어떻겠느냐는 얘기를 듣고 흔들렸었다. 어차피 사랑으로 시작한 관계가 아니니 승해 대신 병원장 손녀를 손자며느리로 들이는 게 더 좋겠다 싶었다. 오 여사 말대로 동화책 속에서나 있을 법한 일을 상상하며 너무 충동적으로 재희의 결혼을 계획한 게 아닌가 후회가 들기도 했었다. 하지만 오늘 은주를 보고는 그 며칠간의 고민이 얼마나 부끄러운 일이었는지 깨달았다. 재희에게 상처를 주고 지금까지도 그 상처로 괴로워하는 손자를 위해 좋은 아내를 얻어 주고자 했던 건데 하마터면 또다시 커다란 상처를 줄 뻔했다.

"점심이나 먹자."

서 회장은 은주를 보내고 재희의 사무실로 들어왔다. 미리 연락을 하지 않고 찾아온 서 회장 때문에 업무를 보고 있던 재희는 놀라지 않을 수가 없었다. 그래도 놀란 감정을 드러내지 않았다.

"어쩐 일이세요?"

"내 회사에 내가 나오는데 어쩐 일은."

"불시에 들어오셔서 꼬투리라도 잡으셨어야 하는데 제가 너무 착실하게 앉아 있었죠?"

한껏 비꼬듯 말하는 재희였지만 서 회장은 이골이 난 듯 별로 노여워하지 않았다. 소파에 앉는 서 회장을 따라 재희도 하던 일을 접어두고 소파로 자리를 옮겨 앉았다.

"뭘 하기는 하는 게냐?"

"자리만 지키라면서요."

"흐음."

"경주 호텔 공사는 부지 매입부터 너무 시끄러운 거 아니에요? 주민들한테 외면 받으면서 시작하는 호텔이 과연 성공할 수 있을지 모르겠네요."

이럴 때 보면 재희는 딱 제 아빠를 닮았다. 분명 경영을 하면 누구보다 잘 해낼 놈이었다. 냉철하고 객관적인 눈을 가졌다. 세상에 사람을 상대하지 않는 사업은 없는 법인데 인간적인 가슴까지 갖고 있었다. 그러니 서재희가 마음먹고 사업에 뛰어든다면 지금보다 더 크게 일으킬 게 분명했다. 그런데 어떻게 녀석이 마음을 고쳐먹게 해야 할지 그걸 몰랐다. 너무 단단히 꼬인 탓에 풀기가 쉽지 않았다.

"한번 다녀오든지."

"가서 땅 홀랑 팔아먹으면 어쩌려고 다녀오라고 하세요?"

언제든 삐딱하게 나갈 준비를 하고 있는 재희였다. 그래도 이렇게나마 가깝게 앉아 대화를 나누는 게 두 사람에겐 실로 엄청난 발전이라고 할 수 있었다.

"승해랑은 어떻게 돼가고 있는 거냐."

"뭐가요?"

"뭐긴, 결혼이지."

"그거야 할아버지가 아시죠."

서 회장이 매서운 눈길로 재희를 쳐다봤다.

"하라고 하시면 내일도 가능하죠."

"마음은 통했고?"

재희가 쓰게 웃으며 답했다.

"마음까지 통하기를 바라신 거예요? 너무 욕심이 과하시잖아요."

통했다고 해도 할아버지 앞에서 그걸 드러내고 싶은 마음은 추호도 없었다. 유치하다고 해도, 치졸하다고 해도 할아버지 앞에서는 여전히 삐딱한 서재희가 나왔다.

"날짜 정하시면 문자 주세요."

"어디 가려고?"

"2시간 자리 지켰으면 됐잖아요."

그렇게 말하고 재희는 사무실을 나갔다. 자꾸만 혼자 남는 일이 잦아질수록 서회장의 마음도 점점 씁쓸해졌다.

"하아."

하나뿐인 아들의 죽음 앞에서 무너지지 않는 아버지가 세상에 있을까. 믿었고 기대가 컸기에 그 상실감은 더 컸다. 누군가 원망할 상대가 필요했다. 겁먹은 눈빛으로 제대로 소리도 내지 못하고 울음을 참던 재희가 눈에 들어왔고 그대로 원망이 날아갔다. 잘못이라는 걸 알았지만 멈출 수가 없었다. 엉엉 울기라도 했다면 소스라치게 놀라 뒷걸음질이라도 쳤을 텐데 재희는 그 아픈 화살을 눈물 한 번 흘리지 않고 받아냈다. 마치 실컷 해보라는 식이었다.

"죽어서도 내 자식 얼굴은 못 보겠구나……."

회한 가득한 미소를 지으며 서 회장이 힘겹게 다리를 펴고 일어났다.

날씨가 따뜻해져서인지 떡볶이를 찾는 꼬마 손님들이 늘었다.

"떡볶이 하나만 주세요."

10살도 안 돼 보이는데 지갑에서 만 원짜리 지폐를 꺼내 내민다.

"용돈 받았구나?"

승해가 살갑게 꼬마 손님에게 말을 걸었다.

"네."

"좋겠다, 용돈 주는 부모님도 계시고."

"아줌마는 아빠 없어요?"

아빠 없느냐는 말보다 아줌마라는 말에 이미 충격을 받은 승해는 눈만 껌벅이며 정신을 차리려 애썼다.

"이 아줌마는 아빠 없어."

스윽, 가게로 들어온 재희가 승해 대신 꼬마에게 대답해줬다.

"슬프겠다."

"대신 돈 많은 남자 친구가 있으니까 슬플 건 없어."

"아저씨가 돈 많은 남자 친구예요?"

"딱 보기에도 돈 엄청 많게 생겼지?"

커다란 리본을 머리에 꽂은 꼬마 손님이 눈을 가늘게 뜨고는 심각한 표정으로 고민하다 대답했다.

"엄청은 아닌데…… 돈이 없어 보이지는 않아요."

재희가 몸을 숙여 꼬마와 눈높이를 맞췄다. 그러고는 승해에게 하듯 시건방진 표정으로 말했다.

"엄마한테 안과 좀 가자고 해."

"왜요?"

"너 눈 많이 안 좋은 것 같다."

"나 눈 좋아요."

"아니, 안 좋아. 이 언니한테 아줌마라고 한 것도 그렇고 나한테 돈이 없어 보이지는 않아요, 라고 한 것도 그렇고 너 눈 안 좋아. 그러니까 병원 가서 검사해봐."

"애한테 무슨 말이에요?"

승해가 얼른 맛깔스럽게 담긴 떡볶이를 종이컵에 담아 꼬마에게 건넸다. 거스름돈을 주면서 앞으로는 모르는 아저씨가 말 걸면 대답하지 말고 가던 길 가라고 알려주고 문 앞까지 배웅해줬다.

"애 데리고 그런 말을 하고 싶어요?"

팔짱을 낀 채로 재희가 의자에 엉덩이를 걸치고 앉아 있었다.

"나가자."

"장사하는 거 안 보여요? 엄마 올 때까지 가게 못 비워요."

"어디 가셨는데?"

"은행이요."

새로운 주인이 가겟세를 올려달라고 하는 바람에 은주는 밤새 한숨도 못 자고 머리를 굴렸다. 혹시 모르니 은행이라도 다녀온다며 나간 지 벌써 1시간이 넘었다.

"대출 받으러?"

"된다면요."

"얼마나 올려달라고 하는데?"

"올려달라는 거 어떻게 알았어요?"

"주인이 찾아오는 이유가 뭐겠어? 월세가 제때 안 들어오거나 가게 세를 올려달라고 할 때지."

설렁설렁 놀기만 하는 것 같은데 그래도 머리는 나쁘지 않은 것 같다. 눈치도 빠르고 계산도 빠르다.

"그렇네요."

"얼마가 필요한데?"

"알면 주려고요?"

"어."

떡볶이를 휘저으며 승해가 웃었다. 언젠가부터 재희 앞에서 돈

애기를 꺼내는 게 부끄럽지 않아졌다. 자존심을 부려봤자 소용없을 거라는 건 알게 됐나 보다.

"3천이요."

"겨우?"

"네, 겨우 3천이요."

그래도 너무나 다른 돈의 기준 앞에서 착잡해지는 건 어쩔 수 없다.

"이따 보낸다고 해."

"우와, 3천이 통장에 있어요?"

승해가 두 손을 맞잡고 경이로운 눈길로 재희를 바라봤다.

"그 오버 액션은 뭐냐?"

얼른 손을 풀고 승해가 몸을 돌렸다.

"정 못 구하면 말할 테니까 모른 척해요."

"구질구질하게 다른 사람한테 손 벌리지 말고 내가 줄 테니까 그거 쓰라고."

"아직 돈 주고받는 사이 아니잖아요."

"돈 주고받으려면 어떤 사이가 돼야 하는 건데?"

"합법적인 부부요."

"결혼하면 내 돈을 당당하게 쓰겠다고?"

"네, 펑펑."

히죽, 웃는 승해의 뒷모습이 재희는 이상하게도 짠하게 느껴졌다.

"알아서 해라."

더 길게 얘기하지 않고 재희는 승해의 말을 따랐다. 조용했던 가게가 금세 북적북적해지고 재희는 가장 끝까지로 밀려났다. 어린 꼬마 손님들을 상대하는 승해를 보면서 그는 시간 가는 줄 몰랐다. 농담도 하고, 걱정 어린 말도 해주고, 그러다 깔깔깔 웃기도 하는 승해는 낯설었지만 예뻤다. 승해와 결혼을 해 아이를 낳는다면 적어도 아이가 외롭거나 심심해하지는 않겠구나 하는 생각이 들었다.

"아이고, 손님이 많네."

가게에 들어서는 은주의 얼굴에 웃음이 가득이었다. 가방을 냉장고 위에 대충 올려놓고 그녀는 앞치마부터 허리에 둘렀다.

"힘들었지?"

"아니, 이제 몰리기 시작했어."

"엄마가 할 테니까 들어가서 쉬어."

은주는 아직 재희가 온 걸 모르고 있었다.

"형준이 왔구나. 떡볶이 줄까?"

"네."

아이들 이름을 일일이 불러주며 수다를 떠는 은주의 모습이 승해와 같았다. 돈은 없었을지 모르지만 사는 동안 승해가 외롭지는 않았을 것 같다.

"저 왔습니다, 어머니."

재희가 은주 옆에 와서 인사를 했다. 놀란 은주가 눈을 동그랗게 떴다 이내 환하게 웃어줬다.

"날 좋은데 승해 데리고 가서 데이트해요."

"요 꼬맹이들 가면 같이 나가세요."

"나도?"

손으로는 부지런히 떡볶이를 담고 입으로는 부지런히 재희 말에 대답을 해주는 은주였다. 그 옆에서 승해는 주문을 받고 돈을 거슬러 주느라 바빴다.

"저도 떡볶이 맛 좀 보여주시면 안 돼요?"

"어머, 그리고 보니까 내가 우리 사위한테 떡볶이 대접을 안 했네. 가서 앉아 있어요, 내가 후딱 한 접시 담아줄게요."

"네."

씨익 웃으며 재희가 구석 자리로 돌아갔다. 은주는 신난 얼굴로 접시에 떡볶이를 그득하게 담아 재희에게로 가져갔다. 맛있게 먹으라는 말을 하고 그녀는 다시 어린 꼬마 손님들 곁으로 돌아왔다.

"아이들이 열광하는 떡볶이라, 이거지?"

혼잣말로 각오를 다지고 재희가 기다린 이쑤시개를 들었다. 사실 자극적이거나 매운 건 그다지 좋아하지 않는 그였다.

"좋았어."

떡볶이 하나를 콕 찍어 망설임 없이 입으로 가져갔다. 그러고는 우물우물 신중하게 맛을 음미했다. 몇 초의 잠복기가 끝나고 떡볶이는 본성을 드러냈다. 맵지만 달큰하니 맛있었다.

"이렇게 매운 걸 애들이 먹는다고?"

"매운 거 잘 못 먹는구나?"

어느새 재희 앞으로 온 승해가 키득키득 웃어댔다.

"이 정도로 맵다고 하면 안 되죠, 애들도 다 먹는데."

"어른이라고 매운 걸 다 잘 먹는 건 아니거든?"

"그렇구나, 난 어른 남자는 매운 걸 다 잘 먹는 줄 알았죠."

재희가 하던 것과 똑같은 표정과 말투로 승해가 그를 놀렸다.

"시끄럽고, 물이나 갖고 와."

승해가 손가락을 들어 어딘가를 가리켰다.

"셀프, 알죠?"

쌩하니 몸을 돌려 승해는 은주 곁으로 다가갔다.

점심시간이 지나자 가게는 숨소리조차 다 들릴 정도로 조용해졌다. 2시간 동안 몰아닥친 꼬마 손님들로 재희는 이미 진이 다 빠진 것 같았다. 한 것도 없이 구경만 하는데도 심신이 피곤했다. 거기다 번 돈을 생각하면 골이 흔들리게 아팠다. 하룻밤 술값도 안 되는, 아니 한 끼 밥값도 안 되는 돈이었다.

"저녁에 외식해요."

재희의 말에 은주는 손을 저었다.

"집에서 밥해 먹으면 되지 뭐하려고 나가서 돈을 써."

하루 꼬박 벌어야 얼마 되지도 않는데 나가서 밥이라도 한 끼 먹으면 그 돈을 다 쓰고도 모자라니 은주는 밥을 사먹는 게 세상에서 제일 아까웠다.

"제가 사드릴게요."

"재희 군 돈은 어디 땅 파서 나왔대? 내가 금방 맛있는 거 해줄 테니까 승해랑 동네 산책이라도 하고 와요."

앞치마를 입고 아이들에게 꼬깃꼬깃한 천 원짜리를 받아 떡볶이를 파는 승해의 모습을 재희에게 보여준 게 은주는 못내 마음 아팠다. 장사를 하는 내내 어찌나 등이 따갑고 쑤시던지 승해에게 몇 번이나 그만하고 나가라는 소리를 했나 모른다. 이럴 때는 착하기만 한 딸이 야속하다.

"저기 큰길 쪽에 커피숍 생겼더라. 가서 커피도 마시면서 놀다 와."

은주가 앞치마에서 만 원 짜리 몇 장을 꺼내 승해 손에 쥐여줬다.

"커피는 무슨."

"날이 이렇게 좋은데 왜 여기 있어? 얼른 나갔다가 와."

은주가 승해와 재희의 등을 억지로 떠밀었다. 승해는 앞치마를 벗지도 못하고 내쫓기다시피 가게에서 나왔다.

"우리 엄마 속상했나 보네."

"뭐가?"

"서재희 씨한테 전부 들킨 것 같아서 좀 그런가 봐요."

좀 일찍 눈치채서 나올 걸 잘못했다.

"떡볶이 장사하는 걸 몰랐던 것도 아닌데 새삼스럽게 뭐."

"그냥 아는 거랑, 또 잠깐 보는 거랑은 다르니까요."

자꾸 뒤를 힐끔거렸던 게, 아이들에게 돈을 받으며 어색하게 웃었던 게 다 서재희 때문이었나 보다. 참 미련했다, 그거 하나 눈치 못 채고.

"가요."

"어딜?"

승해는 은주가 준 만 원짜리를 들어 보였다. 선뜻 따라 나서지 않는 재희를 승해가 팔을 잡아 끌어당겼다. 가게 밖으로 나와서도 승해는 잡고 있던 재희의 팔을 놓지 않았다.

"손이 잡고 싶었던 건 아니고?"

성큼성큼 걸으며 재희가 히죽 웃었다. 그제야 승해는 미간을 찡그리며 재희의 팔을 놨다.

"부끄럽게 생각하지 않아."

바람에 흩리듯 재희는 나직이 말했다. 승해는 잘못 들었나 싶어 재희를 쳐다봤다.

"뭐, 그렇게 생각한 적도 있긴 했는데 지금은 아니라고."

"나도 부끄럽지 않아요."

"그럼 됐어."

"네."

터덜터덜, 큰길로 걸어가면서 재희는 다시 말문을 열었다.

"진짜 부끄러운 게 뭔지 알아?"

"뭔데요?"

"혼자 살아남은 거."

가슴을 조여 오는 통증에도 재희는 웃으며 말을 이었다.

"살아남은 게, 살아가고 있는 게 부끄러운 사람도 있어."

"서재희 씨 얘기예요?"

"이럴 때는 그냥 친구의 친구 얘기구나, 하고 넘어가주는 센스 정도는 발휘해줘야 되는 거 아니냐?"

승해가 모른 척 시선을 회피했다. 하지만 이내 재희에게로 따뜻한 시선을 보냈다.

"죽을까봐 무서웠는데 막상 살았다는 걸 알게 되니까 그때부터는 살아가는 게 죽을 만큼 괴롭더라고."

웃으며 말해주는, 가슴에 끌어안고 있는 재희의 상처가 승해는 못내 마음 아팠다. 분명 재희는 한마디, 한마디 할 때마다 심장에

서슬 퍼런 칼날이 꽂히듯 아플 거다. 그런 상처를 갖고 있는 재희이니 돈이 없어 발을 구르고 꽃이 폈는데도 꽃구경을 가지 못한다고 속상해하는 게 과연 얼마나 아픔으로 다가갔을까. 그냥 가소롭다고 픽, 웃어버리면 그만인 것들이었으리라.

"그런데 왜 안 죽고 계속 살았는지 알아?"

"왜요?"

"죽어서 엄마랑 아빠를, 그리고 내 어린 동생을 만날 자신이 없었거든."

너무 미안해서, 혼자 살아남은 게 너무 죄송스러워서 차마 죽지도 못하고 살았다.

"매일매일 그런 생각을 하면서 사는 건 아니죠?"

"알잖아, 나 싸가지 없는 놈인 거."

어깨를 으쓱하며 재희는 무덤덤한 표정을 지었다.

"싸가지 없다고 욕 안 할게요. 앞으로는 몇 달에 한 번, 가능하면 몇 년에 한 번만 그런 생각 하면서 살아요."

호들갑스럽지 않게 위로를 건네는 승해 덕분에 재희는 흐릿하게나마 웃을 수 있었다. 전부를 말할 수는 없지만 작은 부스러기라도 말할 수 있는 누군가가 있다는 게 조금은 든든하기도 하다.

"시원한 커피나 마시자."

어쩐지 발걸음이 한결 가벼워져 재희는 빠른 걸음으로 길을 내려갔다. 그의 옆에서 승해도 속도를 맞춰 씩씩하게 걸었다.

은주에게 좀 더 시간을 주고 싶었는데 재희는 굳이 커피를 사서 집으로 가자고 했다. 시원한 아이스커피와 달달한 생과일주스를 사서 승해는 재희와 함께 집으로 돌아왔다. 저녁 준비를 하려는 중이었는지 주방에서 냉장고 안을 살펴보고 있던 은주와 왜 이렇게 일찍 왔느냐며 승해를 타박했다.

"맛은 있네."

볕이 좋은 마당 한쪽에 세 사람이 쪼르르 앉아 커피와 주스를 마셨다.

"근데 이런 건 얼마나 해?"

한때는 아주 잘사는 집의 외동딸로 또래 친구들은 구경도 하지 못한 것들을 누리며 살았던 은주였다. 아버지가 돌아가시고 없는 남자와 결혼을 하고, 그러다 남편마저도 세상을 떠나버린 후 은주의 고왔던 손은 거칠어져 갔고 삶은 녹록지 않아졌다. 커피숍에서 커피 한 잔 마시는 것도 사치가 됐고 친구들을 만나 두부전골 하나 시켜 먹는 것도 사치가 돼버린 그녀였다.

화려한 반짝이가 덕지덕지 붙은 드레스를 입고 어린 은주는 신이 나 빙그르 한 바퀴를 돌았다. 그 모습을 보며 은주의 아버지 박무영은 흐뭇하게 웃었다.

"아빠, 나 공주님 같지?"

"그럼, 우리 딸 공주님 같지."

만화에서만 보던 공주님 드레스를 입고 있는 게 은주는 여전히 믿어지지 않았다. 언제나 꿈을 꾸게 해주는 아빠가 그녀는 너무 좋았다.

"나 이거 친구들한테 보여주고 와도 돼?"

"지금?"

"어두워지면 못 보잖아."

무영이 고개를 끄덕이자 은주는 그대로 드레스 자락을 손으로 잡고 현관을 나섰다. 다다다, 뛰어가는 소리에 무영은 그저 허허허, 배를 잡고 웃었다. 더 많은 걸 해주기 위해 앞만 보며 일했는데 하나밖에 없는 딸이 웃으니 그간의 힘들었던 시간들이 한 번에 보상받는 기분이었다.

"아빠."

그런데 좋다고 뛰어나갔던 은주가 울상을 지으며 들어왔다.

"왜 벌써 들어왔어?"

"친구들이 없어."

"응?"

"다 밥 먹으러 들어갔나 봐."

"그랬구나. 그럼 내일 아침에 아빠랑 같이 나가서 보여주자."

"정말? 아빠 회사 안 가?"

"내일은 우리 공주님이랑 실컷 놀 거야."

"와, 신난다!"

은주는 금세 환하게 웃으며 제자리에서 폴짝폴짝 뛰었다. 동네 친구들에게 부러움의 대상이던 은주는 많은 걸 가진 아빠 덕에 세상에서 제일 행복한 아이로 자랄 수 있었다.

잠깐 딴생각에 빠져 있던 은주가 승해의 물음에 현실로 돌아왔다.

"맛있어?"

"어, 시원한 게 맛있네."

자주는 아니어도 승해는 친구들과 함께 커피숍도 드나들고 또 지금처럼 테이크아웃을 해 길을 걸으며 마시기도 했다. 그게 이제 와서 미안해진다.

"내일 또 사다드릴게요."

승해와 은주의 모습을 보던 재희는 문득, 엄마가 있다는 것, 그래서 엄마에게 맛있는 걸 사드린다는 게 어떤 기분일지 어렴풋이 알 것 같다.

"이런 거 자꾸 먹으면 입만 고급스러워져서 안 돼요."

"돈 많은 사위가 있는데 좀 고급스러워지시면 어때요."

"그런가?"

"이 정도는 매일매일 10개씩도 사드릴 수 있어요."

재희와 은주가 마주 보며 웃었다. 불편함은 찾아볼 수 없었다. 전혀 어울릴 것 같지 않고, 전혀 가까워지지 않을 것 같았는데 이럴 때 보면 시간이란 참 대단하다.

"나는요?"

가만히 있던 승해가 고개를 삐죽 내밀며 물었다.

"하는 거 봐서."

"우와, 치사해."

하루가 더 지날수록 이렇게 셋이 앉아 있는 게 더 자연스러워질 것 같다. 그때는 힘들면 힘들다고, 속이 상하면 상한다고 아무런 계산도 하지 않고 말할 수 있을 것 같다.

"세상이 원래 그런 거야."

승해가 재희에게 혀를 날름 내밀었다. 재희가 스스럼없이 웃었다. 평화로운 봄날이 그렇게 흘러가고 있었다.

띠리리링.

늘 조용하기만 했던 승해의 휴대폰이 오랜만에 소리를 내며 울렸다.

"네."

—살아 있어?

날이 선 친구의 목소리에 승해는 미안한 듯 코를 찡긋했다.

"잘 지냈어?"

—잘 지냈어? 너 진짜 무지무지 못된 년인 거 알아?

"미안."

—달랑 미안?

"다음에 만나면 맛있는 거 살게, 한 번만 봐주라."

고등학교 동창이지만 같은 대학에 간 후 친해진 수진이었다. 학교를 휴학하고 거의 연락을 안 하고 지냈으니 정말 오랜만이긴 했다.

—다음에 말고 오늘 사줘.

"오늘?"

승해가 재희를 돌아봤다. 은주는 밥을 한다며 집 안으로 들어가고 재희는 하늘을 올려다보며 커피를 마시고 있었다.

—왜, 안 돼?

"어, 집에 손님이 와서 오늘은 좀 그래."

손님이라는 말에 재희의 시선이 승해에게로 떨어졌다.

"그래, 내일 보자."

약속을 잡고 승해는 전화를 끊었다. 재희가 누구냐는 눈빛으로 승해를 바라봤다.

"친구예요, 대학 동창."

"내가 손님이야?"

"네?"

"결혼할 사람을 손님으로 소개하는 건 심히 불쾌한데?"

"그렇다고 오랜만에 전화한 친구한테 결혼할 사람이 왔다고 할 수는 없잖아요."

아마 결혼을 하게 됐다고 말하면 당장 만나자고 할 게 뻔했다. 아르바이트한다고 그 흔한 소개팅 한 번도 하지 않았는데 뜬금없이 결혼을 한다고 하면 수진은 축하한다는 말보다는 무슨 일이 있는 거 아니냐며 한걱정을 할 거다. 결혼을 하면 당연히 부르겠지만 그래도 아직은 알리고 싶지 않았다.

"왜?"

"그런 건 얼굴 보고 할 얘기죠."

"여자들은 꼭 전화로 신나게 떠들어놓고 만나서 얘기하자고 하더라?"

"맞아요, 여자들은 그래요."

승해가 엉덩이를 털고 일어났다.

"서재희 씨가 고기 먹자고 한 거니까 서재희 씨가 신문지 깔아요."

재희가 손가락으로 자신을 가리키며 어이없다는 표정을 지었다. 승해는 야무지게 고개를 끄덕여주고 날름 집 안으로 들어갔다.

"그래, 마음껏 까불어라."

긴 다리를 펴고 재희도 승해를 따라 현관문 안으로 들어섰다.

"신문지 줘!"

안으로 들어서며 재희가 신문지를 찾았다. 승해는 이미 신문을 가슴에 끌어안고 거실에 대기 중이었다가 곧장 그에게 전달했다. 사납게 눈을 부라렸지만 이제 와서 겁을 먹을 승해가 아니었다.

"상추 씻으러 가야겠다."

딴청을 부리며 승해가 주방으로 들어가고 재희는 많이 해본 것처럼 거실 바닥에 신문을 주욱 깔기 시작했다. 이 작고 허름한 집이 이제 편안해진 그였다. 커피보다는 그냥 시원한 물 한 잔을 마시는 게 어울리고, 대리석 식탁보다는 칠이 다 벗겨진 2인용의 작은 식탁이 잘 어울리는 이곳이 재희는 따뜻해서 좋았다. 딱히 이집에서 한 게 없지만 따뜻한 밥 한 끼를 얻어먹을 수 있어서 좋고, 김치를 손으로 죽죽 찢어서 밥 위에 올려주는 승해의 엄마가 있어서 좋았다.

"다 깔았어요?"

"어."

승해가 고기와 야채들을 쟁반에 들고 나왔다. 바닥에 놓으며 두 사람은 오래전부터 이 집에서 같이 살았던 것처럼 자연스럽게 시선을 마주했다.

"된장찌개는?"

"당연히 끓였지."

은주가 뚝배기를 들고 나와서는 재희 앞에 조심스럽게 내려놨다.

"밥 많이 했으니까 많이 먹어요."

"네, 어머니."

먹는 게 중요하거나 즐거운 적이 없었다. 그저 때가 되면 먹는 거였다. 식탁 위에 뭐가 올라왔는지는 중요하지도, 궁금하지도 않았다. 이렇게 바닥에 옹기종기 앉아서 수다를 떨며 밥을 먹는 건 상상도 해보지 않았다. 누군가와 밥을 먹는 게 즐거울 줄은 정말 몰랐다.

"내가 구울 테니까 얼른들 먹어."

집게를 들고 은주가 고기를 굽기 시작했다. 숟가락을 들어 된장찌개를 떠먹는 재희에게 승해가 눈짓을 했다. 재희가 입 모양으로 '왜?'라고 물었다.

"보통은 이런 걸 남자들이 하거든요."

"뭘?"

"고기를 굽는다든지 하는 거요."

"그래?"

무심하게 고개를 끄덕이는 재희를 승해는 노려보고 은주는 가만히 미소 지었다.

"제가 구울까요?"

한참이 지나서야 재희가 은주에게 물었다.

"고기는 내가 잘 구워. 재희 군은 맛있게 먹기나 해요."

"네, 어머니."

얄밉게 입술을 늘어뜨리며 재희가 승해를 쳐다봤다.

"어머니가 나는 맛있게 먹기나 하라고 그러시네?"

이럴 때 보면 스물아홉이 아니라 그냥 9살 같다.

"그럼 맛있게 먹어볼까?"

된장찌개에 있는 두부를 숟가락으로 떠서 입에 넣고는 그는 맛있게 오물거렸다. 그에 질세라 승해도 두부를 떠서 밥에 놓고는 슥슥 비벼 크게 한입 먹었다. 경쟁하듯 재희가 얼른 승해가 먹는 대로 따라 했다. 가만히 보고 있으면 둘이 알콩달콩 잘 노는 것 같아 은주는 고기를 구우면서 연신 웃음을 지우지 못했다. 그렇게 고기가 다 익기도 전에 두 사람은 밥을 반 그릇이나 비웠다.

"천천히 먹어, 체하겠다."

잘 익은 고기를 승해의 밥그릇에 올려주며 은주가 흐뭇하게 웃었다.

"엄마도 얼른 먹어."

"나는 두 사람 먹는 것만 봐도 배불러."

재희로서는 전혀 이해가 되지 않는 말이었다. 어떻게 먹는 걸 보고만 있어도 배가 부른 걸까. 이것도 엄마가 있는 사람만이 이해할 수 있는 건가.

"근데 어머니."

별안간 재희가 진지한 표정을 하고는 은주를 불렀다. 은주는 너그러운 미소를 지으며 재희의 말을 기다렸다.

"저 어머니 때문에 살찌겠어요. 다음부터는 그냥 밥이랑 고추장만 주세요."

"그럴까요?"

"아마 서재희 씨는 고추장에 밥 비벼서 두 그릇은 먹을걸?"

"내 입 고급이거든?"

"어련하시겠어요."

흥, 코웃음을 쳐주고 승해는 다시 숟가락을 움직였다. 겨우 한 사람 늘었을 뿐인데 같이 밥을 먹는 게 즐거웠다. 된장찌개도 더 맛있고 고기도 다 맛있었다. 여자 둘이 살 때보다 남자 한 명이 는 지금이 훨씬 수다스러운 것도 사실이었다.

밥을 한 그릇이나 비우고도 남은 고기에 김치와 파무침까지 넣 어 근사한 볶음밥으로 마무리를 한 승해와 재희는 부른 배를 두드 리며 늦은 시간 티타임을 가졌다. 인스턴트 녹차이기는 해도 향은 남부러울 것 없이 좋았다.

"이러다 살찌겠다."

"살찌면 바로 아웃이니까 그렇게 알아."

전화를 받으러 안방으로 들어간 은주는 벌써 10분이 넘게 통화 중이었다.

"서재희 씨도 살찌면 아웃이니까 조심해요. 오늘 먹는 거 보 니까 조만간 아저씨처럼 배 나오지 싶거든요?"

"야, 나는 평생 살이라고는 쪄본 적이 없는 사람이야. 이 몸이 다 운동으로 다져진 몸이거든?"

"운동을 하기는 해요? 걷는 것도 싫어하면서."

"설마 동네를 어슬렁어슬렁 걷거나 멋 부린다고 시키면 모자 쓰고 한강을 뛰거나 하는, 뭐, 그런 걸 운동이라고 생각하는 건 아 니지?"

왜 아니겠느냐는 표정으로 승해가 재희를 빤히 응시했다.

"운동은 자고로 전문 강사를 옆에 두고 체계적으로 하는 게 운동이야. 그렇게 돌아다니는 건 그냥 움직이는 것뿐이라고."

매일 노는 것 같아도 일주일에 세 번은 꼭 헬스장을 찾아 운동하는 그였다. 더구나 운영하는 호텔에 시설 좋은 헬스장과 실력 좋은 트레이너들이 즐비한데 모양 빠지게 굳이 한강을 달릴 필요는 전혀 없었다.

"운동을 해본 적은 있어?"

"하죠, 숨쉬기 운동."

승해가 가슴을 활짝 펴고 크게 심호흡했다. 재희는 한심하다는 듯 한숨을 내쉬었다.

"하긴 그러고 보니까 네가 날씬은 한데 육감은 없어."

"뭐가 없어요?"

"그냥 몸이라고, 몸매가 아니고. 내일부터 운동하자."

"잉?"

재희가 몸을 뒤로 빼며 인상을 구겼다.

"그런 요상한 반응은 자제해라."

"요상한?"

"잉?"

승해가 했던 걸 그대로 따라 하는 재희였다.

"어쨌든 내일 아침에 데리러 올 테니까 준비하고 있어."

"너무 즉흥적이지 않아요?"

"뭐가?"

"얘기하다 갑자기 하자고 하는 게 어디 있어요? 마음의 준비도 필요하고, 할 건지 말 건지 생각할 시간도 줘야죠."

"해."

"뭘요?"

"생각하라고."

재희는 휴대폰을 꺼내 시간을 확인했다. 승해는 기가 막혀 코웃음을 치면서도 머릿속으로는 운동을 할까, 하는 고민이 됐다.

"했어?"

"아직이요."

"뭘 그렇게 오래 생각해?"

"하면 어디서 하는 건데요?"

"우리 호텔."

승해의 눈이 저절로 커졌다.

"내가 거기를 드나드는 건 좀 그렇지 않아요?"

"뭐가?"

"마냥 사적일 수만은 없는 곳이잖아요."

"그런가?"

"내가 알아서 육감 있는 몸매로 만들어볼 테니까 신경 쓰지 마요."

허리를 손으로 짚으며 승해가 제법 섹시한 표정을 지었다. 장난도 곧잘 치고, 또 농담을 재치 있게 받을 줄도 알고, 시시각각 다른 모습으로 사람을 놀라게 하는 재주까지 있다. 고작 23살인데, 사는 게 많이 팍팍하고 힘들었을 텐데 대체 윤승해는 이런 여유가 어디서 나오는 걸까.

"근데 안 가요?"

"가라고?"

승해가 쿡, 웃으며 물었다.

"우리 집이 좋아요?"

좋아, 라고 대답하려다 재희는 가만히 웃었다. 격의 없이 자연스럽게 흘러나온 웃음이었다.

"좋구나?"

서재희란 남자와 결혼을 하면 평생 평행선으로 살게 될 거라고 생각했다. 한 번도 만나지 못하고 교차점을 찾지 못한 채 그저 서로 할 일만 하면서 의무와 책임을 다하는 바스락거리는 삶. 그러나 점점 희망이 생기고 기대가 된다. 벌써 마음을 여는 건 섣부른 거라고 스스로 되뇌면서도 자꾸만 마음이 열리는 건 어쩌지를 못하겠다.

"이걸 어쩌지?"

방에서 나온 은주의 안색이 좋지 않았다.

"왜?"

"경주 이모가 수술을 한대."

경주에 사는 엄마의 가장 친한 친구로 승해에게는 친 이모 같은 분이었다.

"수술?"

"유방암이래."

놀란 승해가 자리에서 벌떡 일어났다. 은주와 손을 잡고 승해는 울 것 같은 표정을 지었다.

"어떡해."

너무 멀리 살고, 각자 먹고살기 바쁘다는 핑계로 전화 통화만 하고 본 지는 꽤 됐었다. 통화를 할 때마다 애틋함과 그리움에 눈시울을 붉히는 은주를 보면서 승해는 미안하기도 했었다.

"엄마 내려가 봐야 될 것 같아. 마음이 불안해서 안 되겠어."

"지금?"

"어. 근데 너 혼자 괜찮겠어?"

"어린애도 아닌데, 뭐."

"일단 내려가 보고 전화할게."

마음이 급한 은주는 허둥지둥 방으로 들어갔다. 승해도 다급하게 방으로 들어가 짐 싸는 걸 도왔다. 대충 옷가지들을 챙겨 가방에 넣고 나오는데 재희가 신발을 신고 현관에 서 있었다.

"터미널까지 모셔다 드릴게요."

망설이는 은주의 등을 승해가 슬쩍 밀었다.

"그렇게 해요, 엄마. 늦으면 막차 놓쳐."

"그럼 부탁 좀 할게요."

재희의 차가 멀어지는 걸 지켜보고 서 있던 승해가 놀란 가슴을 쓸어내리며 가게 문을 닫고 집으로 들어왔다. 재희가 마시다 말고 간 찻잔을 설거지하면서 그녀는 아무 일도 없기를 마음으로 빌었다.

무사히 막차를 탔다는 은주의 전화에 승해는 그제야 한시름 놓을 수 있었다. 인터넷으로 암에 좋은 게 무엇인지를 검색해보고 은주에게 간단히 문자를 보내기도 했다. 엄마가 또다시 소중한 사람을 잃지 않았으면 하는 간절한 마음으로 승해는 두 손을 모으기도 했다.

띠링.

문자 소리에 승해는 재빨리 손을 뻗어 휴대폰 문자를 확인했다. 은주일 거라고 생각했는데 재희였다.

[문 열어.]

무슨 말인가 싶어 승해는 잠시 고개를 갸웃거렸다. 그러는 사이 희미하게 가게 문 두드리는 소리가 들려왔다. 방문을 열고 나가면서 그녀는 재희에게 전화를 걸었다.

"지금 문 두드린 사람 서재희 씨예요?"

―들었으면 얼른 열어.

"집에 안 갔어요?"

운동화를 구겨 신고 승해는 가게로 나갔다. 가게 문 앞에 기다린 그림자가 드리워져 있었다. 문을 열자 재희가 안으로 쑤욱 들어왔다.

"왜 다시 왔어요?"

"고맙긴."

엉뚱한 대답을 하고 그는 제집인 것처럼 집 안으로 들어갔다. 가게 문을 단단히 걸어 잠그고 승해는 그의 뒤를 따랐다.

"왜 다시 왔느냐고요."

불도 켜지 않은 어두운 주방에서 재희는 생수를 벌컥벌컥 마시고 있었다.

"무슨 일 있어요?"

"무슨 일 있을까봐 생각해서 와줬으면 그냥 고맙다고 해."

주방을 나온 재희가 바닥에 벌러덩 드러누웠다. 그 앞에 서서 승해는 여전히 어리둥절한 표정을 짓고 있었다.

"무슨 짓 할지도 모르니까 방문은 잠그고 자는 게 좋을 거다."

"지금 나 혼자 있다고 걱정돼서 왔다는 거예요?"

눈치가 빠른 것 같다가도 이럴 때 보면 하염없이 순진하다.

"애도 아닌데 무슨. 걱정하지 말고 가요, 가서 편하게 자요."

"편해."

"그럼 나 편하게 가서 서재희 씨 집에 가서 자줘요."

"싫어."

가란다고 갈 거였으면 밖에서 기다리지도 않았고 이렇게 밀고 들어오지도 않았다. 신경 쓰며 밤새 잠을 설치는 것보다는 불편하더라도 윤승해 옆에서 자는 게 훨씬 나을 것 같았다.

"내 방문 고장 나서 안 잠겨요."

재희가 눈을 들어 승해를 바라봤다. 그의 눈빛이 음흉하게 빛난다.

"안 잠기니까 들어오라고 친절하게 알려주는 거야?"

"집에 전화는 드렸어요?"

"내가 애냐, 그런 걸 보고하게?"

"그럼 나는 애예요, 이런 과도한 친절을 보여주게?"

어느새 승해는 팔짱까지 끼고 재희를 내려다보고 있었다. 그러거나 말거나 재희는 피곤한 듯 눈을 감아버렸다.

"얼른 가라고요."

묵묵부답, 재희는 듣는지 마는지 아무런 대꾸도 하지 않았다.

잠기지 않는 방문을 사이에 두고 승해와 재희는 한지붕 아래서 밤을 보내게 됐다. 재희는 방 안에서 나는 소리에 신경을 곤두세우고 있었고, 승해는 혹시라도 밖에서 무슨 소리가 나는 게 아닌지 숨을 죽이고 있었다.

띠리리링.

심장을 조이는 것 같은 고요함이 승해의 휴대폰 진동 소리에 무참히 깨졌다.

"도착했어?"

ㅡ어, 지금 병원이야.

"이모는 어때? 많이 안 좋아?"

ㅡ다행히 초기에 발견했다니까 수술하면 좋아질 거야.

승해는 참았던 숨을 토해냈다.

"다행이다."

ㅡ문단속 잘하고 자.

순간 재희가 같이 있다는 걸 말해야 할지 말아야 할지 고민됐다. 하지만 고민이 끝나기도 전에 은주가 서둘러 전화를 끊는 바람에 말할 틈이 없었다.

"엄마도 무리하지 말고."

휴대폰 액정에서 뿜어져 나오는 밝은 빛에 어두웠던 방 안이 환해졌다. 승해는 눈이 부셔 얼른 휴대폰을 베개 밑에 넣어두고 다시 잠을 청하기 위해 누웠다.

"도착하셨대?"

재희의 목소리가 방문을 뚫고 들어왔다. 화들짝 놀란 승해는 하마터면 소리를 지를 뻔했다.

"네."

"언제 오신대?"

"몰라요."

너무 조용해서일까, 목소리를 크게 하지 않아도 잘 들렸다.

"왜 안 자요?"

"나 예민한 남자거든?"

"그러니까 집에 가서 자라고 했잖아요."

"조금 있으면 결혼할 여자가 바로 코앞에서 자고 있는데 너같으면 태평하게 잠이 오겠냐?"

잠자리가 불편한 게 아니라 다른 이유에서 잠이 안 온다는 거였다. 그 말에 승해는 얼굴이 화끈거렸다.

"노래 좀 불러봐."

"네?"

"잠 좀 자게 노래라도 불러보라고."

"심심하면 나가서 체조라도 해요."

방문을 등지고 승해가 돌아누웠다. 하지만 귀는, 그리고 심장은 재희가 있는 쪽을 향해 바짝 신경을 곤두세우고 있었다.

"자나?"

한참이 지나서야 재희의 목소리가 방문 너머에서 들려왔다. 승해는 입술까지 이불을 덮은 채 아무런 대답도 하지 않았다. 사실이유 모를 두근거림에 승해는 아무 말도 나오지가 않았다.

"보일러 좀 돌리지?"

"추워요?"

"안 자면서 왜 대답을 안 해?"

들켰다. 승해는 입술을 꼼지락거리다 자리에서 일어났다.

"잠들려던 순간이었어요."

말해놓고 보니 더 민망하다.

"보일러 틀어줘요?"

한겨울에도 밤에 잠깐 돌리고 내복에 양말까지 신고 자는 편이라 봄이 돼서는 보일러를 거의 틀어본 적이 없었다.

"됐어, 이불이나 더 갖고 와."

엄마 방에 들어가서 자라고 했지만 괜찮다고 고집을 부리더니 이제야 한기를 느끼나 보다.

"기다려요."

승해는 바닥에 까는 이불과 덮는 이불을 갖고 나와 재희 앞으로 깔아줬다. 가만히 누워서 보기만 하던 재희는 이불이 다 깔리자 날름 몸을 옆으로 굴려 이불 위에 누웠다.

"오래된 집이라 그런지 좀 썰렁하네."

괜히 민망했는지 묻지도 않은 말을 구시렁거리는 재희였다.

"자요."

"들어가려고?"

승해가 눈을 동그랗게 뜨고 재희를 쳐다봤다.

"나 잠들면 들어가."

"애예요?"

"너 때문에 이 고생하면서 자는 거니까 토 달지 마."

재희가 이불 밖으로 손을 내밀어 승해의 손을 덥석 잡아 앉게 했다. 얼떨결에 재희 옆에 눕다시피 앉게 된 승해는 이미 얼굴이 붉게 물들어 있었다.

"빨리 자요."

무뚝뚝하게 말했지만 승해의 심장은 미친 듯이 뛰고 있었다.

"자장가."

"네?"

"토 달지 말라고 했다."

어이없는 요구였지만 그걸 따질 여유가 승해에게는 없었다. 재희의 손이 여전히 승해의 손을 감싸 쥐고 있었기 때문이었다.

"아는 자장가 없어요."

최대한 침착하게 승해는 재희의 시선을 외면하고 있었다.

"그럼 잠들 때까지 있어."

재희가 손에 힘을 줬다. 그러고는 눈을 감았다.

"윤승해."

"왜요."

"나는 점점 네가 부럽다."

세상이 다 잠든 것 같은 고요함에 마음이 울컥해버렸다. 언제나 혼자인 것만 같은 밤이었는데 승해가 옆에 있어서인지 심장이 두근거렸다. 누구도 진심을 말하라고 하지 않았는데, 누구도 마음을 열라고 하지 않았는데 저절로 마음에 담긴 진심을 풀어놓고 싶어졌다.

"내가 왜요?"

"엄마가 있잖아. 따뜻하고 따뜻한 엄마."

눈을 감고 있는 재희를 찬찬히 훑어보면서 승해는 몸에 주고 있던 힘을 스르르 뺐다.

"기억나요?"

승해가 조심스럽게 재희에게 물었다.

"별로."

기억할 수 있는 나이였고 함께 했던 것들이 많았지만 지금 재희의 기억 속에는 엄마도, 그리고 아빠도 희미하기만 했다.

"속상하겠다."

"어."

숨결처럼 온화한 침묵이 두 사람 사이에 살포시 떨어졌다. 승해는 다리를 세워 한 손으로 끌어안고 다른 손은 재희와 맞잡은 채 그렇게 그의 곁을 지켰다. 어둠에 익숙해진 눈이 좀 더 또렷하게 재희를 볼 수 있게 해줬다.

"자요?"

"아직."

"불편하면 집에 가서 자요, 나 혼자 자도 괜찮아요."

그 순간 재희가 잡고 있던 승해의 손을 끌어당겼다. 승해가 재희 옆에 쓰러졌다. 당황할 틈도 없이 재희가 팔꿈치를 들어 상체를 일으켰다. 조금 전과 반대로 이번엔 재희가 승해를 내려다봤다.

"거짓말."

"뭐, 뭐가요?"

"나랑 있으니까 좋잖아."

장난기 가득한 눈빛이었지만 승해는 이상하게도 가슴이 진정되지 않았다. 숨결이 닿을 듯 가까운 거리에 그가 있다는 게, 체온이 고스란히 느껴질 만큼 세게 잡고 있는 손 때문에 차마 고개를 돌릴 수 없게 만드는 뜨거운 시선 때문에 가슴은 운동장 열 바퀴를 돈 것처럼 그렇게 세차게 뛰어댔다.

"나는 서재희 씨랑 결혼하기로 했을 때 마음먹은 게 하나 있어요."

묘한 밤이다. 누구도 진실을 말해버리게 만드는 도깨비에 홀린 것 같은 그런 묘한 밤.

"뭔데?"

"절대 먼저 좋아하지 않겠다."

좋아한다는 고백보다 더 부끄럽고 가슴 떨리는 말이었다. 승해는 새빨개진 얼굴로 재희의 시선을 오롯이 받아냈다.

"그런데?"

"흔들려요."

당찬 승해의 진심에 이번엔 재희의 눈빛이 흔들렸다.

"그러니까 그만 흔들어요."

시작을 자꾸만 잊게 되는 요즘이다. 어째서 서재희란 남자를 알게 됐는지, 서재희란 남자와 앞으로 무엇을 할 건지 까맣게 잊고 순수한 감정들을 하나씩 키우는 것 같아 문득문득 두렵다.

"좋아하는 마음으로 결혼하는 것도 나쁘지 않겠네."

"나는 상처 받기 싫어요. 아픈 건 질색이에요."

승해의 얼굴을 물들였던 붉은 감정들이 일제히 사라졌다.

"최선을 다하지는 않겠다는 말, 먼저 그만두자고는 안 할 거라는 말, 그거 뭔가 있다는 거잖아요. 아니에요?"

서 회장을 그렇게 무서워하는 것 같지도 않은데 왜 마음에도 없는 결혼을 강요에 못 이겨 하는 걸까 내내 생각했었다. 정확한 이유는 모르지만 서 회장과 서재희 사이에 결혼을 두고 분명 무언가 조건이 있을 거라는 정도는 짐작하고 있었다. 처음엔 그 조건이라는 거에 관심도 없었고 신경도 쓰지 않았다. 그러나 서재희에게 마음이 흔들릴 때마다 조금씩 관심이 커져버렸다. 그러다 그가 했던 말들이 떠올랐고 그 안에 대답이 있겠구나 싶었다. 그게 무엇이든 결코 행복한 일은 아니겠구나 하는 게 승해의 판단이었다.

"3년."

솔직한 승해 앞에서 거짓말은 하고 싶지 않았다.

"너랑 3년만 무사히 살면 유산 상속을 받을 수 있어. 네가 상상할 수도 없는 어마어마한 유산을."

승해의 표정엔 변화가 없었다. 하지만 허탈했고 허무했다.

"알았어요."

"뭘 알아?"

"3년 별 탈 없이 살아줄게요."

봄바람에 흔들렸던 마음이 다시금 똑바로 서버렸다.

"실망했어?"

"전혀요."

"한 것 같은데?"

"했어도 서재희 씨한테는 했다고 말 안 해요."

그래도 얼마 동안은 즐거웠다. 가슴이 설렌다는 게 어떤 건지도 알았고 엄마가 행복해하는 모습도 많이 봤고 여유도 느낄 수 있었다.

"나 먼저 잘게요."

승해의 재희의 손을 뿌리치고 일어났다.

"자다 불편하면 가요."

방문이 닫히고 재희는 어둠 속에 또 혼자 남았다. 잠을 수가 없었다. 잡아야 하는 이유를, 마음을 그조차도 아직은 알지 못했다.

그저 같이 있으면 좋겠다, 하는 막연한 감정이 전부였다.

"괜히 미안하네."

방 안에 혼자 있는 승해가 신경에 거슬렸다. 좀 더 곱게 말할 걸 그랬나 싶어 재희는 애먼 입술을 깨물었다. 미안하다는 생각이 드는 것도, 신경이 쓰이는 것도 다 이상한 일이었다. 대체 어떻게 하면 이 욱신거리는 가슴을 진정시키고 그 원인이 무엇인지 찾아낼 수 있는 걸까.

"더럽게 어렵네."

재희는 눈을 질끈 감고 억지로 잠을 청했다. 설레었지만, 아무것도 없었던 밤이 흘러가고 있었다.

몇 번을 뒤척이다 겨우 잠들었던 승해는 8시가 넘어서 일어났다. 헝클어진 머리칼을 손으로 대충 정리하고 그녀는 거실로 나왔다. 재희는 없었다.

"갔네."

왠지 아침에 일어나면 그가 없을 것 같았다. 그런데 예상이 맞고 나니 뭔가 서운해진다.

"날씨 좋다."

기지개를 켜며 승해는 주방으로 들어갔다. 어제 먹다 남은 찌개로 간단히 아침을 해결하고 서둘러 샤워까지 했다.

말끔하게 단장을 한 그녀는 가게로 나갔다. 부지런히 준비를 하지 않으면 점심시간에 몰려드는 꼬마 손님들을 전부 실망하게 만들 수도 있었다. 머릿속 생각들을 모두 비우고 그녀는 재료 손질을 했다.

띠리리링.

앞치마 주머니에 넣어둔 휴대폰이 울렸다. 고무장갑을 벗고 휴대폰을 꺼냈다. 은주였다.

"엄마."

—잘 잤어? 별일 없지?

헤어진 지 얼마나 됐다고 별일이 있을 거란 걱정을 하는 걸까. 하여간 못 말리는 엄마다.

"아무 일도 없어. 엄마는 잘 잤어?"

—아픈 사람 옆에 두고 자기는.

"하긴."

—10시까지 계란이랑 어묵 갖고 올 거야. 받아서 확인하고 냉장고에 넣어둬.

"알았어요."

—딸, 미안해.

"뭐가?"

—고생시켜서.

"새삼스럽게 고생은. 왜, 하루 떨어져서 잤더니 내가 막 그립고 그래?"

생글생글 웃으며 승해는 은주를 조금이나마 마음 편하게 해주려고 농담을 했다.

—막 그리워서 눈물이 다 난다.

은주도 승해의 농담에 맞장구를 쳤다. 생각보다 기분이 많이 가라앉지는 않은 것 같아 승해는 일단 마음을 놓았다.

—점심만 하고 일찍 닫아.

"자꾸 문 닫고 그러면 손님 떨어져. 내가 알아서 할 테니까 걱정 말고 이모나 많이 웃게 해줘."

존재만으로도 심적 위로가 되는 친구이니 모쪼록 건강하게 오래오래 살았으면 하고 승해도 바랐다.

–엄마 내일 갈게.

"그래도 돼?"

–여기 이모부도 있고 지연이랑 승연이도 있는데 내가 너무 오래 있으면 불편하잖아. 내일 아침에 수술이니까 끝나는 것만 보고 올라갈게.

"알았어."

통화를 끝내고 하던 일을 마저 하려고 돌아서는데 승해의 손에 설거지 해둔 물컵이 닿았다. 그리고 그 순간,

쨍그랑!

요란한 소리와 함께 유리컵 하나가 산산조각 났다. 사방으로 튄 파편에 승해는 놀라 멈칫했다. 그러다 이내 허리를 굽히고 앉아 유리조각들을 치우기 시작했다.

"아!"

조각 끝이 날카로웠는지 손을 대는 순간 찔리고 말았다.

"일어나."

컵을 깬 것보다 갑자기 나타난 재희 때문에 승해는 더 크게 놀랐다.

"언제 왔어요?"

"깨진 걸 왜 손으로 치워? 바보야?"

살벌한 표정으로 재희가 승해를 뒤로 물러나게 떠밀었다. 가게

안을 두리번거려 빗자루를 찾아내고 그는 신속하게 유리조각들을 하나로 모았다.

"집에 간 거 아니었어요?"

"담을 거나 갖고 와."

화가 난 사람처럼 재희의 어조가 곱지 않았다. 승해는 입을 삐죽거리다 싱크대 서랍에서 종량제 봉투를 꺼내 재희에게 내밀었다. 승해가 보는 앞에서 그는 구석구석을 빗자루로 쓸어 하나의 유리조각도 남기지 않고 쓸어 담았다. 아예 가게 앞까지 가지고 나가 버리고 들어온 그는 거친 손길로 승해의 다친 손가락을 끌어당겼다.

"죽지는 않겠네."

"이 정도로는 안 죽어요."

손을 빼내고 승해는 다시 고무장갑을 꼈다.

"뭐 하려고?"

"뭐 하긴요, 장사 준비하죠."

"그 손으로?"

승해는 어깨를 으쓱해 보이며 괜찮다는 대답을 대신했다. 잠시 후, 재희가 가게 밖으로 나가는 소리가 들렸다. 가는 건가 싶어 고개를 빼고 보던 승해는 그가 차에 타는 걸 보고 고개를 돌렸다.

"암튼 엄청 할 일 없는 사람이라니까."

잠깐 있다가 갈 걸 대체 왜 왔던 거냐며 승해는 혼자 구시렁거렸다. 그릇에 손가락이 닿을 때마다 욱신거리기는 했지만 크게 개의치 않았다. 그보다는 왠지 마음 한 자락이 욱신거리듯 아팠다.

"하아……"

절로 터져 나온 한숨에 미간을 찡그리는데 순간 우악스러운 손길이 그녀의 팔을 잡아당겼다. 힘에 휘청이며 승해의 몸이 뒤로 돌아갔다. 그리고 성난 눈으로 노려보고 있는 재희와 시선이 마주쳤다.

"간 거 아니었어요?"

묵묵부답, 재희는 고무장갑을 벗기고 주머니에서 연고를 꺼내 승해의 손가락에 발라줬다. 그리고 밴드를 꼼꼼하게 붙였다.

"약국 갔다 왔어요?"

"또 다친 데 없어?"

"없어요. 근데 집에 간 거 아니었어요?"

"벗어."

"네?"

"앞치마 벗으라고."

"왜요?"

"그럼 그 손으로 장사를 하겠다는 거야?"

재희는 이번에도 막무가내로 승해의 앞치마를 풀고 한 손에 끼고 있던 고무장갑마저 벗겨냈다.

"약 발라서 괜찮아요. 많이 다친 것도 아닌데 무슨 가게 문을 닫아요?"

"얼마나 다쳐야 많이 다친 건데?"

미련 떠는 윤승해는 진짜 밥맛이다. 재미도 없고 귀엽지도 않다. 아니, 얼마 전까지는 분명 청승 떠는 윤승해도 그다지 싫지는 않았었다. 그런데 오늘은 정말이지 못 봐주겠다.

"오늘 하루 장사하면 얼마나 버는데?"

승해의 얼굴이 차갑게 굳어졌다.

"주려고요?"

언제인지 기억도 나지 않는 오래전 드라마가 생각난다. 유치하게 드라마 속 한 장면을 따라 하게 됐다.

"왜, 자존심 상해?"

"아니요. 힘들게 일 안 해도 돈이 생기는데 자존심은 무슨. 그런 건 다 드라마에서나 나오는 거예요. 하루 매상 다 줄 거예요?"

자존심이 상하는 건 모르겠는데 말끝에 울컥, 눈물이 나려고는 한다. 그리고 밴드에 감긴 손가락이 쓰리다.

"아이스크림 먹을래?"

재희의 눈빛이 선하게 풀어졌다. 승해는 반대로 눈썹을 뾰족하게 세우며 재희를 흘겨봤다.

"겨우 아이스크림이나 먹자고 가게 문을 닫으라는 거예요?"

"2개 사줄게."

재희가 승해의 손을 잡았다. 연인처럼 다정하게 두 사람은 가게 밖으로 나갔다. 손에서 전해지는 따스한 온기가 둘의 심장까지 곧바로 올라왔다.

7

　그렇게 오래도록 기다렸는데 봄은 너무 짧게 머물다 떠나버렸
다. 한낮이면 시원한 그늘을 찾아 걸음을 재촉할 정도로 날이 더워
져 사람들은 아직 5월인데도 봄보다는 여름이라고 말하고는 했다.

　"벌써부터 이렇게 더우면 어쩌라는 건지."

　가게 앞에 나와 아이스크림을 먹으며 은주는 한숨을 푹푹 내쉬
었다. 허름하고 오래된 분식집엔 그 흔한 에어컨 대신 벽걸이 선풍
이 2대가 전부였다. 그러니 여름만 되면 꼬마 손님들 발길이 뚝 끊
겼다. 예전에는 땀 뻘뻘 흘리며 더운 것도 모르고 뛰어 놀았지만
요즘 아이들은 더운 것도, 또 추운 것도 그다지 즐기지를 않았다.

　"에어컨 하나 사자니까."

　"달랑 두 달 쓰자고 열 달을 세워둬? 기계고 사람이고 안 움직
이면 고장 나는 거야."

이런 말을 할 때마다 은주가 할머니처럼 느껴져 승해는 마음이 짠했다.

"요즘 에어컨을 두 달만 쓰는 사람이 어디 있어? 여름이 얼마나 긴데."

"오늘은 데이트 안 해?"

거의 저녁마다 찾아와 밥을 먹고 주말이면 승해를 어디라도 데리고 나가는 재희였다. 한 달 사이 부쩍 가까워졌지만 그만큼 마음은 복잡해졌다.

"어르신들 무슨 말씀 없으셔?"

"무슨?"

"아니, 그냥 따로 뭐, 말씀하신 거 없나 해서."

지난 토요일, 승해는 서 회장의 초대를 받아 재희의 집에서 점심을 먹고 왔다. 은주가 궁금해하는 결혼 날짜에 대한 얘기는 따로 없었지만 결혼하면 분가를 할 건지에 대해 재희에게 물어보기는 했다. 당연히 나가 산다고 말할 줄 알았는데 재희는 그럴 생각이 없다고 잘라 말해 승해를 놀라게 했다.

"엄마는 나 없이 혼자 살 수 있어?"

입술까지 시퍼렇게 아이스크림 물이 든 승해가 고개를 기울여 은주에게 물었다.

"왜, 못 살까봐?"

"한 번도 혼자인 적 없었잖아."

"그건 그렇네."

은주의 얼굴이 문득 심란해졌다.

"서재희 씨한테 처가살이 하자고 할까?"

댕그랗게 눈을 뜨고 은주가 승해를 쳐다봤다.

"그런 말을 할 수 있어?"

"왜 못해?"

두 사람 다 알고 있었지만 차마 먼저 말을 꺼내지 못했다. 승해가 얼른 배시시 웃으며 농담이었음을 털어놨다.

"가서 어른들한테 잘해."

"언제 가는데?"

"가을쯤?"

"나 가을에 결혼해?"

"올해 안에 하자고 했으니까 가을에 하지 않을까? 겨울은 춥잖아."

성에 차지는 않겠지만 은주는 하나씩 하나씩 승해에게 줄 것들을 사 모으고 있었다. 예쁜 앞치마도 사뒀고 반짇고리도 사뒀다. 좋은 이불도 해주고 싶어서 알아보고 있는 중이었다. 평범한 집안이 아니니 마음대로 친정에 오지 못할 거라는 걸 알고 그렇게 차근차근 은주는 딸과의 이별을 준비 중이었다.

"우리 딸은 잘할 거야."

"그럼, 누구 딸인데."

모녀가 뜨거운 햇살 아래 반달눈을 하며 웃었다.

"참, 엄마 주말에 경주 가는 거 알지?"

"어."

"주말이니까 가게 문 열지 말고 재희 군이랑 데이트해."

"봐서."

"보긴 뭘 봐. 예쁘게 원피스 입고 화장도 좀 하고."

혹시라도 재희 옆에서 승해가 초라해지지는 않을까 은주는 그게 신경 쓰였다. 능력이 있다면 백화점이라도 가서 새로 나온 화사한 원피스라도 사주고 싶지만 형편이 여의치 않았다. 서 회장에게 받은 돈은 차마 건드릴 수가 없었다. 나중에 승해가 결혼을 하게 되면 그때 받은 그대로 승해에게 줄 생각이었다. 그리고 아직은 돈을 받았다는 걸 승해에게 말하고 싶지 않았다. 언젠가는 알게 될 일이지만 조금이라도 천천히 알리고 싶었다.

"아줌마, 떡볶이 주세요."

예쁜 리본 헤어밴드를 한 꼬마 손님의 등장에 모녀의 햇살 아래 데이트는 끝이 났다. 다 먹은 아이스크림 봉지를 쓰레기통에 버리고 은주는 장갑을 끼고 떡볶이 앞에 섰다.

검은 정장을 입은 재희는 뜨겁게 부서지는 햇살에 잠시 눈을 흘기고는 신경질적인 손길로 넥타이를 풀었다.

"그만 가자."

하얀 한복 자락을 손으로 잡고 오 여사가 먼저 걸음을 내디뎠다.

"날이 좋구나."

하필이면 왜 이렇게 눈부시게 좋은 날이었을까. 눈을 뜰 수 없을 만큼 추운 날이었다면 차라리 더 좋았을 것 같다. 그랬다면 있는 대로 짜증이라도 부리며 인상을 쓸 수 있었을 텐데 말이다.

"내년엔 셋이 오겠구나."

매년 오 여사와 재희, 단 두 사람만 함께하는 날이었다. 서 회장은 단 한 번도 동행한 적이 없었다. 이유와 핑계는 많았지만 이해를 한 적은 결코 없었다.

"네 할아버지는 아마 따로 다녀가실 게다."

"그러시겠죠."

빈정이 상한 듯한 말투로 말하는 재희를 오 여사가 힐끔 돌아봤다. 책망하는 듯한 눈빛에 재희는 가만히 입을 다물었다.

"승해한테 못난 남편은 되지 마라."

"다 아는데요, 뭐."

할아버지와 자신이 그리 편한 관계가 아니라는 걸 승해도 모르지는 않았다. 그래서 굳이 승해 앞에서 속을 숨기지 않았다.

"네 엄마, 아빠가 나를 참 많이 원망하겠구나."

자식을 먼저 보낸 엄마의 심정을 재희는 알 턱이 없었다. 그렇다고 어린아이를 앉혀놓고 구구절절 설명을 할 수도 없는 노릇이었다. 저마다 제 가슴이 가장 아프다고 여기며 섞이지 못하고 살았던 세월이었다. 하루아침에 이해를 하고 포용을 하기엔 큰 무리가 있었다. 서 회장을 어리석다고 탓했지만 오 여사도 조금은 승해로 인해 동화 같은 일이 일어나길 바라고 있었다.

"저를 원망하고 계시겠죠."

오 여사가 우뚝, 걸음을 멈췄다. 바로 뒤에서 따라오던 재희를 향해 몸을 돌렸다.

"재희야."

"괜찮아요, 다 아는 사실이잖아요."

대체 어떻게 하면 재희가 죄책감에서 벗어날 수 있을까. 그저 부모를 잃고 어린 동생을 잃은 슬픔만 안고, 그것만으로도 가슴이 찢어지게 아플 텐데, 남들처럼 평범하게 살아갈 수 있는 걸까.

"할아버지가 아니었어도 저는 여기가 지금처럼 아팠을 거예요. 아파하면서 고통스럽게 사는 게 맞아요."

제대로 뛰어놀지도 못하고, 친구도 사귀어보지 못하고, 아가씨가 돼서 예쁜 옷을 입어보지도 못하고 어린 나이에 세상과 작별해야 했던 동생에게 특히나 미안하고 미안했다. 너무 사무치게 미안해서 때로는 승해에게서 동생의 얼굴이 보이는 것도 같았다. 그럴 때마다 잘해주고 싶은 마음이 앞서는데 어떻게 해줘야 하는 건지를 몰라 허둥대다가 또 실수를 해버리곤 한다.

"자식을 원망하는 부모는 없어."

"애쓰지 마세요."

"누구의 잘못도 아니야, 그냥 운명이야."

두려움에 떨며 울고 있을 때 오 여사는 지금과 똑같이 말했었다. 입술이 갈라지고 눈이 움푹 들어가 금방이라도 죽을 것 같은 얼굴을 하고 오 여사는 매일 재희를 붙잡고 그렇게 말해줬었다. 하지만 전혀 위로가 되지 않는 말이었다.

"가세요."

"그래, 가자."

오 여사의 긴 한숨이 발소리에 묻혔다.

날이 좋으면 속은 더 울렁거린다. 재희는 오 여사와 납골당을 다녀온 후 좀처럼 마음을 잡지 못했다. 몇 년이 흘러도 변하는 건 하나도 없었다.

"마음잡은 것 같더니 아니었냐?"

재희의 호출에 대낮부터 술집 안으로 발을 들인 경수가 비아냥

거리며 술을 따랐다. 매년 납골당에 다녀온 날이면 오늘처럼 숨이
끊어지기 직전까지 술을 퍼마시는 재희였지만 그 이유를 아는 친
구는 한 명도 없었다.

"결혼식은 언제 하는 거야?"

약혼녀를 데리고 다니는 통에 서재희를 아는 사람들은 전부가
윤승해의 존재에 대해 알고 있었다. 서 회장이 억지로 맺어준 사
이라는 것도, 정략이기는 하지만 서재희가 윤승해에게서 얻을 수
있는 건 아무것도 없다는 것도 모두 알려진 상태였다.

"그런데 서재희가 웬일로 회장님 명령을 순순히 따르는 건
데?"

"시끄러워."

"야, 불러냈으면 친절까지는 아니더라도 싸가지 없게 구는 건
아니지 않냐?"

말하는 게 재수 없기는 해도 완전 양아치는 아니었다. 그래서
재희는 생각이 많을 때, 가슴이 터질 것 같을 때, 그래서 진탕 술
을 마시고 싶을 때 경수를 찾곤 한다.

"어리고 예쁘다며?"

정작 소문만 많이 들었지 서재희의 약혼녀로 알려진 승해를 경
수는 만나보지 못한 상황이었다.

"어리고 예쁘지."

경수가 오기 전부터 술을 마시고 있던 터라 재희는 이미 술에
취해 있었다.

"그래, 결혼은 그런 애랑 하는 거지. 어리고 예쁘고 순수하
고."

쿡, 재희가 코웃음을 쳤다.

"언제 한번 술이나 같이하자."

"미쳤냐?"

재희가 풀린 눈으로 경수를 쳐다봤다. 경수는 그런 재희의 잔에 가만히 술을 채워줬다.

"윤승해는 말이야, 너무 구질구질해."

"구질구질?"

"돈도 없고 자존심도 없어."

재희가 술잔을 비웠다. 탁, 소리가 나게 술잔을 내려놓고 그는 주절주절 떠들어대기 시작했다.

"그런데 아무것도 가진 거 없는 걔가 나는 왜 이렇게 부럽냐."

"부러워?"

"어, 부러워서 짜증나."

좁아터진, 그래서 두 발 뻗기 눕기도 버거운 집이 부럽고, 김치 쭉쭉 찢어 밥 위에 올려주며 많이 먹으라고 말해주는 엄마가 부럽고, 아버지의 죽음을 마음껏 슬퍼할 수 있다는 게 부럽다.

"어차피 네 여잔데 부러울 게 뭐 있냐?"

"그렇지, 내 여자지."

피식, 재희가 또 웃었다. 그러다가는 주머니를 뒤지기 시작했다.

"뭐 찾는데?"

"내 휴대폰."

"왜?"

"내 여자 부르려고."

눈이 풀리고 몸짓이 둔해졌다. 재희는 이미 술에 취했다. 하지만 경수는 그가 원하는 대로 테이블 위에 널브러져 있던 휴대폰을 찾아줬다.

"받아라, 윤승해."

경수는 술을 따라 마시며 흥미로운 눈길로 재희를 구경했다.

"나와."

전화를 받았는지 재희는 대뜸 그렇게 말했다.

─어딘데요?

"좋은 데."

─설마 해가 떨어지지도 않았는데 술 마신 거예요?

"아니, 아직도 마시고 있는 중이지."

입술 끝을 올려 웃고 있었지만 재희의 눈빛은 차가웠다. 이 바닥에서 서재희와 노는 사람이라면 서재희가 어떤 상처를 가졌는지 다 알고 있었다. 부모님과 동생을 한꺼번에 잃고 불행한 어린 시절을 보냈다는 사실에 여자들은 동정심까지 더해진 눈으로 재희를 바라보곤 했었다. 재희는 그걸 알았고 또 즐겼다. 그래서 서재희 곁에는 항상 여자들이 넘쳤다.

─그만 마시고 들어가요.

"와."

명령하듯 단호한 말투에 승해는 어디냐고 묻고는 전화를 끊었다.

앞치마를 벗어 던지고 서둘러 화장까지 하고 왔는데 정작 서재희는 왜 이렇게 늦게 왔느냐며 승해를 타박했다.

"버스 타고 왔냐?"

경수와 어색하게 인사를 나누고 있는데 재희가 비아냥거리며 물었다.

"그만 마시고 일어나요."

승해의 손을 뿌리치고는 재희는 잔에 술을 따랐다.

"한 잔 마셔."

술이 가득 든 잔을 승해는 말없이 받아 들었다. 그러고는 테이블에 내려놨다.

"마시라고."

"일어나요."

다시금 승해가 재희의 팔을 붙잡아 힘을 줬다. 그러나 술에 취한 성인 남자를 힘으로 제압하는 건 버거운 일이었다.

"김경수, 너는 그만 가라."

"야, 불러놓고 너무 괄시하는 거 아니야?"

"시끄러워, 가."

승해에게 재희를 맡겨두고 가는 게 신경 쓰였지만 뭔가 둘이 할 얘기가 있지 않을까 싶어 경수는 군소리 없이 자리를 피해줬다.

"마셔."

재희가 승해의 잔에 술을 따랐다. 짙은 갈색의 액체가 투명 글라스에 담기는 걸 승해는 가만히 지켜봤다.

"윤승해."

"왜요."

"도망치고 싶으면 지금 도망쳐."

술기운을 빌려 착한 척 한 번 해야겠다. 앞길이 창창한, 어리고 예쁘고 순수하기까지 한 윤승해에게 도망갈 기회를 한 번 주면 죽어서 지옥은 가지 않을 것 같다.

"그러고 싶지 않아요."

마냥 철없이 술에 취해 있는 건 상관없었다. 그런데 상처 입은 들고양이처럼 겁에 질린 눈을 하고 있는 서재희는 도저히 못 봐주겠다.

"나도 내가 먼저 도망가는 일은 없을 테니까 헛수고하지 마요."

"헛수고?"

"나한테 떠넘기고 싶잖아요. 아니에요?"

"역시 윤승해는 똑똑하다니까."

흐흐흐, 차가운 웃음을 흘리며 재희는 또 술잔을 비웠다.

"우리 집으로 갈래요?"

"그 좁아터진 집?"

"네, 그 좁아터진 집으로 갈래요? 이렇게 취해서 들어가면 어른들 걱정하세요."

승해가 다시 한 번 손을 뻗어 재희의 팔을 붙잡았다. 하지만 이내 재희의 손이 승해의 손을 낚아채듯 잡아 자기 쪽으로 힘껏 당기는 바람에 승해는 맥없이 재희의 품으로 쓰러졌다. 뺨이 스치고 숨결이 닿았다 떨어졌다.

"일어나……!"

재희의 입술이 승해의 입술을 막아버렸다. 알싸한 알코올 향과 함께 뜨겁게 달아오른 숨이 승해의 입안으로 훅, 하고 들어왔다. 사고는 정지했고 손과 발은 얼어붙었다. 입안을 헤집고 돌아다니는 거친 재희의 혀에 승해는 눈도 깜박이지 못하고 그대로 멈춰버렸다. 하지만 키스는 길지 않았다.

"어때, 정이 확 떨어지나? 아니면 그 반대인가?"

입술이 맞닿아 있는 상태로 재희가 말했다. 아무런 말도 승해는 들리지 않았다. 그저 입술 위에서 꿈틀거리는 재희의 입술만 온몸으로 느껴질 뿐이었다.

"나는 분명히 말했다, 도망치라고."

재희의 얼굴에서 웃음기가 싸악 사라졌다.

"도망 안 쳐요."

떨리는 입술로 승해가 대답했다.

언젠가 같이 왔던 남산을 두 사람은 다시 찾았다. 정확히는 술에 취한 재희가 갑자기 택시 기사에게 목적지를 남산으로 바꾼 통에 오게 된 거였다.

"술이 좀 깨요?"

바람을 맞으며 앉아 있기를 20여 분, 승해가 먼저 말을 꺼냈다.

"아직."

승해는 다시 입을 다물었다. 그리고 재희가 말을 할 때까지 기다려줬다. 그렇게 또 10여 분의 시간이 흘렀다.

"내가 만약에 너처럼 평범하게 자랄 수 있었다면, 그랬다면 우리가 만날 수 있었을까?"

한참의 침묵 후에 재희가 꺼낸 말이었다.

"글쎄요."

"아마 만났을 거야."

승해에게 처음으로 꺼내놓는 서재희의 진심이었다. 하지만 그걸 승해가 알아들을 리 없었다. 마음이 흔들리는 걸 느낀 후부터 윤승해가 얼마나 괜찮은 여자인지 알게 됐다. 그래서 미안했고 화가 났다. 돈 많은 할아버지를 둔 것 말고는 아무것도 가진 게 없었고 잘난 게 없었다.

"나는 많이 꼬인 놈이야. 그래서 인정하는 게 싫어."

"무슨 말이에요?"

달빛을 머금은 눈으로 승해가 재희를 바라봤다.

"나는 좋은 남편도, 성실한 남편도, 착한 남편도 안 될 거야."

"알아요."

재희의 눈이 가늘어졌다.

"지금까지 보여준 것만으로도 충분히 짐작하고 있는 일이에요."

"그래?"

"네. 그러니까 내가 뭔가를 기대하고 있다는 생각 같은 건 안 해도 돼요."

기대를 하지 않고 있다는 말이 심장을 콕콕 찔러댄다.

"행복한 결혼 생활을 꿈꿀 정도로 멍청하지 않아요."

사실 며칠 전까지도 그런 꿈을 꿨었다. 식탁에 마주 보고 앉아 맛있는 밥을 먹고 손잡고 산책을 하고 주말이면 도시락을 싸서 소풍을 가는 상상, 몇 번이나 했었다. 마음이 단단하다고 생각했는데 그게 아니었다. 재희와 잠깐 즐거웠다고 금세 현실을 망각했었다.

"나를 주저앉게만 만들지 말아줘요. 난 그거면 돼요."

"주저앉게 만드는 게 어떤 건데?"

"바닥까지 다 보여주는 거요."

"이를테면?"

망설이다 승해가 대답했다.

"나와 같이 사는 집에 다른 여자를 데리고 오는 것, 내가 보는 앞에서 다른 여자를 안는 것, 그 사실을 우리 엄마까지 알게 하는 것."

재희는 할 말이 없었다. 승해가 말한 바닥은 그야말로 진짜 바닥이었다. 그런 걸 상상하고 또 걱정하고 있다는 게 재희로서는 다소 충격이었다. 대체 얼마나 엉망으로 보였으면 그런 말을 사람 면전에 대놓고 할 수 있는 걸까. 며칠 전 엿보였던, 그래서 며칠이나 헷갈리게 했던 그 마음은 도대체 뭐였던 걸까.

"네가 나를 아주 쓰레기로 보고 있었구나."

쓰레기란 표현에 승해는 가슴 한구석이 따끔했다. 하지만 그렇게 모질게 마음먹지 않으면 또다시 무너질 것 같아 아니라고 말해주지 않았다.

"다시 원점이네."

처음으로 돌아와버렸다. 떨렸던 순간도 없었던 일이 돼버렸고, 고개를 갸웃하게 했던 일들도 다 사라져 버렸다. 목적을 갖고 서로를 대하던 순수하지 않던 그 순간으로 되돌아왔다.

"나는 우리 엄마만 행복하면 돼요."

스스로에게 다짐하듯 승해는 힘주어 말했다.

토요일 아침, 은주는 첫차를 타고 경주로 내려갔다. 터미널까지 은주를 배웅하고 돌아온 승해는 오랜만에 조조할인 영화를 보기로 하고 영화관을 찾았다. 팝콘이나 음료는 거들떠보지도 않고 그녀는 생수 한 병을 사서 뭘 볼지 신중하게 골랐다. 영화를 본 게 언제인지 기억도 나지 않을 만큼 까마득하다. 그래도 학교를 다닐 때는 가끔 친구들과 어울려 심야 영화를 보기도 하고 오전 아르바이트를 가기 전 오늘처럼 조조할인 영화를 혼자 보러 오기도 했었다. 돌이켜보면 몇 달 참 바쁘게도 지냈다. 그것도 놀기만 하면서.

　"윤승해?"

　한참 목을 빼고 영화를 고르고 있는데 누군가 승해의 이름을 불렀다. 굵직한 남자 목소리에 승해는 미간을 찡그리며 뒤돌았다.

　"어? 안녕하세요."

　재희를 따라갔다가 만났던 현수였다.

　"영화 보러 왔어요?"

　"네."

　"재희는요?"

　현수가 주위를 두리번거리며 재희를 찾았다. 승해는 생수병을 두 손으로 꼭 쥐고 옅게 웃으며 말했다.

　"혼자 왔어요. 선배님은요?"

　"나도 혼자 왔어요. 영화는 원래 혼자 봐야 재미있죠. 특히 조조는."

　현수의 말에 동의하며 승해가 싱긋, 좀 더 환하게 웃었다.

　"그럼 보고 가세요."

　"같이 볼래요?"

"혼자 봐야 재미있다면서요."

"그래도 이렇게 만났는데 달랑 인사만 하고 헤어지기는 아쉽지 않아요?"

"아니, 저는 별로 아쉽지 않은데요."

웃으면서 말하는 승해에게 현수는 싱그럽게 웃어줬다.

"재희가 알면 있는 대로 성질을 부리겠지만 약혼녀를 혼자 영화 보게 만든 건 녀석이니까 뭐."

현수는 승해 옆으로 와 고개를 들었다. 그러고는 진중한 얼굴로 영화를 고르기 시작했다. 그런 현수를 보면서 승해는 잠시 갈등했다. 그와 함께 영화를 봐도 되는 건지, 아니면 적당히 거절하고 돌아서야 하는 건지.

"저거 볼래요?"

마침 승해도 보려고 했던 영화를 현수가 골라 지목했다. 머릿속을 빙빙 돌던 어설픈 갈등이 땡, 끝나버렸다.

"네."

마다하는데도 굳이 선배인 자기가 보여주는 게 맞다며 현수는 승해의 표까지 구입했다. 승해는 대신 음료를 사서 현수에게 주고 두 사람은 상영관 안으로 나란히 들어갔다.

2시간이 훌쩍 지나서야 영화가 끝났지만 지루할 틈이 없었다. 스토리도 좋았고 배우들의 연기도 훌륭했다. 오랜만에 본 영화가 허무하게 끝나지 않아 승해는 기분이 좋아졌다.

"어땠어요? 보니까 무지 재미있게 보는 거 같던데."

"네, 재미있었어요."

발그레해진 승해의 볼이 현수는 마냥 귀여웠다. 학교에서 봤을 때도 눈에 띌 정도로 예뻤었다. 그런 승해를 재희의 약혼녀로 다시 만났을 때 사실 현수는 적지 않은 충격을 받았었다. 간혹 뭐 하고 지낼까 궁금하기도 했고, 다시 만나면 커피라도 한잔하자고 할까 혼자 설레기도 했었다.

"아침 먹을래요?"

"아니요, 괜찮아요."

승해는 가방에 넣어뒀던 휴대폰을 꺼내 전원을 켰다. 휴대폰 액정에 불이 들어오고 곧바로 전화가 걸려왔다. 재희였다.

"여보세요."

–무슨 일 있어?

상당히 다급하게 느껴지는 목소리에 승해는 가슴이 쿵, 내려앉았다.

"왜요, 무슨 일 있어요?"

–너한테 무슨 일 있는 건지 물었잖아.

"난 아무 일도 없는데요?"

–근데 왜 집에도 없고 전화도 안 받아!

재희가 버럭, 소리를 질렀다. 그 소리가 옆에 있던 현수에게까지 들려왔다.

"영화 봤어요. 아침부터 왜요?"

언제나 일방적인 재희지만 오늘은 유난히 받아주기 싫었다. 조금 전까지 좋았던 기분을 재희 때문에 망치고 싶지가 않았다.

–영화 봤다고?

"네."

─누구랑?

승해는 저도 모르게 현수를 힐긋 돌아봤다.

"혼자요."

승해는 순간적으로 거짓말을 해버렸다. 그리고 뒤늦은 후회에 그녀는 입술을 잘근 깨물었다.

─어디서?

"이제 집에 갈 거예요. 할 말 있으면 집으로 와요."

재희의 다음 말을 기다리지도 않고 승해는 먼저 전화를 끊었다.

"재희예요?"

"네."

현수가 난처한 표정을 지었다.

"나 때문에 곤란해지는 거 아니에요? 그럼 내가 너무 미안한데."

"우리가 뭐 했어요?"

고개를 젓는 것보다, 손사래를 치며 아니라고 말해주는 것보다 더 확실한 대답이었다. 승해는 개의치 않는다는 듯 덤덤하게 굴었다.

"데려다주는 건 안 되겠죠?"

영화관을 나와 현수는 아쉬운 얼굴로 승해를 바라봤다. 이르기는 했지만 점심을 먹고 커피 한잔을 하면 딱 좋을 것 같았다.

"아마 우리가 뭘 한 게 될 거예요."

가게 앞에서 재희와 현수가 만나는 상상만 해도 어쩐지 가슴이 서늘해지는 승해였다. 자초지종을 듣지도 않고 재희는 싸늘하게 굴 것 같았다. 어쨌든 거짓말을 했고 서재희는 그리 너그러운 사람이 아니니까.

"다음에도 우연히 만나면 그때는 밥 먹어요."

현수의 말에 승해는 네, 하고 짧게 대답했다.

현수와 영화관 앞에서 헤어져 승해는 곧바로 집으로 돌아왔다. 예상했던 대로 재희가 가게 앞에 차를 세워놓고 기다리고 있었다. 차창을 똑똑 두드리자 눈을 감고 있던 재희가 금세 성난 눈빛으로 승해를 쏘아봤다.

"무슨 일 있어요?"

말간 얼굴로 묻는 승해에게 재희는 차가운 시선으로 응수했다.

"무슨 일 없는 것 같은데 할 말 없으면 들어갈게요."

너그럽지 않은 건 승해도 마찬가지였다.

"타."

승해가 돌아서자 재희가 안에서 조수석 문을 열었다.

"왜요?"

"배고파."

"아침 안 먹었어요?"

"너는 먹었어?"

은주와 통화를 했을 때 승해가 아침을 먹지 않았다는 말을 듣고 재희는 곧장 분식집으로 차를 몰았다. 몽글몽글하니 가슴 언저리에서 묘한 감정이 솟구치는 걸 인식하며 그는 아침으로 뭘 먹을까 신중하게 고민했었다. 하지만 가게 문은 잠겨 있었고 승해는 연락이 닿지 않았다. 헛걸음을 한 것 같아 신경질이 났지만 곧이어 걱정이 됐다. 그렇게 몇 시간을 가슴 졸이며 있었는데 겨우 전화 통화가 된 승해는 영화를 보고 있었다는 말로 재희를 허탈하게 만들었다.

"아직이요."

"타."

볼에 바람을 빵빵하게 넣고 승해가 뭔가를 고민했다.

"왜?"

"그냥 집에서 해 먹어요."

"언제 해서 언제 먹어, 얼른 타."

"금방 해줄게요."

다시 나가는 게 귀찮았고 무엇보다 은주가 반찬이며 국을 다 해놓고 간 터라 따로 할 게 없었다. 나가서 음식점을 찾아 들어가는 것보다는 집에서 차려 먹는 게 더 빨랐다.

"들어와요."

가게 문을 열고 들어가는 승해를 보며 재희는 한숨부터 내쉬었다. 집을 나서서 〈승해 분식〉 앞까지 운전을 하며 올 동안 고민하고 생각했던 것들이 전부 헛수고가 됐다. 아침부터 헛걸음에 헛수고까지, 되는 일이 하나도 없다.

"하여간 고생을 사서 한다니까."

구시렁거리면서도 재희는 집 안까지 성큼성큼 잘도 들어왔다. 이제 낯설지도, 또 불편하지도 않은 승해의 집에 재희는 신발을 벗고 들어와 거실에 익숙하게 자리를 잡고 앉아 TV를 켰다.

"메뉴가 뭔데?"

냉장고 안을 들여다보고 있던 승해가 설핏 눈썹을 찡긋거렸다.

"김치볶음밥 먹을래요?"

"빈속에?"

"빈속에 김치볶음밥 먹으면 탈나요?"

승해가 진심으로 물었다. 재희는 말뜻을 알아채지 못하는 승해에게 잠시 한숨을 내쉬었지만 다른 투정은 부리지 않았다.

"맵지 않게 해라."

재희가 벌러덩 드러누웠다. 색이 바랜 천장 도배지를 뚫어져라 보다 그가 승해에게 물었다.

"여기서 계속 살 생각이야?"

"집세랑 올려줬는데 당연히 계속 살아야죠."

친구에게 빌렸다던 돈이 사실은 서 회장에게서 받은 돈이라는 걸 승해는 알고 있었다. 하지만 알고 있다는 사실을 누구에게도 내색하지 않았다. 그 돈을 받은 후로 재희와의 결혼은 승해에게 있어서 좀 더 의무감을 키우는 데 한몫했다고 봐도 무방했다. 그래서 더 마음을 다잡았다. 감정이 휩쓸리지 않으려고, 서재희가 그토록 싫어하는 구질구질한 여자가 되지 않으려고 하루에도 몇 번씩 심호흡을 하며 흔들리는 마음을 단단히 붙잡고 있었다.

"리모델링이나 할까?"

"내 집도 아닌데 누가 그런 걸 해요?"

"내 집 아니면 못 하는 건가?"

"언젠간 떠날 건데 돈 들이면 아깝잖아요."

"언제 떠날 건데?"

진지하게 물어오는 재희로 인해 승해는 김치를 썰다 말고 고개까지 갸웃거리며 생각했다.

"적어도 내가 다시 돌아오기 전까지는 여기서 살지 않을까요?"

무슨 뜻인가 차근히 되짚어보던 재희가 신경질적인 표정으로 일어나 앉았다. 결혼도 하지 않았는데 승해는 벌써부터 헤어질 때를 준비하고 있다는 게 은근히 짜증났다. 그렇지만 탓할 수는 없었다.

"아직 멀었어?"

곱지 않은 말투로 재희가 물었다.

"기다려요."

뒷모습을 보이고 선 승해를 재희는 빤히 쳐다봤다.

"혼자 영화 보는 게 취미야?"

"네."

들기름에 김치를 볶으면서 승해는 괜스레 가슴 한구석이 뜨끔했다. 그렇다고 몇 시간이 지난 지금에서 사실은 현수와 우연히 만나 같이 봤다고 말하기엔 그게 더 자연스럽지 못했다.

"거의 다 됐으니까 조금만 기다려요."

서둘러 화제를 바꿨지만 오히려 그게 재희에게 더 의심을 사게 됐다.

"거짓말이라는 것도 하던 사람이 해야지 안 하다가 갑자기 하려면 엄청 티 나는 거 알아?"

저벅저벅, 마치 저승사자가 걸어오듯 등 뒤에서 재희의 발소리가 살벌하게 들려왔다. 승해는 일단 마른침을 삼키고 들썩이는 속을 진정시켰다.

"그래요?"

목소리가 떨리지는 않았다.

"어, 그래."

재희가 바로 등 뒤로 다가왔다. 스윽, 몸을 기울이는 바람에 승해의 등과 재희의 가슴이 맞닿았다. 여러모로 위험한 상황이다.

"좋았어?"

"뭐가요?"

귀에 대고 속삭이듯 재희는 승해의 귓가에 바짝 얼굴을 들이밀고 말했다.

"영화, 좋았느냐고."

"네, 재미있었어요."

쿵쾅거리는 울림이 누구의 것인지 구분을 할 수 없을 만큼 승해는 머릿속이 아찔해졌다. 거짓말을 한 게 들통날까봐 긴장이 됐지만 그것보다는 너무 가까이 다가온 재희 때문에 더 그런 것 같았다.

"어떻게 재미있었는데?"

"그냥 뭐…… 스토리도 좋았고 연기도 괜찮았고."

"그래?"

미세하게 떨리는 목소리, 그리고 딱딱하게 굳어 있는 어깨. 승해는 분명 긴장하고 있었다. 재희는 긴장의 탓이 거짓말 때문이라고 확신했다.

"원래 약속했던 건가?"

"네?"

"어머니 경주 내려가시면 영화 보자고 미리 약속을 했던 거냐고."

김치를 휘젓던 승해의 손길이 놀란 듯 멈췄다.

"누군데?"

확신에 찬 목소리로 재희가 승해를 돌려세웠다. 거칠지 않은 손길이었지만 승해는 당황해서 어쩔 줄 몰라 했다.

"뭐야, 남자야?"

눈치 빠른 재희가 이번에도 넘겨짚었다. 하지만 순진한 승해의 표정만으로도 그게 사실임을 알 수 있었다.

"이런 반응은 곤란하지. 이러면 진짜 나쁜 짓이라도 한 것 같잖아?"

"영화만 봤어요."

기어코 말해버렸다.

"누구랑?"

"현수 선배요."

어차피 거짓말은 끝났다. 더 큰 오해를 하기 전에 사실대로 말하는 게 나을 것 같다.

"현수 선배? 내가 아는 그 이현수?"

"우연히 만났어요."

재희의 눈빛이 달라졌다. 어깨를 잡고 있던 손에 힘이 가해졌지만 아플 정도는 아니었다.

"거짓말한 건 미안해요."

"또?"

승해가 눈을 찡그렸다.

"털어놓는 김에 다 털어놔."

"그게 다예요."

"영화만 봤어?"

"네."

"밥은 왜 안 먹었어?"

"서재희 씨가 전화했잖아요."

"내가 전화 안 했으면 밥까지 먹을 생각이었다?"

"고민은 했겠죠."

"내가 기막힌 타이밍에 전화했네?"

"기막힌 타이밍 인정."

이번엔 재희의 눈이 일그러졌다.

"연락처는?"

"영화만 봤다고요. 뭔가 꼬투리 잡을 게 필요한 것 같은데 미안하지만 그 이상 아무것도 없어요."

승해의 눈빛이 순간 차갑게 번뜩였다. 어깨를 잡고 있는 손을 치우고 그녀는 다시 프라이팬 위에서 탈 듯이 볶아지고 있는 김치에 시선을 돌렸다. 다시 등을 보이고 선 승해를 재희는 실망스러운 표정으로 바라봤다. 그녀가 현수와 영화를 봤다는 것보다, 그 사실을 숨겼다는 것보다 조금 전 보여준 승해의 차가운 눈빛이 재희는 더 화가 났다. 자꾸만 선을 긋고 절대 선을 넘지 말라고 말하는 듯한 냉정함에 이상하게도 아찔한 느낌이 들었다. 그런데 캐물을 수도, 그러지 말라고 다그칠 수도 없었다. 먼저 선을 그은 건 자신이니까.

윤승해표 김치볶음밥은 맛있었다. 그러나 재희는 승해와의 오붓한 식사를 즐기지 못했다.

"저녁에도 집에서 먹을 거야?"

"저녁도 먹고 가려고요?"

이른 점심을 먹고 설거지를 끝낸 다음 승해는 책이라도 읽을 생각이었다. 하지만 재희는 돌아갈 생각을 하지 않고 바닥에 누워 TV를 시청했다. 그렇게 두어 시간을 빈둥대고 있는 재희에게 여러 통의 전화가 걸려왔지만 선뜻 약속을 잡지는 않는 듯했다. 내심 그가 친구들을 만나러 가줬으면 싶었지만 소용없었다.

"안 나가요?"

"어."

"그러다 친구들한테 왕따 당해요."

서재희와 같이 있는 게 싫지 않다. 그런데 머릿속이 복잡해진다. 서로 다른 생각을 하는 머리와 서로 다른 감정들을 내놓고 싸우는 마음, 혼란스럽고 피곤하다. 차라리 혼자인 게 편할 것 같다. 재희가 여자들과 어울려 술을 마시고 노는 게 결코 기분 좋은 건 아니지만 지금은 그가 곁에 없는 게 나을 것도 같다.

"상관없어."

어릴 적, 흥미를 잃어 어딘가에 처박아뒀던 장난감이었는데 어쩌다 동생이 갖고 노는 걸 보면 갑자기 흥미가 생기고 어떻게든 뺏고 싶어졌다. 옆에서 누군가가 그러면 안 된다고 혼을 내면 오기가 생겨 더 뺏으려고 애를 썼었다. 지금이 딱 그때 심정이다. 우연이라고 해도 이현수와 영화를 보고 몇 시간이나 같이 있었다는 게 성질나서 승해가 밀어낼수록 더 옆에 있고 싶어진다. 그냥 편하게 두기 싫다.

"그러지 말고 나가서 놀아요."

"이따 영화 보자."

유치하지만 말해버렸다.

"또요?"

"영화 보고 밖에서 밥 먹고 들어오자."

눈도 마주치지 않고 재희는 하고 싶은 말만 했다.

"영화는 다음에 봐요."

"밥 먹고 술도 한잔하자."

다리를 두 손으로 끌어안고 앉아 있던 승해가 고개를 돌렸다. 재희는 여전히 TV에 시선을 고정한 채였다.

"술도 한잔하고 그다음은요?"

"같이 자자."

말을 한 재희도, 같이 자자는 말을 들은 승해도 입을 다물었다. TV에서 흘러나오는 시끄러운 웃음소리만이 좁은 거실에 울려 퍼졌다. 이마 위에 팔을 올리고 누워 머리만 TV를 향해 누워 있던 재희는 승해의 따가운 시선에도 아랑곳하지 않았다. 차분하게 숨을 내쉬고 있는 그를 승해는 침묵하며 바라봤다. 밥을 먹기 전부터 재희의 기분이 좋지 않다는 건 승해도 눈치채고 있었다. 그 이유가 무엇 때문인지도 모르지 않았다. 하지만 따져 묻지 않았다. 서재희의 마음까지 다독일 필요는 없다고 판단해서였다.

"영화 보고, 밥 먹고, 술도 한잔하고, 그리고 나랑 자고도 싶은 거예요, 아니면 그냥 나랑 자고만 싶은 거예요?"

재희가 고개를 돌려 승해를 쳐다봤다.

"다."

술을 마시지도 않았고, 감정을 묘하게 만드는 새벽 시간도 아니었다.

"영화도 보고, 밥도 먹고, 술도 마시고, 그리고 너랑도 자고 싶어."

마음을 다 드러내버렸다.

"나 좋아해요?"

승해는 돌려 묻지 않았다. 아직 진심을 알아도 될 만큼 단단해지지 않았는데 기어이 물어보고 말았다. 손만 뻗으면 닿을 것처럼 가까운 거리여서, 숨소리와 심장의 울림이 다 들릴 만큼 고요한 순간이어서 저도 모르게 감정에 솔직해져 버렸다. 묻고 나서 바로 아차, 싶었지만 주워 담을 수는 없었다.

"어."

쿵, 심장이 조용히 바닥으로 떨어졌다. 승해는 숨을 크게 들이쉬고 귀를 쫑긋 세웠다.

"싫지 않으니까 좋아하는 게 맞겠지."

조금은 아쉬운 대답이 이어졌다.

"거짓말하는 게 제일 싫었는데 네가 다른 놈이랑 같이 있는 게 거짓말하는 것보다 더 싫어졌어."

스물아홉이나 먹고 이런 유치한 감정에 휘둘릴 줄은 몰랐다. 하루가 시작되고 끝나는 걸 모를 정도로 노는 거에 미쳐 있었고 그게 부끄럽지 않았다. 그런데 윤승해를 만나고 거울 앞에 설 때마다 문득문득 한심하다는 생각이 들기 시작했다. 스스로의 힘으로 이룬 게 아무것도 없다는 게 한심하고, 하루 24시간을 발 동동 구르며 살아도 불행하다 말하지 않는 승해 때문에 얼굴이 화끈거린다. 분명 몇 시간 전까지는 그랬다. 그래서 윤승해한테 잘해줘야겠다는 착한 생각도 했었다. 그런데 다른 놈이랑 영화를 보고 왔단다. 그것도 이현수랑.

"큰일 났다."

승해가 한숨을 쉬며 말했다.

"뭐가?"

"서재희 씨도 흔들리기 시작했잖아요."

"서재희 씨도?"

재희의 눈에 약간의 생기가 감돌았다.

"오늘은 아무것도 하지 말고 그냥 가요."

승해가 벌떡 일어나 재희를 내려다봤다.

"흔들리면 우린 둘 다 힘들어져요. 좋아하는 감정으로 결혼하면 진짜 불행해질 거예요. 더 흔들리기 전에 그냥 서재희 씨 일상으로 돌아가요."

"왜 불행해질 거라고 생각해?"

재희도 몸을 일으켜 앉았다. 두 다리를 바닥에 딛고 무릎 위에 팔꿈치를 세운 후 그가 삐딱하게 눈을 들어 승해를 쳐다봤다.

"헤어질 때 힘들어지니까요."

여기서부터는 승해도 오기로 뭉친 자존심이 고개를 들었다. 어쩌면 목적을 두고 결혼을 하려는, 그래서 목적을 이루고 나면 헤어질 거라고 말했던 재희에 대해 투정을 부리고 싶었던 건지도 모르겠다. 그리고 한편으로는 헤어질 거라는 사실을 다시금 각인시키고 싶기도 했다. 현실로 받아들였지만 지금의 현실이 먼 미래까지 이어질 거라고는 믿지 않았다. 언젠가는 각자의 자리로 돌아와 각자의 인생을 살 거라고, 그래서 지금처럼 엄마 옆에서 조용한 일상을 보낼 거라고 생각했다. 아직은 엄마 혼자 내버려둘 자신이 없었다.

"가요."

재희를 혼자 두고 승해는 제 방으로 들어갔다. 이불을 걷고 침대에 누워 그대로 눈을 감았다. 그리고 잠시 후, 현관문 닫히는 소리가 어렴풋이 들려왔다.

얼마나 잤을까, 승해가 눈을 떴을 때는 방 안에 머물던 햇살이 자취를 감춘 상태였다. 꿈벅꿈벅 눈을 깜박이던 승해는 이불을 걷고 일어났다.

"대체 몇 시간을 잔 거야."

혼잣말을 하며 승해는 휴대폰을 찾아 침대 근처를 뒤적였다. 이불 속에도 베개 아래도 휴대폰은 없었다. 거실에 두고 들어왔나 보다 싶어 방문을 열고 나가던 승해는 주방 쪽에서 들리는 인기척에 그야말로 소스라치게 놀랐다.

"엄마야!"

집에 없는 엄마까지 찾으며 놀란 승해는 주방에서 나오는 재희를 보고 한 번 더 놀랐다.

"뭐예요!"

가슴을 손으로 쓸어내리며 승해가 버럭 성질을 부렸다.

"네 소리에 내가 더 놀랐다."

"간 거 아니었어요?"

"아니."

"여기서 뭐 해요?"

"저녁."

재희의 등 뒤로 양파에 감자에 갖가지 야채들이 뒹굴고 있는 게 승해의 눈에 들어왔다. 입을 떡 벌리고 재희를 쳐다봤다.

"고기나 먹자."

"뭐 하려고 했는데요?"

"카레."

승해가 방으로 들어가고 담배를 피우기 위해 밖에 나왔던 재희는 답답한 마음에 동네를 한 바퀴 돌았다. 그러다 자연스럽게 근처 시장까지 가게 됐고 별생각 없이 시장 안을 어슬렁어슬렁 돌아다녔다. 별안간 카레라이스가 생각났고, 저녁에 해 먹어야겠다는 생각까지 이르게 됐다. 기억을 더듬어 들어가는 야채들을 사고 정육점에서 고기까지 샀다. 휴대폰으로 인터넷을 뒤져 래시피를 찾아 요리를 하기 시작했지만 끝이 나지 않았다. 카레는 점점 국이 됐고 맛은 점점 산으로 갔다. 요리가 어려운 거구나, 하는 걸 29년 만에 처음으로 깨달았다.

"근데 넌 무슨 잠을 그렇게 오래 자냐?"

"그러게요."

소매를 걷어 올리고 승해는 너저분해진 주방을 치우기 시작했다. 미안했는지 재희도 옆에서 도왔다. 나란히 주방을 정리하고 두 사람은 어두워진 거실에 불을 밝혔다.

"고기는 무사해요?"

"혹시 몰라서 소고기도 사왔지."

"아무튼 돈 쓰는 거 무지 좋아해."

"돈밖에 가진 게 없으니까."

재희의 뻔뻔한 농담에 한결 분위기가 밝아졌다. 그래도 각자의 마음속에서는 여전히 아슬아슬한 감정의 줄타기가 계속되고 있었다.

"밥 먹고 심야영화 볼래요?"

"왜 이렇게 변덕이 심해?"

"몰라요, 갑자기 서재희 씨랑 밥 먹고 영화도 보고 싶어졌어요."

자고 일어났더니 머리가 맑아졌다. 기분도 나아졌고 복잡하게 얽혔던 감정들로 일순간 잠잠해졌다. 그리고 살짝 재희에게 미안해졌다.

"됐어."

"왜요?"

"무리했더니 피곤해. 밥이나 해, 먹고 자게."

"설마 여기서 자고 가려는 건 아니죠?"

"아마 그럴걸?"

마음에 들지 않는 말들로 짜증이 나게 하기는 하지만 그래도 승해 혼자 이 집에 두고 갈 수는 없었다. 밤새 신경 쓰느니 그냥 옆에서 지켜보는 게 낫지 싶다.

"피곤해서 무슨 짓 할 생각도 없으니까 걱정하지 마."

"집에 전화는 했어요?"

"아니."

"걱정하시잖아요, 얼른 해요."

늦게 들어오거나 외박하는 일로는 거의 걱정을 들어본 적이 없었다. 그렇다고 외박을 거의 하지도 않았다. 망나니처럼 놀았지만 나름의 선은 지켰고 오 여사도 그 정도는 아는 눈치였다.

"밥이나 하라고."

"내가 서재희 씨 식모예요?"

"나이도 어린 게 참 극단적이네. 밥하면 식모냐?"

재희가 승해의 볼을 꼬집었다. 순식간에 당한 일이나 승해는 미처 피하지도 못하고 고스란히 뺨을 내줬다.

"나가서 바람 좀 쐬고 올 테니까 밥이나 하고 있어."

눈을 흘겼지만 승해는 재희가 현관문을 열고 나가자마자 주방으로 걸음을 옮겼다. 뭔가 서재희에게 길들어져 가고 있는 기분이었다.

"정신 차리자, 윤승해."

제 머리를 손으로 툭툭 피고 승해는 싱크대 앞에 섰다.

"윤승해!"

재희가 갑자기 밖에서 승해를 불렀다. 주방을 나온 승해가 거실 창가로 갔다. 커튼을 걷고 밖을 내다보자 재희가 나오라는 손짓을 했다.

"왜요?"

"산책이나 하자."

"지금이요?"

"나와."

잠시 머뭇거리다 승해는 현관으로 나가 운동화를 구겨 신고 밖으로 나왔다.

"밥 안 먹어요?"

"생각 없어졌어."

"무슨 남자가 변덕이 그렇게 심해요?"

재희가 먼저 돌아서서 걸었다. 가게를 통과해 밖으로 나온 두 사람은 어둑해진 하늘을 한 번 올려다보고는 그대로 걷기 시작했다. 덥지도, 춥지도 않고 딱 좋은 저녁이었다.

"저 위에 공원 있는 거 알아?"

"알죠."

"거기 한 바퀴 돌고 오자."

"걷는 거 싫어하잖아요."

"어."

걷는 것도 싫고, 누구랑 말을 오래 하는 것도 싫고, 바닥에 쪼그리고 앉아 삼겹살을 먹는 것도 싫고, 좁은 집도 싫고, 구질구질한 기름 냄새도 싫었다. 그런데 요즘은 그런 것들을 싫어했다는 것조차 인식하지 못하고 있다. 대체 왜 그런 걸까.

8

단둘이 지새운 두 번째 밤이 지났다. 아무 일도 없었고 잠도 잘 잤다. 일요일 아침엔 늦잠도 잤다. 감정을 내려놓고 편한 마음으로 느릿느릿 공원까지 올라갔다 내려온 일이 두 사람을 달게 자게 만들었다. 그리고 집으로 돌아오는 길에 포장마차에서 먹었던 따끈한 우동에 배가 불러 더 잘 잤던 건지도 모르겠다.

"오늘 오시나?"

"네."

"이따 터미널로 모시러 간다고 해."

"오늘도 안 바빠요?"

"어, 오늘도 안 바빠."

헷갈릴 정도로 재희는 제집처럼 굴었다. 다 큰 성인 남자를 등 떠밀어 내쫓을 수도 없고, 승해는 한숨이 늘었다.

"미리 전화드려."

"내가 알아서 해요."

쌩, 하니 돌아서서 주방으로 들어가는 승해에게 재희가 손가락을 까딱까딱하며 불렀다.

"윤승해."

"왜요?"

"이리 와봐."

건방진 눈빛으로 건방지게 앉아 손가락을 까딱거리고 있는 재희에게서 불길한 기운이 뿜어져 나왔다. 승해는 오랜만에 긴장한 표정으로 그에게 다가갔다. 가까이 다가온 승해를 재희가 더 가까이 오라고 손짓했다. 꼴깍, 침을 삼키고 승해는 머리를 기울였다. 재희의 손이 승해의 머리칼을 부드럽게 쓸어내렸다.

"많이 까부는 거 알지?"

"그랬나?"

"내가 많이, 아주 많이 봐주고 있는 것도 알지?"

승해가 슬쩍 시선을 회피했다.

"예쁘니까 봐준다."

씰룩거리던 승해의 입술이 경직됐다. 재희의 농담에 심장은 정신 사납게 뛰기 시작했다. 그렇게 마음을 다잡았는데 별것도 아닌 말 한마디에 온몸이 반응을 해대고 있었다.

"얼굴 빨개졌다."

재희의 손이 승해의 뺨으로 올라왔다. 당황한 승해가 얼른 허리를 바로 세웠다.

"뭐야, 그 반응은?"

"뭐가요?"

재희를 빤히 쳐다보며 승해는 침착하려고 애썼다.

"흔들리면서 안 흔들리려고 발악하는 건 자존심인가?"

자꾸 건드리고 싶다. 쿡쿡 찌르고, 툭툭 건드려서 윤승해가 와르르 무너지는 게 보고 싶어졌다. 못된 심보라고 해도 할 수 없다. 그렇게 뿌리까지 흔들려 쓰러지는 승해를 보면 헷갈리는 감정이 선명해질 것 같다. 분명하지도 않은데 덥석 감정에 휘둘리고 싶지는 않다. 목적과 조건이 있는 인간적이지 않은 시작이지만 그럼에도 비겁해지는 건 싫다.

"누가 그래요, 내가 흔들렸다고?"

승해가 입술 끝을 올려 웃었다. 꽤나 사악한 미소였다.

"밥 먹게 씻기나 해요."

재희가 미간을 좁혔지만 승해는 아랑곳하지 않고 휴대폰을 찾아 들었다. 그러고는 은주에게 전화했다.

"터미널로 나갈 테니까 차 타면 전화해."

―내가 알아서 갈 텐데 뭐 하려고 나와.

"오늘도 안 바쁘대."

승해가 재희를 보며 회심의 미소를 날렸다. 재희는 이미 거실에 누워 있었다.

―밥은?

"이제 먹으려고."

―저기…….

무슨 말을 하려고 그러는 건지 은주는 선뜻 말을 꺼내지 못하고 망설였다.

"왜?"

-그러니까 별일 없었지?

"응? 무슨 일?"

낭랑하게 되묻고 승해는 뒤늦게 얼굴이 달아올랐다. 가만히 모녀의 통화를 엿듣고 있던 재희가 그런 승해를 보며 상체를 일으켰다.

"이모는 괜찮지?"

얼른 말을 돌렸지만 분위기는 이미 넘치게 어색해졌다.

-무슨 일 있었어?

은주의 목소리가 휴대폰 밖으로 흘러나왔다.

-재희 군한테 같이 좀 있어주라고 부탁하기는 했지만 그래도 아직 결혼도 안 했는데 벌써부터 그러는 건…….

"엄마!"

-어?

"출발할 때 전화나 해."

-괜찮은 거지?

"당연히 괜찮지!"

이미 큭큭큭 웃고 있는 재희 때문에 승해는 은주에게 더 크게 소리쳤다. 그렇게 걱정됐으면 처음부터 부탁을 하지 말든지, 아니면 문자로 조용히 물어봐주지 옆에 있는 거 빤히 알면서 대체 무슨 생각으로 그랬던 걸까.

-딸.

은주가 갑자기 다정하게 승해를 불렀다.

"왜요?"

–엄마가 우리 딸 많이 사랑하는 거 알지?

"뭐야, 닭살 돋게."

–멋없기는. 엄마가 사랑한다고 하면 나도 엄마 사랑해요, 하면
안 돼?

"엄마 심심하구나? 얼른 올라오기나 해."

통명스럽게 전화를 끊고 승해는 얼른 주방으로 들어갔다. 아무
것도 묻지 않고, 대놓고 놀리며 웃지 않는 재희가 신경 쓰여 승해
는 아침을 하는 내내 허둥거렸다.

잠깐 호텔에 나갔다 온다며 재희는 아침을 먹자마자 집을 나섰
다. TV 소리를 들으며 느긋하게 설거지를 하고 있는데 휴대폰이
울렸다. 대충 젖은 손을 옷자락에 닦고 승해는 거실로 나갔다. 서
회장이었다.

"안녕하세요."

보이지 않는데도 승해는 고개를 숙여 인사를 했다.

–잠깐 봤으면 하는데 어디가 좋을까?

차분한 말투로 전화 건 이유부터 말하는 서 회장이었다.

"말씀하시면 제가 갈게요."

–그럼 집 근처로 가서 전화할 테니까 기다리고 있거라.

"네."

전화를 끊고 승해는 생각에 잠겨 제 입술을 질근 깨물었다. 아
직 마르지 않은 손을 연신 옷자락에 닦아대면서 그녀는 서 회장이
만나자고 하는 이유에 대해 생각했다. 하지만 떠오르는 건 없었
다.

설거지와 청소를 끝내고 가게로 나와 월요일 장사 준비를 하고 있는데 서 회장에게서 전화가 왔다. 점심시간 지나서 만날 줄 알았는데 생각보다 빨랐다. 승해는 하던 일을 멈추고 집으로 들어가 외출 준비를 서둘렀다. 깔끔한 흰 티셔츠에 청바지를 입고 단정하게 머리도 빗었다. 옅게 화장을 하고 가방을 챙겨 밖으로 나온 승해는 일단 눈부시게 파란 하늘부터 올려다봤다. 한가롭고 느긋한 일요일과 닮은 하늘빛이었다.

"하아."

처음 만나는 것도 아닌데 괜히 마음이 두근거렸다. 승해는 심호흡을 하고 어깨를 쫙 폈다. 눈을 감고도 찾아갈 수 있을 만큼 익숙한 길을 그녀는 단숨에 걸어 내려갔다. 큰길가에 있는 유명 커피숍 앞에서 잠깐 숨을 고르며 유리창 안으로 서 회장을 찾았다.

"아직 안 오셨나?"

다행이란 생각으로 승해는 커피숍 안으로 들어갔다. 이른 시간인데도 사람이 제법 많았다. 구석자리까지 돌아봤지만 역시나 서 회장의 모습은 보이지 않았다. 뭘 드실지 몰라 일단 자리 먼저 잡고 앉아 서 회장을 기다리기로 했다. 자리에 앉은 지 3분 정도 지났을 때 짙은 회색의 정장을 차려입은 서 회장이 커피숍 문을 열고 들어왔다. 자리에서 일어난 승해는 서 회장과 눈이 마주치지마자 허리를 굽혀 인사부터 했다. 그러고는 서 회장에게 빠른 걸음으로 다가와 그의 옆에 섰다.

"왜, 부축해주려고?"

처음 만났을 때처럼 서 회장이 인자하게 웃어줬다.

"혹시 제가 필요하실까 싶어서요."

"기특하구나."

서 회장이 승해의 손을 부드럽게 툭툭 쳤다.

"이쪽에 앉으세요."

의자를 빼 서 회장이 앉을 수 있도록 해주고 승해도 맞은편에 앉았다.

"커피 마시자."

"따뜻한 게 좋겠죠?"

"그래, 따뜻한 게 좋겠구나."

"네."

카운터로 돌아가 따뜻한 커피 두 잔을 주문하고 승해는 커피가 나올 때까지 기다렸다. 그러고는 휴대폰을 진동으로 바꿨다.

"주문하신 아메리카노 두 잔 나왔습니다."

쟁반을 받아 들고 승해는 자리로 돌아왔다. 서 회장이 마시기 편하도록 손잡이 부분을 돌려주고 승해는 허리를 세우고 앉았다.

"재희가 네 집에서 잤다고?"

"네?"

"재희 할머니가 그런 것 같다고 하던데, 아니니?"

아무 일도 없었는데도 승해는 순간 얼굴이 붉어졌다.

"엄마가 주말에 집을 비우셔서 혼자 있는 제가 걱정이 됐나 봐요."

경박스럽지 않고 조신한 승해가 서 회장은 좋았다. 또래 아이들처럼 자신을 꾸미는 데 시간과 돈을 투자하지 않는 것도 그랬다. 물론 상황이 여의치 않아 안 하는 게 아니라 못하는 거였지만 그래도 승해가 마냥 기특했다.

"여자아이라 더 걱정이 크겠지."

"네."

"근데 재희가 도움은 되는 거니?"

승해가 옅게 웃으며 대답했다.

"그럼요, 남자잖아요."

얼마 되지 않은 관계이긴 해도 승해는 재희에 대한 믿음이 있는 듯 보였다. 잔정이 많아 속을 다 보여주지 않았을 텐데도 용케 그 속을 들여다보고 있는 것 같아 서 회장은 고맙고 또 대견했다.

"다행이구나."

"네."

승해의 집을 스스럼없이 드나들고 간혹 그곳에서 밥도 얻어먹고 한다며 오 여사는 재희가 승해네 집에 가는 걸 좋아하는 것 같다고 말했었다. 혼자 있는 걸 좋아하고, 답답한 걸 싫어하고, 먹는 거에는 관심이 없다고 생각했었다. 그런데 그게 아니었던 모양이다. 승해네 집에서는 재희가 뭔가 평화를 느끼는 게 아닐까, 서 회장은 어렴풋이 짐작했다. 모든 걸 다 갖춘 자신의 집에서는 그런 안정을 찾지 못하는 재희가 한편으로는 씁쓸하기도 했다.

"혹시라도 못되게 굴면 언제든지 말해라. 내가 혼꾸멍내줄 테니까."

"네, 그럴게요."

어린 시절, 승해의 외할아버지와 사돈을 맺어야 대가 끊어지지 않는다는 어느 노승의 말이 재희와 승해의 결혼을 밀어붙이게 한 이유의 전부는 아니었다. 따뜻함이 엿보이는 선한 눈빛과 노인에 대한 공경이 무엇인지 아는 착한 심성이 억지를 부리고 싶게 만들었다고 해도 과언이 아니었다.

아들에 대한 그리움과 지켜주지 못한 것에 대한 미안함에 옛 친구를 찾게 됐고 그러다 기억의 한 자락을 차지하고 있던 미신과도 같은 노승의 말 한마디가 내내 가슴을 건드려댔었다. 이제라도 하나밖에 남지 않은 핏줄을 지켜야 하는 게 아닌가 하는 생각에 무작정 승해를 찾았다. 나이가 들면 두려워지는 게 많아지고 그러다 보면 판단이 흐려질 수도 있다.

하지만 잘 자란 승해를 보니 덜컥 욕심이 났다. 몇십 년을 같이 산 아내도 선뜻 이해하지 못하는 결혼이지만 서 회장은 스스로의 판단에 자신이 있었다. 수많은 직원을 거느리고 수많은 가정을 책임져야 하는 오너로서 몇 번의 유혹도 있었고, 그 유혹에 흔들리기도 했지만 그래도 이 결혼을 없던 일로 되돌릴 수는 없었다. 아내에게도 털어놓지 못하는 어리석은 믿음일지라도 다시 핏줄을 잃는 것보다는 나았다.

"나 만난다고 하는데 용케도 안 따라 나왔구나."

커피를 마시며 서 회장은 재희의 불만스럽게 일그러졌을 얼굴을 상상했다.

"아침 먹고 출근했어요."

"출근?"

몰랐다는 듯 서 회장이 되물었다.

"네, 회사에 처리할 일이 있다고 하던데요."

처리할 일이라……. 새로 짓고 있는 호텔 일에 관심이 많더니 아무래도 그 일인 것 같다. 마음만 먹으면 호텔이 아니라 한 나라의 대통령도 할 수 있는 잘난 놈인데 마음을 먹지 않으니 문제다. 너무 채찍만 휘두르며 키운 게 이제야 후회된다.

"그래, 같이 지내보니 어떠니."

"네?"

겨우 며칠인데 같이 지낸다고 표현하니 승해는 당황하지 않을 수 없었다.

"마음이 달라지진 않았고?"

"무슨 마음이요?"

"재희랑 결혼하겠다는 마음 말이다."

승해는 서 회장을 응시하며 말문을 열었다.

"저랑은 살아온 환경이 많아 달라서 안 맞는 부분이 더 많지만 나쁜 사람은 아니니까요."

"달라지지 않았다는 말이구나."

"네."

똑 부러지는 대답에 서 회장은 일단 안심했다. 지난번 은주를 만났을 때 혹시 일이 틀어지는 게 아닌가 내심 걱정했던 그였다. 선뜻 결혼을 시키겠다고 해놓고 은주는 시간이 흐를수록 이게 맞는 건가 걱정하는 눈치였다. 그래도 어른과의 약속이라 먼저 나서서 깨지는 못하고 혼자 가슴앓이를 하는 것 같아 미안했었다. 주는 돈도 며칠이나 거절한 끝에 하는 수 없이 받았지만 그때 은주의 목소리가 아직도 서 회장은 마음에 걸렸다. 스스로를 자책하는 듯한 어미의 힘없는 목소리, 그게 너무 미안했다.

"그럼 날을 잡아도 되겠구나."

더는 미루면 안 될 것 같았다. 정이 들고 서로에게 애틋한 감정이 생겨서 결혼을 하면 좋겠지만 그때까지 손 놓고 기다리다 승해를 놓칠까봐 덜컥 겁이 나기 시작했다. 더구나 검진 결과도 좋지 않아 걱정은 더 커져버렸다.

"어차피 호텔에서 할 거니까 더운 것도 상관없겠지."

당장 내일이라도 할 것처럼 말하는 서 회장 때문에 승해는 커피 맛이 제대로 느껴지지 않았다.

"7월이 좋겠구나."

서 회장은 눈을 들어 승해의 표정을 살폈다. 당황한 기색이 역력했지만 싫다는 말은 섣불리 하지 않았다.

"재희랑 얘기를 해봐야겠지?"

"네."

"그래, 둘이 상의해보고 결정하는 걸로 하자."

"네."

재희가 어떤 반응을 보일지 벌써 걱정이 앞서는 승해였다.

"승해야."

커피 잔을 내려놓고 서 회장이 승해를 다정히 불렀다.

"네."

"미안하구나."

"네?"

"늙으면 고마워할 일이 많아진다고 하는데 나는 인생을 잘못 살았는지 미안한 일투성이구나."

흐트러진 모습 한 번 보여주지 않는 근엄한 회장님이었는데 오늘은 유난히 힘 빠진 할아버지로만 보여 승해는 난감하면서도 짠했다.

"저한테 미안해하실 일은 없으세요."

지금의 모습을 재희에게도 보여주면 좋겠다. 분명 재희에게도 미안한 마음이 있을 건데 왜 그걸 꺼내놓지 못하는 걸까.

"오늘 바쁘세요?"

"응?"

"시간 괜찮으시면 점심 드시고 가세요."

재희가 점심 전에는 들어온다고 했으니 서 회장이랑 셋이 오붓하게 점심을 먹는 것도 괜찮겠다 싶었다. 갑작스러운 생각이지만 서 회장에게 진 빚을 이렇게라도 갚아야 할 것 같았다. 서 회장이 자신에게 원하는 게 재희와의 화해를 중간에서 이끌어주는 게 아닐까, 문득 그런 생각이 들었다.

"뭐, 맛있는 거라도 해주려고?"

"된장찌개 좋아하세요?"

"그럼, 제일 좋아하는 게 된장찌개지."

서 회장의 휘어진 눈꼬리가 승해는 애잔하기만 했다.

서 회장의 차에서 내리는 승해를 보고 재희는 인상부터 구겼다. 시장이라도 갔나 싶어 가게 앞에서 기다리고 있는데 승해는 어이없게도 서 회장과 같이 나타났다.

"뭐야?"

삐딱하게 서서 승해를 노려보는 재희에게 서 회장이 못마땅한 눈길로 흠흠, 헛기침을 했다. 재희가 뒤늦게 서 회장에게 인사를 했다.

"내가 반갑지는 않은 모양이구나."

"집에서도 회사에서도 뵙는데 여기서까지 뵙는 게 기분 좋은 일은 아니죠."

서 회장을 대하는 재희의 태도가 상당히 불량했다. 무모한 반항이라기보다는 확실한 거부의 몸짓이었다.

"내가 같이 점심 드시자고 했어요."

"왜?"

"그냥이요."

"많이 바쁘신 분이야, 귀찮게 하지 마."

재희는 돌아가시라는 말을 그렇게 돌려 말했다. 기 싸움을 벌이느라 아직 집 안으로 들어가지도 못한 두 남자를 보면서 승해는 몰래 한숨을 쉬었다. 나이가 많으나 적으나 남자들은 다 어린아이라던 엄마의 말이 이제야 무슨 뜻인지 알 것 같다.

"들어가세요."

승해가 서 회장을 먼저 집 안으로 안내했다. 벌레 씹은 표정으로 재희도 따라 들어왔다.

"싫으면 가도 돼요."

승해가 재희에게 속삭였다. 재희는 눈을 부라리더니 먼저 안으로 쏘옥 들어갔다.

"철없기는."

서 회장이 쯧쯧쯧, 혀를 찼지만 재희는 듣지 못한 눈치였다.

"여전히 아늑하구나."

사람이 사는 집 같은, 사람 냄새가 나는 집이었다. 처음 들어왔을 때는 너무 비좁고 가구들이 변변한 게 없어 마음이 아팠는데 5분 만에 생각이 달라졌다. 어느 곳 하나 손때 묻지 않은 곳이 없었다. 얼마나 쓸고 닦았을지, 얼마나 이곳에서 모녀가 행복한 하루하루를 보냈을지 묻지 않아도 알 수 있을 것 같았다.

"잠깐만 계세요."

서 회장이 재희 옆에 엉덩이를 붙이고 앉았다.

"어디 가려고?"

"시장이요."

"왜?"

"점심 하려면 장 봐야죠."

"같이 가."

"할아버지랑 같이 있어요, 혼자 적적하시잖아요."

"혼자 있는 거 좋아하셔."

얄밉게 말하고 재희는 승해보다 먼저 신발을 신고 밖으로 나갔다. 서 회장이 괜찮다는 듯 눈짓을 하며 승해를 안심시켰다.

"금방 다녀올게요."

"그래."

서 회장을 혼자 두고 승해는 시장바구니를 챙겨 밖으로 나왔다. 아무 죄 없는 돌멩이를 발로 툭툭 차면서 재희는 엄한 곳에 신경질을 부리고 있었다.

"유치한 거 알죠?"

"짜증나는 거 알지?"

"몰라요."

핵, 하니 돌아서서 승해는 시장을 향해 걸어갔다. 어느새 재희가 옆으로 와 보폭을 맞춰 걸었다.

"먼저 풀면 안 돼요?"

"뭘?"

"할아버지잖아요."

더는 말하고 싶지 않다는 듯 재희가 입을 꾹 다물었다. 승해는 걸음을 천천히 했다.

"풀고는 싶죠?"

"별로."

"거짓말. 서재희 씨 거짓말 무지 못하는 거 알아요?"

싸가지 없이 굴고, 버릇없이 굴고, 못된 사람인 척 굴지만 그가 많이 여리다는 걸 승해는 어렴풋이 알고 있었다. 끌어안고 있는 상처들을 남에게 들키지 않기 위해, 또 다른 상처를 받지 않기 위해 연기하듯 그렇게 살아가고 있는 거라고, 그래서 승해는 재희를 알면 알수록 그가 안쓰럽고 아팠다.

"아마 서재희 씨처럼 할아버지도 어떻게 풀어야 하는 건지 몰라서 그러실 거예요."

"다 아는 것처럼 말하네?"

재희가 웃으며 말했다. 그러나 그의 웃음이 결코 즐거워 보이지는 않았다.

"네가 생각하는 것만큼 간단하지 않아."

"간단하지 않은 거 알아요. 그렇다고 계속 이렇게 지낼 수는 없잖아요."

"할아버지가 시켰어?"

"그런 걸 시키실 분이에요?"

"오지랖 발동이야?"

머리 위로 떨어지는 뜨거운 햇빛에 승해는 잠시 얼굴을 들었다.

"내가 해야 될 일이 그런 게 아닌가 싶어서요. 내가 할 수 있는 게 없잖아요."

"그렇게 단순하지도, 또 그렇게 인간적이지도 않으신 분이야."

사람 만들어보겠다고 정략결혼을 밀어붙이셨겠지만 그 안에 화해의 의미도 슬쩍 끼어 있다는 걸 재희는 믿지 않았다.

"그리고 네가 그렇게 대단한 사람도 아니고."

"어떻게 하면 말을 그렇게 밉게 해요?"

승해가 재희를 얄궂은 시선으로 노려봤다.

"타고난 거지."

어깨를 으스대며 재희가 히죽 웃었다.

"메뉴는 뭐야?"

"된장찌개요."

"그거 끓이는 데 시장까지 와? 넌 네가 음식 솜씨가 있다고 착각하는 것 같은데 누굴 막 초대할 정도의 솜씨는 아니거든?"

동의하듯 승해가 고개를 끄덕였다.

"그래도 정성은 가득이니까."

"그걸로 맛을 만회하려는 거야? 엄청난 배짱인데?"

"서재희 씨는 점심 같이 안 먹는 걸로 알게요."

토라져서 씩씩거리며 시장 안으로 들어가는 승해를 재희는 웃으면서 지켜봤다. 언제부턴가 승해랑 같이 있으면 웃을 일이 많아졌다. 구질구질 윤승해가 아니라 씩씩한 윤승해로 생각이 바뀌고 귀찮은 윤승해에서 보고 싶은 윤승해로 마음까지 바뀌었다. 특별한 계기가 있었던 게 아니라 잔잔히 물 흐르듯 그렇게 윤승해에게 스며들게 됐다.

"난 매운 거 싫어, 고추는 넣지 마."

재희가 승해가 들고 있던 시장바구니를 낚아채듯 뺏어갔다.

두부에 애호박, 양파까지 넣은 된장찌개가 보글보글 맛있는 소리까지 내며 끓고 있었다. 노릇노릇 고등어를 굽고, 상큼한 오이는 입맛 돌게 고추장에 무치고, 재희를 위해 계란프라이도 하고, 싱싱한 상추까지 깨끗하게 씻어 식탁을 차렸다. 소박한 밥상이지만 서 회장은 어린 승해가 뚝딱 만들어낸 점심상 앞에서 흐뭇한 표정으로 숟가락을 들었다.

"차린 건 별로 없지만 많이 드세요."

"내 평생 이렇게 맛있어 보이는 밥상은 처음이구나."

"할머니가 들으시면 참 좋아하시겠네요."

재희의 깐족거림에도 서 회장은 얼굴 가득 퍼진 미소를 지우지 못했다.

"제가 돈 많이 벌면 다음엔 굴비 구워드릴게요."

고등어 살을 발라 서 회장 앞 접시에 놔주면서 승해는 겸연쩍게 웃었다.

"그래, 기대하마."

마음이 고운 아이다. 이 아이를 재희의 짝으로 묶어줄 수 있어서 그나마 먼저 떠나보낸 아들에게 덜 미안해진다. 불과 얼마 전까지만 해도 이 선택이 옳은 건지, 아들에게 또다시 죄를 짓는 게 아닌지 갈등했는데 고등어 한 점에 갈등은 눈 녹듯 사라졌다.

"아무튼 빈말은 못하신다니까."

"뭐?"

"이럴 때는 고등어가 더 맛있다고 하셔야죠. 윤승해가 뭘 해서 돈을 번다고 굴비 사드린다는 말에 기대한다고 하세요?"

툭툭, 쏘아붙이기는 해도 말에, 그리고 눈빛에 승해에 대한 애정이 슬쩍슬쩍 엿보였다. 동화 같은 일이 두 사람 사이에서 일어나고 있는 게 아닐까, 서 회장은 갑자기 흥분됐다.

"그런가?"

"오신 김에 용돈이나 팍팍 주고 가세요."

"아니에요, 저 돈 있어요. 안 주셔도 돼요."

세대를 뛰어넘은 두 남자의 유치한 기 싸움에 승해는 왠지 즐거웠다.

"근데 어머니는 언제 도착하신대?"

"출발할 때 전화하기로 했어요."

"늦게 오시려나?"

"그렇겠죠."

둘만 아는 얘기로 대화를 이어가는 두 사람을 서 회장은 신기한 눈으로 훔쳐봤다. 가만히 보고 있으면 마치 신혼부부처럼 애틋하기도 했다.

"저녁은 나가서 먹자."

"저녁도 먹으려고요?"

"언제 오실지도 모르는데 집에 가라고?"

집에서는 깨작깨작 밥을 먹는 재희가 된장찌개며 오이무침을 맛깔스럽게도 먹어댔다. 오 여사가 이 모습을 보면 얼마나 놀랄까 싶어 서 회장은 입이 간지러웠다.

"저 오늘도 못 들어갈지 몰라요."

"네가 언제부터 나한테 그런 보고를 했다고 그래, 새삼스럽게."

그걸로 재희의 외박은 통보와 허락이 끝났다.

"언제쯤 출발하실 건가 전화 한번 해봐."

"왜요?"

"영화도 볼 수 있나 싶어서."

"영화 보려고요?"

"어, 오늘은 영화를 꼭 보고 싶네."

아직 앙금이 남아 있는지 재희가 심술궂게 눈꼬리를 들어 올렸다. 뭐라고 대꾸를 해주고 싶었지만 서 회장이 있어 승해는 눈빛으로만 재희를 타박했다. 그러는 동안 서 회장은 밥 한 그릇을 뚝딱 비워냈다.

"더 드릴까요?"

"아니다, 더 먹으면 움직이기 힘들 것 같다. 네 덕에 잘 먹었다."

"다음엔 더 맛있는 거 해드릴게요."

"다음엔 우리 집에서 해다오, 내 손자며느리로."

재희가 젓가락질을 멈추고 서 회장에게로 시선을 돌렸다.

"둘이 의논해서 날짜 잡아라. 가능하면 7월 안으로 하는 걸로."

승해가 재희의 표정을 살폈다. 당혹스러운 눈치였지만 싫다는 말은 하지 않는 그였다.

"어때?"

재희가 승해를 돌아보며 물었다.

"난 괜찮아요."

어차피 하기로 한 거니까.

"서재희 씨는요?"

서 회장이 보는 앞에서 묻는 게 약간은 부끄럽지만 승해는 담담한 투로 물었다. 재희는 다시 밥을 먹기 시작했다.

"아무 때나 상관없어."

심드렁한 말투와 즐거워 보이지 않는 표정. 대체 무엇을 기대한 걸까.

띠리리링.

승해 휴대폰이 울렸다. 승해를 의자를 밀고 일어나 거실로 나갔다. 휴대폰 액정에 [사랑하는 울 엄마]라고 떴다.

"출발했어?"

-휴대폰 주인이랑 가족 되세요?

낯선 남자의 목소리가 휴대폰 너머에서 들려왔다.

"네, 그런데 누구세요?"

-교통사고가 났습니다.

"네?"

경주 어딘가에서 사고가 났다고, 많이 다쳤다고, 병원으로 이송 중이라고, 얼른 오라고…… 분명 다 들었는데 아무것도 기억나지가 않는다. 눈앞이 흐려지고 온몸에서 힘이 빠져나간다. 두 다리를 지탱하고 서 있는 것조차 버겁기만 하다.

"엄마……."

"무슨 일이야?"

쓰러지려는 승해를 재희가 달려와 품에 안았다. 이미 눈물범벅이 된 승해는 엄마만 불러댔다.

"여보세요?"

승해가 꼭 쥐고 있던 휴대폰을 뺏어들고 재희가 통화를 했다.

"네, 알겠습니다. 지금 갈 테니까 무조건 살려주세요."

전화를 끊고 재희는 승해를 더 세게 안았다.

"정신 차려, 지금 가야 돼."

승해가 힘차게 고개를 끄덕였다. 손으로 눈물을 스윽 닦아내고 그녀는 방으로 들어가 지갑을 챙겨 들었다.

"엄마가 많이 다쳤대요. 경주에 내려가 봐야겠어요."

눈물이 뺨을 타고 주르륵 흘렀지만 승해의 목소리는 차분했다. 서 회장은 일이 어떻게 된 건지 궁금했지만 일단 승해에게 얼른 다녀오라는 말만 해줬다. 재희가 승해 손을 잡고 집을 나서고 서 회장은 황급히 비서에게 연락했다.

전혀 준비가 되지 않은 이별 앞에서 승해는 무너져 내렸다. 하얀 천 아래서 은주는 평온한 얼굴로 잠들어 있었다. 집에 가자고 손을 잡았지만 너무나 차가워 흠칫 놀라고 말았다. 아무리 흔들어도 은주는 눈을 뜨지 않았다. 이틀이나 못 봤는데 보고 싶었다고 말해주지도 않고, 사랑한다고 안아주지도 않았다. 그저 잠만 잤다. 서울로 올라오는 앰뷸런스 안에서도 은주는 꼼짝 않고 누워만 있었다.

"말도 안 돼."

아무런 징조도 없었다. 하물며 아빠가 꿈에 나와 뭔가 불길한 일이 일어날 거란 언질도 주지 않았다. 아무 일도 없는 평범한 일상이었다. 아빠의 죽음을 겪으면서도 언젠가 엄마와도 같은 이별을 하겠구나, 하는 걱정은 해본 적이 없었다. 영원히 둘이 살 줄 알았다. 결혼을 하고 아이를 낳아도 엄마는 늘 곁에 있을 거라고 믿었다. 이렇게 하루아침에 바람에 먼지가 날리듯 허무하게 떠날 줄은 몰랐다.

"엄마……."

실감이 나지 않는 탓일까, 승해는 눈물도 나지 않았다. 그냥 빨리 이 상황에서 도망치고 싶었다. 엄마랑 둘이 하루를 걱정하며 뼈가 부서지게 살던 그때로 돌아가고 싶었다. 차라리 그때가 덜 힘들고 덜 아팠다. 숨이 쉬어지지 않아 승해는 제 가슴을 주먹으로 세게 내리쳤다.

"승해야."

재희가 승해의 손을 붙잡았다. 눈물이 그렁그렁 맺힌 눈으로 승해가 재희를 쳐다보며 물었다.

"아니죠? 우리 엄마 죽은 거 아니죠?"

해줄 말이 없어 재희는 가만히 승해를 끌어안았다. 마른 등을 쓸어내리며 그녀가 조금이라도 덜 아프길 바랐지만 소용은 없었다.

"엄마 좀 일어나라고 해줘요, 네?"

갑작스러운 사고에 재희도 정신이 없었다. 경주에서 서울로 모시고 와 장례 준비를 하면서도 재희는 내내 사실인지 꿈인지 헷갈렸다. 그러면서도 승해가 쓰러지지 않게 챙기고 간간이 오는 조문객도 맞이했다. 이제 겨우 정이 든 자신도 이렇게나 믿을 수 없는

데 승해는 오죽할까.

"정신 놓지 마."

"말도 안 돼, 우리 엄마가 왜 죽어? 이게 말이 돼?"

웃다 울다, 승해는 점점 파리하게 질려갔다.

수술한 지 얼마 되지 않았다는, 은주와 마지막으로 좋은 시간을 보냈다는 경주 이모도 남편과 함께 찾아와 오열하다 쓰러졌다. 자신 때문이라며 승해 앞에서 무릎까지 꿇고 통곡했다. 승해는 아무런 말도 하지 못하고 끊어질 듯한 숨만 겨우겨우 내쉬었다.

"집에 가자, 엄마. 그만 집에 가자. 나 여기 싫어, 우리 집에 가자."

승해가 은주에게로 손을 뻗었다. 무릎으로 기어가며 은주를 부르는 승해를 재희는 차마 막지 못했다. 그러다 승해가 무릎을 세워 일어나려다 그대로 고꾸라지듯 쓰러졌다. 재희는 승해의 머리가 바닥으로 떨어지기 전 가까스로 그녀를 품에 안았다. 정신을 잃은 승해를 안고 재희는 맨발로 응급실까지 뛰었다.

악몽과도 같은 3일이 지났다. 승해는 내내 쓰러졌다 일어났다를 반복했고 물 한 모금 넘기지 못했다. 점점 입술은 말랐고 몸은 힘이 없이 흐느적거렸다. 완전히 생기를 잃은 눈동자는 계속 헛것을 보듯 초점 없이 흔들렸다. 찾아오는 사람마다 승해 손을 잡고 이게 무슨 일이냐며, 불쌍해서 어떡하느냐며 눈물을 쏟았지만 승해는 제대로 눈도 맞추지 못했다. 서 회장과 오 여사가 왔을 때는 그래도 입술이라도 깨물며 울음을 참기는 했었다.

"옆에서 잘 지켜줘."

장례 절차를 모두 마치고 돌아가기 전, 오 여사가 재희에게 당부했다.

"네."

"단단한 아이니까 잘 이겨낼 거야."

없이 자랐지만 사랑을 많이 받고 자란 덕분에 승해는 꽤나 마음이 단단했다. 만약 승해가 밝고 단단하지 않았다면 서 회장이 아무리 고집을 부렸어도 오 여사는 용납하지 않았을 거다.

"괜찮아지면 집으로 데리고 와. 지금 집에서는 엄마 생각이 더 날 거야."

결혼을 좀 더 서둘렀다면 얼마나 좋았을까. 늘 무언가를 잃고 나면 후회되는 일이 생기니 참 큰일이다. 왠지 결혼을 서두르지 않고 수수방관한 자신 탓인 것만 같아 오 여사는 승해에게 한없이 미안했다.

"물어보고요."

"그래, 그래라."

"들어가세요."

오 여사를 태운 차가 시야에서 멀어지고 재희는 답답하게 조이고 있는 넥타이를 헐겁게 풀었다. 경주 이모와 같이 있는 승해를 돌아보고 그는 마른하늘을 쳐다봤다. 야속하게도 푸르른 하늘빛에 화가 솟구치려 했다. 경주 이모에게 의지해 힘겹게 걸음을 옮기고 있는 승해를 돌아보며 재희는 낮게 중얼거렸다.

"잘할게요."

울컥, 속에서 뜨거운 게 올라왔다. 부모님과 동생을 잃고도 올려다보지 않았던 하늘이었다. 마주한 하늘이 너무 파래서 야속하기는 하지만 이제 밉지는 않았다. 세상 어떤 이별도 준비를 할 수는 없다는 걸 이제야 알아버렸다.

"재희 군."

경주 이모의 남편 되는 분이 재희를 조용히 불렀다.

"네."

"미안하지만 승해를 부탁해도 될까요?"

"걱정하지 마세요."

"저 사람이 아직 다 나은 게 아니라서요. 너무 이기적이고 미안하지만 더는 무리가 될 것 같네요."

"괜찮습니다."

"승해한테는 우리가 나중에 빌게요."

아마도 살아가는 내내 두 사람은 승해에게 죄인과도 같은 심정일 거다. 시간을 되돌릴 수 있기를 누구보다 바랄 거고, 그렇게만 할 수 있다면 은주를 허무하게 떠나보내는 일은 없을 거라고 이를 악물 거다.

"가자."

재희가 다가온 승해에게 손을 내밀었다. 하지만 승해는 못 본 척 재희를 지나쳐 버스에 올랐다.

"승해야……."

경주 이모가 손으로 입을 틀어막았다. 자그마한 승해의 어깨가 보는 이들을 가슴 아프게 했다.

"조심해서 내려가세요."

재희는 정중하게 인사를 하고 승해를 따라 버스에 탔다.

불이 꺼진 집 안, 안방 벽에 기대 있는 승해와 그런 승해를 바라보며 마찬가지로 벽에 기대앉은 재희가 숨을 쉬고 있는 유일한 존재였다. 유골을 납골당에 모시고 돌아온 후로 승해는 은주의 방에서 꼼짝도 하지 않고 있었다. 재희는 승해가 찾을 때까지 숨소리를 죽이며 곁을 지킬 뿐이었다.

"그만 가요."

갈라지는 목소리로 승해가 몇 시간 만에 처음으로 꺼낸 말이었다.

"없다고 생각해."

어렸지만 재희도 그랬다. 혼자인 게 무서우면서도 누군가 옆에 있는 게 싫었다. 자신을 탓할 것만 같고 어줍지 않은 위로로 가슴을 칠 것 같아 혼자 있을 수 있는 곳을 찾아 기어들어 가곤 했었다. 하물며 어린 자신도 그랬는데 어른인 승해는 오죽할까. 말을 거는 것도, 챙겨준답시고 이것저것 아는 척을 하는 것도 다 귀찮고 싫을 게 분명했다. 하지만 다 알면서도 진짜로 승해를 혼자 둘 수는 없었다.

"얼마나 아팠을까요?"

숨이 끊어지는 마지막 순간까지도 은주는 딸을 찾았다고 한다. 놀라지 않게 전하라고 거듭 부탁했었단다. 그 말을 전해 들으면서 재희도 가슴이 무너졌다.

"우리 엄마 겁 많은데 얼마나 무서웠을까요?"

경주 이모가 버스 타지 말고 택시 타라며 돈을 쥐여주고 억지로 택시까지 잡아 태워줬는데, 터미널 근처에서 갑자기 끼어든 오토바이로 인해 맞은편에서 달려오던 승합차와 정면으로 부딪쳤다고 한다. 양쪽 운전기사는 그 자리에서 숨졌고 은주만이 몇 분 정도 살아 있었다고 한다. 하지만 그것도 잠시, 딸을 찾으며 눈물을 흘리다 은주도 이내 숨을 거뒀다고 현장에 출동한 구급대원이 알려줬다.

"지금은 아프지도, 무섭지도 않으실 거야. 천국 가서 아빠도 만나셨을 테니까 그런 걱정은 안 해도 돼."

앞으로 더 처절하게 그리워질 거라는 걸 알기에 재희는 승해가 안타까웠다. 죽음과 직면한 순간에는 정신이 없을 뿐이다. 심장이 갈기갈기 찢기듯이 아프고, 숨이 쉬어지지 않을 만큼 괴롭고, 잠을 잘 수 없을 만큼 그리워진다. 그 고통은 시간이 지날수록 더 커지는 법이었다. 10년이 훌쩍 지나고서야 고통이 조금씩 무뎌진다. 그러니 앞으로 승해는 더 아플 거고 더 힘들 거다. 그 지독한 고통을 승해가 어떻게 견뎌낼 수 있을지 재희는 가슴이 미어지는 듯했다.

"실컷 아파하고, 실컷 그리워해."

참는 것보다 마음껏 울분을 토해내는 게 더 나았다. 참으면 세월이 흐를수록 상처가 곪아 점점 더 아픈 부위가 커졌다.

"자책하는 거 빼고 하고 싶은 거 다 해. 내가 다 받아줄 테니까 가슴에 남는 거 없을 때까지 몇 달이고 몇 년이고 다 해."

생기를 잃은 푸석거리는 눈으로 승해가 재희를 바라봤다. 그리고 물었다.

"왜요?"

"그러고 싶으니까."

"불쌍해서?"

재희가 그런 마음으로 곁을 지켜주고 있는 게 아니라는 것쯤은 승해도 알고 있었다. 괜히 화가 나고 분하고 억울해서였다. 누구라도 붙잡고 따지고 싶은 심정이었다. 그의 말처럼 목구멍까지 차오른 감정들을 전부 쏟아버리고 싶었다.

"이제 혼자니까 마음대로 해도 될 것 같아서요?"

빨갛게 핏발이 선 눈으로 조곤조곤 따지며 달려드는 승해를 재희는 막지 않았다. 가만히 그녀의 눈을 보며 다 하라고, 다 받아주겠다고 눈으로 말했다. 지금 승해에겐 그게 가장 절실했다. 미친년처럼 날뛰는 자신을 온전한 정신으로 바라봐주며 괜찮다고, 괜찮아질 거라고 위로해줄 사람이 필요했다.

"왜 가만히 있어요? 내가 이렇게 억지 부리면서 짜증나게 하는데 왜 가만히 듣고만 있어요? 서재희 씨가 언제부터 그렇게 착했다고? 언제부터 나를 그렇게 위했다고?"

주먹을 꼭 쥐고 승해가 부르르 몸을 떨었다. 금방이라도 떨어질 것처럼 눈에 눈물이 맺혀 있었지만 그녀는 눈에 힘을 주며 버텼다.

"효도 한 번도 못해줬는데…… 생과일주스도 한 번밖에 못 사줬는데 왜 우리 엄마야? 우리 엄마가 뭘 그렇게 잘못했다고? 우리가 무슨 죄를 지었다고 세상이 이래요? 대체 내가 뭘 잘못했는데!"

억울하다. 너무 억울해서 심장이 찢어지는 것 같다. 겨우 이것밖에 살지 못하고 간 엄마가 불쌍해서 미쳐버릴 것 같다. 뼈가 산산이 부서질 것처럼 이를 악물고 온몸에 힘을 줘도 격해진 감정이 가라앉지를 않는다. 뭘 어떻게 해야 하는 건지 하나도 모르겠다.

머리는 멍하고 가슴은 답답하다.

"어떻게 우리 엄마가 죽어…… 어떻게 우리 엄마가……."

승해는 다리를 끌어당겨 두 팔로 안았다. 잔뜩 웅크린 채로 조용히 흐느껴 우는 승해를 재희가 다가가 안아줬다. 가라고 밀어내지도 못하고 승해는 금방이라도 부서질 것 같은 여린 몸으로 슬픔을 꾸역꾸역 참아내며 울었다.

9

6월이 지나고 어느덧 7월이 됐다. 은주가 죽은 지 한 달이 훌쩍 넘었다. 한 달이라는 시간이 흘러가는 동안 승해는 떨어지기 직전의 낙엽처럼 바싹 말랐다.

49제를 지내면서 승해는 오랜만에 어깨까지 들썩이며 울었다. 그리고 다시 방문을 닫고 들어가 한동안 밖으로 나오지 않았다. 문을 두드려도, 먹을 걸 갖고 들어가도 아무런 반응을 보이지 않았다. 방 안에 웅크리고 앉아 하염없이 창밖만 바라봤다. 그래도 이제 재희를 밀어내지는 않았다. 한 달 넘게 24시간을 꼬박 붙어 있었던 탓인지, 가끔 30분 넘게 우스갯소리를 해대면 피식, 힘없이 웃어주기는 했다. 그래서 재희는 승해를 포기할 수 없었다. 혼자 둘 수도 없었고 말라가게 둘 수도 없었다.

본가에 가서 밑반찬과 요리들을 가져다 먹이기도 하고 인터넷을 뒤져 음식을 만들기도 했다. 눈으로 보는 것만큼이나 맛도 형편없었지만 승해는 맛없다고 타박하지도 않았다. 장례를 치르고 일주일 정도가 지났을 때는 물만 겨우 마시는 정도였다. 악을 쓰며 싸우고 재희가 억지로 승해 손에 숟가락을 쥐여주며 성질을 부린 후에야 겨우 몇 숟가락 먹는 게 다였다. 그렇게 하루가 지나고 이틀이 지나고 한 달이 넘게 지나버렸다. 지금도 겨우겨우 반 그릇 먹는 게 다였지만 승해는 더 이상 죽은 사람처럼 멍하게 앉아 있기만 하지는 않았다. 어떻게든 예전으로 돌아오기 위해 나름대로 안간힘을 썼다.

며칠 전에는 줄곧 닫아뒀던 은주 방의 문이 열렸고, 깨끗하게 청소도 됐다. 이른 아침 마당에 나와 한참이나 하늘을 올려다보기도 했고, 새벽에는 조용히 문을 열고 나왔다가 아직 잠들지 않은 재희를 보고는 옆에 앉아 같이 TV를 보기도 했었다. 점차 삶에 대한 의욕을 되찾아가고 있는 것 같아 재희도 차츰 마음이 놓였다. 하지만 한편으로는 불안함도 느껴졌다.

"오늘도 누나 없어요?"

1시가 넘어서야 첫 손님이 가게 문을 열고 들어왔다. 올 때마다 승해를 찾는 까탈스러운 꼬마 손님은 오늘도 눈을 가늘게 뜨고 가게 안을 둘러봤다.

"없어."

"언제 와요?"

"곧."

"어제도 곧이라고 했고 저번에도 곧이라고 했잖아요."

본의 아니게 거짓말쟁이가 돼버렸다. 적성에도 안 맞는 분식집에서 어묵이나 꽂으며 꼬마 손님을 상대하고 있는 이유는 단 하나였다. 승해가 건강해진 모습으로 일상으로 돌아왔을 때 〈승해 분식〉도, 그리고 자신도 같은 자리에서 같은 마음으로 기다리고 있었음을 알려주기 위함이었다. 혼자가 아니라는 것, 그걸 알려주고 싶었다.

"오늘도 떡볶이 없어요?"

"어, 떡볶이는 안 팔아."

"떡볶이 집에서 왜 떡볶이를 안 팔아요?"

"내 마음이지."

입술을 삐죽 내밀며 꼬마 손님이 재희를 흘겨봤다.

"어묵 먹어."

"맛없어요."

그냥 뜨거운 물에 소금으로 간을 하고 어묵을 꼬치에 꽂아 넣어놓은 게 다였다. 그러니 맛있을 리가 없었다.

"공짜로 줄게, 먹어."

"싫어요, 맛없어요."

맛이 없다, 떡볶이가 없다, 승해가 없다 불만투성이면서도 꼬마 손님은 매일같이 〈승해 분식〉을 찾아왔다. 승해가 본래의 모습으로 돌아오기를 기다리는 게 자신만은 아닌 것 같아 재희는 이 까탈스러운 손님이 고마웠다.

"넌 친구 없어?"

"있어요."

"근데 왜 매일 혼자 와?"

"다들 바빠요."

"어린것들이 뭐가 바빠?"

"학원도 가고 과외도 하고. 암튼 요즘 엄마들은 너무 극성이라니까요."

아이 입에서 극성이라는 단어가 나오자 재희는 놀라우면서도 웃겼다.

"너네 엄마는 극성맞지 않은가 보지?"

"엄마 없어요."

맛없어서 안 먹겠다더니 꼬마 손님이 어묵 하나를 집어 들었다.

"나 낳다가 돌아가셨대요."

엄마가 없다는 걸 너무나 태연하게 말하는 아이였다. 초연한 듯한 아이의 모습에 재희는 머리가 멍해졌다.

"괜찮아요, 대신 나한테는 아빠가 있으니까요. 맞다, 할머니 둘이랑 할아버지 둘이랑 고모랑 이모도 있다."

"좋겠다, 나는 할머니랑 할아버지만 있는데."

"아빠 없어요?"

"없어."

"고모랑 이모도?"

"어."

꼬마 손님이 까칠한 표정을 풀고 재희를 바라봤다.

"뭐냐, 그 마음에 안 드는 눈빛은?"

"그냥요."

"방금 네 눈이 불쌍하다고 말하는 걸 읽었거든?"

"그런 것도 읽을 줄 알아요?"

영악한 것 같다가도 이럴 때는 영락없이 어린애다.

"고모랑 이모는 없어도 돈 엄청 많은 할아버지랑 할머니는 있거든? 그러니까 불쌍하게 보지 마."

"네."

"대답이 좀 건성이다?"

치, 하며 꼬마 손님이 입술을 삐죽 내밀었다.

"다 먹었으면 가, 문 닫을 거야."

"벌써요? 이렇게 많이 남았는데요?"

"싸줄까?"

꼬마 손님은 손까지 저으며 강하게 거부의 뜻을 내비쳤다.

"내일 또 와."

"봐서요."

기어코 어묵값 500원을 주고 꼬마 손님은 분식집을 나갔다. 녀석이 나간 후로 손님은 한 명도 오지 않았다.

"너무 많이 만들었나?"

"음식 버리면 죄 받아요."

등 뒤에서 들리는 힘없는 목소리에 재희가 놀라 고개를 돌렸다. 파리한 얼굴의 승해가 싱긋 웃으며 서 있었다.

"왜 나왔어?"

"잘하고 있나 보려고요."

가게에 나오기까지 한 달이 넘게 걸렸다. 고개만 돌리면 보이는 엄마의 환영 덕에 아무것도 할 수가 없었다. 주저앉아 있으면 안 된다는 것을 알면서도 몸은 말을 듣지 않았다. 눈꺼풀을 깜박이면 눈물이 흐르고 숨을 쉬면 심장이 조이듯 아팠다. 재희가 없었다면 혼자 있는 두려움에 그대로 숨이 멎어 죽었을지도 모른다. 고맙고 또 고맙다. 하지만 마냥 재희에게 의지할 수는 없었다. 이제 각자의 자리로 돌아가야 할 때가 됐다.

"내가 원래 못하는 게 없는 놈이거든? 근데 요리는 내 영역이 아니라는 걸 깨달았다. 역시 신은 공평했어."

재희의 너스레에 승해는 피식 웃음을 터트렸다.

"산책할래?"

재희가 승해에게 손을 내밀었다. 승해는 말없이 그 손을 잡았다.

긴 꿈을 꾸고 일어난 기분이다. 여전히 믿을 수 없는 꿈이고, 지금까지 꿨던 악몽 중 최악이다. 하지만 꿈에서 깼으니 어떻게든 살아가야 한다.

"고마웠어요."

드문드문 지나가는 기억들 속에는 믿음직한 서재희가 있었다. 손님들을 맞아주고, 복잡한 일처리를 알아서 처리해주고, 엄마를 보내는 마지막 순간까지도 곁에서 손을 잡아주고 어깨를 감싸줬었다. 정신없이 우는 와중에도 손은 재희를 붙잡고 있었다. 가라고 악을 쓰며 울 때도 정작 재희의 손은 놓지 않았었다.

"뭐가?"

"전부 다요."

"여름이다."

석연치 않은 느낌에 재희는 얼른 화제를 바꿨다.

"그러게요, 진짜 여름이네."

계절이 그러하듯 잊혀지기 전에 지나간 모든 것들이 다시 돌아왔으면 좋겠다.

"우리 엄마 더운 거 안 좋아하는데."

왜 사람은 잃고 나서야 소중함을 알게 되는 걸까. 왜 사람은 소중한 무언가를 언젠가는 잃을 수 있다는 걸 망각하며 사는 걸까. 왜 세상은 이렇게 모질고 사악한 걸까.

"나는 한 번도 엄마가 나를 두고 떠날 수도 있다는 생각을 해본 적이 없어요."

"그런 걸 생각하며 사는 자식은 없어."

언제나 마음 졸이고 애태우는 건 부모라고 한다. 잃기 전에 그 마음을 안다면 세상에 불효하는 자식은 없을 거다.

"우리 엄마도 나를 두고 먼저 떠날 수 있다는 생각은 안 해봤을 거예요."

꿈으로도 꾸고 싶지 않은 일이 너무 갑자기 일어나버렸다. 어떤 징조라도 있었더라면, 아니 마지막 인사를 나눌 짧은 시간이라도 허락됐더라면 이렇게까지 가슴이 미어지는 않을 텐데……. 어떻게 슬퍼해야 하는 건지도 모르겠고, 이 현실을 받아들이는 게 맞는 건지도 분간이 서지 않는다. 아무리 시간이 흘러도 머릿속은 흐릿하고 가슴은 더 답답해져 간다. 정리되는 게 하나도 없다.

"며칠 전에 할머니한테 전화가 왔었어요."

"언제?"

"서재희 씨 가게 나가 있을 때요."

"왜 하셨는데?"

"그냥 잘 지내는지 걱정되셨나 봐요."

재희의 안부가 궁금하셨을 텐데 오 여사는 묻지 않았다. 여운이 감도는 듯한 오 여사의 말끝에서 승해는 재희를 보내야 할 때가 됐음을 직감했다. 그래서 전화를 끊으며 죄송하다고 말했다.

"다음에 한번 가자."

"네, 다음에 갈게요."

승해가 재희의 손을 놓고 그를 향해 돌아섰다.

"나 이제 괜찮아요."

아직 많이 혼란스럽고 아프지만 어쨌든 살아가고 있으니 괜찮은 게 맞다.

"그만 가요."

"누가 그래, 네가 괜찮다고?"

밥도 잘 못 먹고, 잠도 잘 못 자고, 웃으면서 우는데 대체 뭐가 괜찮다는 걸까.

"서재희 씨는 나한테 넘치게 했어요. 우리가 결혼을 한 사이라고 해도 나는 많이 미안했을 거예요. 근데 우리 아무 사이도 아니잖아요."

"할 거잖아, 결혼."

"아니요, 우린 결혼 안 해요."

엄마가 유일한 재산이고 유일한 자존심이었는데, 그랬던 엄마가 없어졌다. 그러니 지켜야 할 것도 없어졌다.

"해."

"정든 거 알아요. 그렇다고 나를 책임질 필요는 없어요. 시간 지나면 엄마도, 또 나도 잊을 거예요."

밀어내지 않는다고 생각했는데 승해는 매일 방에 틀어박혀 확실히 떼어내는 방법을 생각했던 것 같다. 상처 입어 휘청거리면서 별걸 다 생각했다.

"약속은 약속이야. 정 때문에 뭘 책임지고 휘둘리고 하는 거 내 스타일 아니야. 네가 불쌍한 것도 맞고, 네가 걱정되는 것도 맞는데 그딴 것 때문에 결혼을 할 만큼 순정파가 아니라고, 나는."

"회장님도, 할머니도 그만두길 바라실 거예요."

"어째서?"

서늘하게 식은 눈빛으로 재희가 승해를 쳐다봤다.

"알잖아요."

"네가 완전한 고아가 돼서? 미안한 말이지만 우리 결혼에 그게 큰 지장을 주지는 않을 것 같은데? 어머니가 계실 때나 지금이나 너는 여전히 가진 것 없는 윤승해일 뿐이잖아?"

모진 말을 잘도 뱉어내는 재희였다. 하지만 듣는 승해보다 재희 속이 더 쓰렸다.

"너 정신 차리면 계획대로 결혼할 거니까 딴생각 하지 마."

"나는 안 해요."

"나는 해."

"서재희 씨."

"덥다, 가자."

재희가 승해의 손을 잡아끌었다. 승해는 뿌리치지 못하고 그대로 재희를 따라 다시 걷기 시작했다.

승해가 자는 걸 확인하고 재희는 새벽 5시가 넘어 집을 나섰다.

그만두겠다느니, 없던 일로 하자느니 하는 걸 보면 승해도 어지간히 마음을 추스른 것 같았다. 더는 미적거리며 시간을 끌 필요가 없었다.

"이렇게 이른 시간에 무슨 일이니."

방문을 두드리는 소리에 머리를 빗고 있던 오 여사가 밖으로 나왔다. 반찬이나 옷가지가 필요할 때가 아니고는 집에 오지 않던 재희가 새벽같이 찾아온 게 그녀는 불안했다.

"저 때문에 깨셨어요?"

"이 시간이면 일어나는 거 알면서."

단정한 몸짓으로 오 여사는 소파로 가 앉았다.

"할머니."

"그래."

"결혼 준비 좀 해주세요."

오 여사의 눈이 가늘어졌다.

"굳이 시간만 흘려보내면서 지낼 필요가 없을 것 같아요."

재희의 모습이 뭔가 달랐다.

"승해도 그렇게 하자고 한 거니?"

"도망갈 궁리만 해요."

큰일을 치렀으니 결혼에 대해 생각하는 건 무리였다.

"그런데 밀어붙이겠다?"

"네."

"좋은 생각은 아닌 것 같구나."

선뜻 긍정의 대답을 내놓지는 않을 거라고 생각했던 재희는 물러나지 않고 오 여사를 설득하기 시작했다.

"지금 윤승해한테 좋은 건 아무것도 없어요. 어차피 하기로 한 거 더 미룬다고 나아지는 것도 없고요."

"아무리 그래도 엄마 잃은 지 몇 달 되지도 않았는데 결혼을 하는 건 성급하지 않을까 싶다."

"그렇다고 결혼식도 안 올리고 계속 이렇게 한집에서 지낼 수는 없잖아요."

"승해를 데리고 들어오너라."

언제 일어났는지 서 회장이 거실로 나와 두 사람 대화에 끼어들었다.

"차 드려요?"

오 여사가 일어나며 자리를 비켜줬다.

"따뜻하게 한잔 합시다."

오 여사가 앉았던 자리에 서 회장이 앉고 오 여사는 주방으로 들어갔다. 재희는 아까와 달리 경직된 표정으로 서 회장을 마주했다.

"상 치른 지 얼마 되지도 않아서 식 올리는 건 보기에도 좋지 않다. 일단 식은 몇 달 미루는 걸로 하고 승해를 이 집으로 데리고 들어와."

재희의 굳어졌던 입매가 부드럽게 휘었다.

"네, 그렇게 할게요."

덧붙이는 말 한마디 없이 재희는 넙죽 인사를 하고 본가를 나왔다.

"하여간 잔머리는."

재희가 돌아가고 서 회장은 오랜만에 웃었다. 일부러 일어날 시간에 찾아온 것도, 다 들리게 큰 소리로 얘기를 한 것도 처음부터 다 계획한 거였으리라. 장례 치른 지 두 달도 안 돼서 결혼식을 올리겠다고 하는 건 재희로서도 섣부른 일이라는 걸 모르지 않았을 거다. 아마도 승해를 이 집으로 데리고 들어오는 게 목적이었을 거라는 걸 서 회장은 뒤늦게 눈치챘다.

실로 오랜만에 푹 잤다. 새벽 3시가 넘도록 뒤척이다 어느 순간 잠이 들었고 눈을 떠보니 방 안은 이미 환하게 밝아진 후였다. 그리고 고개를 돌리자 재희와 눈이 마주쳤다.

"여기서 뭐 해요?"

"내가 뭘 하는 걸로 보여?"

"나 자는 거 구경했어요?"

"코 골고, 이 갈고, 침 흘리는 거 구경 좀 했어."

빤히 쳐다보는 재희의 시선이 불편해 승해는 이불을 걷고 일어났다.

"짐 싸."

뜬금없는 말에 승해는 대꾸도 하지 않았다.

"당장 입을 옷만 싸."

"오늘도 덥겠다."

방 안으로 들어오는 햇살이 벌써 뜨겁다. 사계절을 자랑하던 나라였는데 이제 여름과 겨울만 남은 것 같아 가끔은 아쉽기도 하다.

"할아버지가 데리고 들어오래."

그제야 승해가 멈칫, 재희를 돌아봤다.

"같이 살자, 우리 집에서."

"싫어요."

핼쑥해진 승해였지만 눈빛만큼은 강렬했다.

"싫은 이유는?"

"내가 서재희 씨 집에 들어갈 이유가 전혀 없으니까요."

"심하게 이기적이네."

재희도 자리에서 일어났다. 승해와 마주 보고 서서 그는 차가운 눈빛으로 응수하며 차분히 말했다.

"어머니가 안 계셔도 우리 약속은 유효해. 그래, 약속이 아니라 계약이라고 하자. 네가 한 달 넘게 방에 틀어박혀서 어떤 생각을 했고 그래서 어떤 결론을 내렸는지는 모르지만 그건 어디까지나 너 혼자만의 허황된 착각이니까 네 뜻대로 이루어질 거라는 모자란 생각은 하지 마."

딱딱하게 굳은 승해의 턱이 미세하게 떨렸다.

"그러니까 조용히 짐이나 싸."

또 못되게 굴고 말았다. 잘해주고 싶고, 아껴주고 싶은데 번번이 어긋나버린다.

"갚을게요."

방문을 열고 거실로 나가려던 재희는 승해의 말에 허탈한 웃음이 번졌다.

"언제?"

"가게랑 집 정리하면 갚을 수 있을 거예요."

"이자는?"

사악한 미소를 흘리며 재희가 승해를 돌아봤다.

"설마 이자도 안 주고 입 닦으려고?"

"설마 이자를 진짜 받으려고요?"

스윽, 재희가 승해 가까이 다가와 얼굴을 바짝 들이밀었다.

"나는 너랑 결혼을 꼭 해야겠다고 마음먹었거든? 그러니까 넌 웬만큼 머리 써서는 나한테서 도망 못 가."

"좋아하는 것도 아니잖아요."

화가 난 사람처럼 승해는 몸까지 부들부들 떨었다. 핏발이 선 그녀의 눈을 들여다보면서 재희는 어금니를 꽉 물었다. 그리고 말해버렸다, 진심을.

"좋아해."

떨리던 승해의 몸이 스르르 풀렸다. 눈을 깜박이며 승해는 재희를 쳐다봤다.

"좋아한다고. 잘하겠다고 약속도 드렸어."

"서재희 씨."

"어머니한테 한 약속 지킬 거야. 내가 천하의 싸가지 없는 개망나니로 산 건 맞는데 평생 그렇게 살지는 않아. 그러니까 한번 믿어봐."

어제까지 보여줬던 다정한 그 눈빛으로 돌아와 재희가 승해의 어깨를 부여잡았다.

"내가 너를 진짜로 좋아한다고."

"들었어요."

"들었는데 표정이 왜 그래? 내가 좋아한다고 고백했는데 적어도 눈물 한 방울 정도는 흘려야 되는 거 아니야?"

평소의 거만한 모습으로 돌아온 재희를 승해는 여전히 빤히 쳐다보고만 있었다.

"실컷 슬퍼하게 해줄 테니까 우리 집으로 들어가자."

"하나도 모르겠어요."

"모르면 하자는 대로 하기만 해."

"나는 내가 숨을 쉬고 있는 건지도 모르겠고 이렇게 하루하루를 살아가는 게 맞는 건지도 모르겠어요. 엄마가 죽은 그 순간 세상이 멈춘 느낌이에요. 내가 생각해도 내가 정상이 아니라고요. 그런데 어떻게 서재희 씨 집에 들어가서 살아요? 나만 힘들면 되는 건데 왜 서재희 씨에 서재희 씨 할머니, 할아버지까지 힘들게 하느냐고요. 그건 아니잖아요."

다다다, 승해가 숨도 쉬지 않고 속에 있던 말들을 쏟아냈다.

"우리 할머니, 할아버지가 너 신경 쓸 만큼 그렇게 한가한 분들로 보여? 그것도 네 착각이야."

"그렇지만……."

"너 때문에 내가 안되겠어서 그래. 여기서 계속 어묵이나 팔면서 지낼 수는 없잖아. 이래 봬도 호텔 후계자에 부동산 재벌 서 회장님의 하나밖에 없는 유일한 상속자야. 이렇게 죽치고 앉아 있을 시간 없다고."

"그러니까 가라고요."

"계속 말귀 못 알아듣는 척할 거야? 내가 너를 좋아한다잖아, 잘해주겠다고 약속했잖아. 그런데 매일 질질 짜고 밥도 안 챙겨 먹는 너를 여기 혼자 두고 가라고? 그게 말이야?"

재희의 진심이 마음으로 느껴진다. 이러면 안 되는데, 이렇게 흔들어대면 안 되는데.

"그러다 싫어지면요?"

어리석은 질문을 하고 말았다. 그리고 마음을 들켜버렸다, 시시하게.

"각자 갈 길 가야지."

아무것도 보장되지 않는 먼 훗날까지는 약속할 수가 없다.

"그래도 잘해주겠다는 약속은 지킬 거니까 걱정하지 마."

"그러다 내가 서재희 씨를 좋아하게 되면요?"

"뭐야, 아직 나를 좋아하지 않는다는 말이야? 그게 말이 돼?"

정말 믿을 수 없다는 듯 재희는 당혹스러워했다. 그 모습이 어이없으면서 승해는 우스웠다.

"내가 지금 누굴 좋아할 상황은 아니잖아요."

"이런 상황이 되기 전부터 나를 좋아했어야 되는 거 아니야? 어떻게 내가 먼저 너를 좋아할 수가 있어?"

믿음직하고 든든했던 남자였는데 지금 이 순간은 그냥 서재희다.

"이해는 안 되지만 그건 차차 따져보기로 하고 일단 짐부터 싸자."

"당장 들어가자는 거예요?"

"시간 끌 이유가 있어?"

"난 아직 결정 안 했어요."

"너한테 결정권이 있다고 안 했다."

어깨를 잡고 있던 손을 떼고 재희는 승해 방에서 나갔다. 한숨을 내쉬며 승해는 다시 바닥에 주저앉았다. 따라가고 싶기도 하고, 혼자 있고 싶기도 하고…… 머릿속이 뒤죽박죽 엉켜버렸다.

고민할 자격도, 시간도 없이 승해는 가방 하나를 달랑 들고 서 회장이 있는 집에 발을 들여놓았다. 아침도 먹기 전에 서 회장은 차를 보내왔고 재희는 그길로 집과 가게를 걸어 잠그고 승해를 차에 태웠다.

"안녕하셨어요."

현관 앞에서 오 여사에게 인사를 하고 승해는 고개를 들었다.

"어서 오너라."

"죄송합니다."

"2층에 방 치워뒀으니까 올라가서 쉬어. 참, 아침은 먹었고?"

"배고파요, 밥부터 주세요."

재희는 승해가 들고 있던 가방을 도우미에게 넘겨주고 그대로 주방으로 데리고 들어갔다. 재희의 손에 끌려 주방으로 들어가면서 승해는 난감한 표정으로 오 여사를 돌아봤다. 오 여사는 고개를 두어 번 끄덕여주고는 거실로 걸음을 옮겼다.

"밥 많이 주세요."

승해를 식탁에 앉히고 재희도 그 옆에 앉았다.

"저쪽에 앉아요."

재희의 재촉에 주방 안에 있던 도우미들은 상을 차리느라 분주했다.

"할머니 밥 남기는 거 무지 싫어하시니까 주는 거 다 먹어."

"알았으니까 저쪽에 가서 앉으라고요."

"움직이기 귀찮아."

하나둘씩 반찬이 놓이고 따끈하게 데운 국과 밥도 승해 앞에 정갈하게 차려졌다. 승해는 잘 먹겠다는 인사를 하고 숟가락을 들

었다. 밥을 뜨기도 전에 재희는 반찬을 집어 승해의 숟가락 위에
올려줬다.

"내가 알아서 먹을게요."

일하는 사람들 눈치를 보느라 승해는 불편해 죽을 지경이었다.
그러거나 말거나 재희는 승해를 제외한 모든 사람을 투명인간 취
급하며 오로지 승해에게만 집중했다.

"먹어, 먹고 올라가서 한숨 더 자."

"그만해요."

승해는 팔꿈치로 재희의 팔을 툭 쳤다.

"구경할 거 없는 거 같은데요?"

재희가 서늘한 목소리로 말했다. 멀뚱히 서서 승해를 바라보고
있던 주방 도우미들이 화들짝 놀랐다.

"죄송합니다."

입술을 깨물며 도우미들은 재희와 승해에게 사과했다. 민망해
서 승해는 얼른 자리에서 일어나 주방을 빠져나가는 사람들을 잡
으려고 했지만 헛수고였다.

"왜 그래요?"

"먹기나 해."

"어른들이잖아요."

"그래서?"

"버릇없었어요."

"일하는 사람들한테까지 예의 차려야 돼?"

승해는 들고 있던 숟가락을 식탁에 내려놨다.

"돈 받고 일하시는 거고, 돈 주고 도움 받는 거잖아요."

"살아났네."

피식 웃으며 재희는 승해 손에 숟가락을 쥐어줬다.

"잔소리하는 거 보니까 반갑네."

"그러지 마요, 진짜 꼴 보기 싫어요."

"먹어."

반찬을 놔주고, 체하지 않게 꼭꼭 씹어 먹으라고 말해주고, 물 마시라고 컵을 밀어주고. 이러다 서재희한테 빠지겠다. 너무 의지해서 다시는 혼자 밥도 못 먹게 되는 건 아닐까 겁이 난다.

"내가 알아서 먹을 테니까 볼일 봐요. 바쁘다면서요."

"다 먹는 거 보고."

"계속 이럴 거예요?"

여전히 목구멍으로 내려가는 밥알이 까칠까칠하다. 그래도 살 겠다고 세끼를 꼬박꼬박 챙겨 먹고 간간이 웃기도 하고, 또 이렇게 대궐 같은 집에도 못 이기는 척 들어온 자신이 많이도 웃긴다.

"뭐가?"

"너무 잘해주잖아요, 부담스러울 정도로."

"부담스러워?"

생선 가시를 발라 승해의 밥그릇에 살을 올려주고, 맵지 않게 무친 콩나물도 올려주고. 재희의 신경은 오롯이 승해에게 향해 있는 중이었다. 태어나 무언가에 이렇게까지 집중해본 건 처음이었다. 깨닫고 나니까, 인정하고 나니까 막힘이 없었다.

"그냥 하던 대로 해요."

"하던 대로 하면 잘해주는 게 아니잖아."

"어색하다고요."

"익숙해질 때까지 참아."

"계속 이러겠다고요?"

"한번 한다면 하는 놈이거든. 어때, 멋있지?"

간간이 웃게 되는 게 다 재희 때문인데 승해는 그것마저도 은주에게 미안했다.

아침을 먹고 재희는 호텔이 다녀온다며 집을 나섰고 승해는 얼마 되지 않는 옷가지들을 정리했다. 살던 집 거실보다도 넓은 방에서 그녀는 숨도 크게 못 쉬며 옷들을 옷걸이에 걸었다.

똑똑똑.

나지막한 노크 소리에 승해는 어깨까지 들썩이며 놀랐다.

"네?"

오 여사가 방문을 열고 들어왔다. 승해는 얼른 들고 있던 옷을 옷장에 넣어놓고 오 여사에게로 다가갔다.

"재희가 아주 부탁을 하고 가더구나."

"네?"

창문 앞에 있는 하얀색의 의자에 앉으며 오 여사가 옅게 미소를 지었다.

"너 불편하지 않게 봐달라고 말이다."

"죄송합니다."

예전의 당당했던 눈빛이 사라지고 기가 죽어 한층 가라앉은 승해의 눈빛이 오 여사는 마음에 걸렸다. 당장 밝아질 수는 없겠지만 다른 사람보다 아픔의 끝이 긴 건 아닌지, 재희를 더 힘들게 하는 건 아닌지 걱정이 됐다. 푸근하고 인자한 마음을 가지려고 해도 어쩔 수 없이 팔은 안으로 굽었다.

"승해야."

"네."

"많이 혼란스럽고 힘들겠지만 이겨낼 거라고 믿는다."

주름진 오 여사의 손이 승해의 손을 잡았다. 손등을 따스하게 덮은 오 여사의 손을 내려다보면서 승해는 입술을 질근 깨물었다.

"우선은 마음부터 추슬러."

"네."

"세상에 아프지 않은 이별은 없는 법이란다. 내가 무슨 말을 해도 위로가 되지는 않겠지만 시간이 지나면 아픈 게 무뎌지고 특별한 때가 아니면 잘 생각도 나지 않을 만큼 괜찮아진단다. 시간이 약이라는 말, 이 나이가 먹고 보니 틀린 말이 아니더구나."

오 여사의 얼굴에 슬픔이 스치듯 지나갔다. 재희의 부모님, 오 여사에게는 자식이었다는 걸 그동안 잊고 있었다.

"재희가 많이 달라졌더구나."

둘이 같이 지낸 두 달 가까운 시간 동안 어떤 일들이 있었는지 알 수는 없지만 대충 짐작은 할 수 있을 것 같았다. 팔려오듯 결혼을 약속했지만 승해는 늘 당당하고 꼿꼿했다. 그런 모습에 재희는 마음껏 승해를 무시하고 만만하게 봤을 게 분명하다. 그랬던 승해가 갑작스러운 엄마의 죽음으로 와르르 무너졌을 테고, 지켜줄 이는 자신밖에 없다는 걸 알았을 거다. 같은 아픔, 같은 상처를 가진 승해에게서 자신의 모습을 봤을 거고 쓰러진 승해를 다독이고 위로하며 스스로도 상처를 치유하지 않았을까, 오 여사는 조심스럽게 짐작했다. 그리고 그 마음 밑바닥에는 승해에 대한 이성적 감정이 깔려 있기 때문이라고 확신했다. 그래서 승해를 집으로 데리고 들어오겠다는 재희의 통보에 별다른 반대를 하지 않았다.

"감정표현이 서툰 녀석이지만 표현을 한다면 그건 진심일 게다."

"네."

조신하게 대답하는 승해에게 오 여사는 빙그레 웃어줬다.

"뭔가 표현을 하긴 한 모양이구나."

"네?"

"워낙에 표현 안 하는 남자들만 데리고 살았더니 내가 표정 읽는 데는 선수가 됐단다."

농담 섞인 말을 하는 오 여사가 낯설어 승해는 눈만 깜박였다.

"마음이 시키는 대로 사는 게 어쩌면 가장 행복한 일일 수도 있지."

잡고 있던 승해의 손을 톡톡 토닥여주고 오 여사는 일어섰다.

"불편하겠지만 익숙해지도록 노력해보거라."

"네."

방문 앞까지 오 여사를 배웅하고 승해는 제 방으로 들어왔다. 일단 이 방부터 익숙해져야 하는데 큰일이다. 너무 깨끗하고 너무 고급스럽고 너무 넓다.

"진짜 다른 세상에서 사는 사람이었구나, 서재희 씨는."

어느새 좁은 집과 좁은 분식집이 익숙해진 재희였다. 그걸 당연하게 받아들였던 게 승해는 문득 미안해졌다.

"내가 여기서 살 수 있을까?"

절로 한숨이 나왔다. 승해는 옷 정리 하던 걸 마저 끝내기 위해 옷장부터 열었다. 티셔츠와 바지 몇 개, 그리고 작년 가을 엄마가 사준 원피스가 전부였다. 50퍼센트 세일해서 샀다며 흥분해서는 들고 왔던 하늘하늘한 아이보리 컬러의 쉬폰 원피스. 마르지도 않은 머리로 원피스를 입고 엄마 앞에서 빙글빙글 돌며 패션쇼를 했던 게 바로 어제 일처럼 생생하게 기억난다. 며칠 전 옷장 속에 고이 모셔뒀던 원피스를 꺼내 보며 재희와 데이트할 때 입으라고 눈을 빛내며 말하던 엄마였는데…….

"엄마…….'

투두둑, 눈물이 뺨을 타고 흘렀다. 승해는 얼른 손등으로 눈물을 훔쳤다. 다른 사람까지 우울하게 만드는 일은 하지 않겠다고 다짐하며 이 집에 발을 들였다. 첫날부터 우는 모습은 보이고 싶지 않았다.

"바보 엄마."

입술을 깨물며 승해는 읊조렸다.

"내가 효도할 건데 더 살다 갔어야지. 이렇게 먼저 가는 건 반칙이야. 나 엄마한테 진짜 화났어."

옷을 옷걸이에 걸면서 승해는 그렇게 혼잣말을 했다. 코끝이 빨개지고 목소리는 파르르 떨렸지만 눈물은 흘리지 않았다.

띠리리링.

볼륨을 줄여놓은 휴대폰에서 익숙한 벨소리가 흘러나왔다. 승해는 크게 심호흡을 하고 휴대폰을 집어 들었다. 재희였다.

-뭐 해?

"옷 정리해요."

-대충 하고 나와.

"왜요?"

-밖에서 점심 먹자.

"괜찮아요, 일 보고 들어와요."

-나 보고 싶지 않아?

쿵, 예고도 없이 심장이 발아래로 떨어졌다.

"안 바빠요?"

놀란 마음을 감추려고 얼른 말을 돌렸지만 승해의 심장은 여전히 요동치듯 뛰어댔다. 잊고 있었던 설렘이, 다시금 고개를 드는 순간이었다.

-대충 끝났어.

"그럼 집으로 들어와요, 할머니 혼자 식사하시잖아요."

이 크고 넓은 집에 일하는 사람들 제외하면 오 여사는 온종일 혼자였다. 평생을 그렇게 살아왔을 오 여사가 아까부터 내심 안쓰러웠다.

-번잡한 거 싫어하셔, 걱정 말고 나와.

"첫날부터 그러기 싫어요."

없던 일로 하자고, 안 들어가겠다고 버텼는데 막상 대문을 열고 들어서자 마음이 또 달라졌다. 대체 마음이라는 건 정체가 뭘까. 왜 이렇게 여러 개의 감정을 지니고 있는 걸까.

"들어와요."

-왜, 밥해놓고 기다릴게요, 하지?

"그럴까요?"

후홋, 낮게 웃으며 승해는 오랜만에 얼굴에 드리워졌던 그늘을 거둬냈다. 하루에 한 번씩 웃다 보면, 그렇게 이틀이 지나고 한 달이 지나고 하면 오 여사의 말처럼 약이 발라져 가슴에 뚫린 커다란 상처를 메워지고 아물겠지. 그러면 특별한 날에만 눈물을 흘리며 그리워하겠지. 그렇게 살아가는 거겠지.

─내려와.

"응?"

─지금 대문 열고 들어가는 중이니까 1층으로 내려와 있으라고. 서방님 퇴근하는데 버선발로 맞아줘야지.

거리낌 없이 서방님이라고 말하는 재희의 능글거림에 승해는 한 번 더 가벼운 웃음을 터트렸다.

승해가 고집을 부려 집에서 점심을 먹는 거라는 재희의 말에 오 여사는 흐뭇하게 웃었다. 사람 하나가 늘었다고 집안 분위기가 확 달라졌음이 느껴졌다. 늘 삭막하고 썰렁했던 이 집에 다시금 생기가 돌고 따뜻함이 스며들기를 바랐다. 정말 늙었는지 그런 바람이 생겨버렸다, 단 하루 만에.

"차는 같이 안 마셔줘도 되니까 편하게 올라가서 쉬어라."

"안 그래도 그럴 생각이었어요."

재희가 날름 승해의 손을 잡아 일으켜 세웠다. 당황한 승해는 재희의 손을 뿌리치며 오 여사 눈치를 봤다.

"넘치지만 않으면 된다."

"뭐가요?"

"네 녀석의 애정행각 말이다."

돋보기안경을 서랍에서 꺼내 쓰며 오 여사는 재희를 잠깐 쏘아봤다. 하지만 이내 오 여사의 얼굴에 잔잔한 미소가 번졌다.

"노력해볼게요. 그럼 저희는 올라갑니다."

재희가 다시 승해의 손을 잡았다. 그러고는 놓치지 않겠다는 듯 다른 손으로는 승해의 허리를 부여잡았다. 놓으라고 눈짓을 줬지만 재희는 못 본 척 승해를 끌고 2층으로 올라갔다.

"진짜 이럴 거예요?"

2층 방으로 들어오자 승해는 숙이고 있던 고개를 한껏 치켜들었다.

"이제야 윤승해 같네."

"할머니 앞에서 그러지 말라고요."

"너야말로 그러지 마."

"내가 뭘요?"

"죄지은 사람처럼 고개 숙이고 눈치 보고 그러지 말라고."

밥을 먹을 때도 승해는 제 앞에 놓인 것들만 집어 먹었다. 오 여사를 똑바로 쳐다보지도 못하고 시선을 아래로 내리깔고 있었다.

"아직은 어려워요."

"어려운 거지 죄지은 건 아니잖아. 그러니까 고개 들고 눈 똑바로 뜨고 있으라고."

말은 차갑게 내뱉지만 눈빛은 따뜻하다. 이 남자가 언제부터 이렇게 자상하고 다정했나 싶어 새삼 놀랍다.

"나한테 너무 신경 쓰지 마요. 자꾸 그러면 나 서재희 씨한테 의지할 거 같아요."

"귀찮을 정도만 아니면 돼."

"그걸 어떻게 조절해요, 하면 그냥 하는 거지."

제법 말도 잘하고 때때로 흐릿하지만 웃기도 한다. 혼자 있는 시간이면 더구나 밤이 되면 슬픔은 다시 차오르겠지만 함께하는 시간만큼은 나아지고 있는 것 같아 안심이 된다.

"다시 나가봐야 되는 거 아니에요?"

"끝냈다니까."

재희가 승해 침대에 벌러덩 드러누웠다.

"하여간 눕는 거 엄청 좋아한다니까."

거실에 누워 있던 재희의 모습이 스치듯 지나갔다. 그리고 그 앞에서 TV를 보던 자신과 그런 둘을 흐뭇하게 바라보며 사과를 깎던 엄마의 모습. 기억하는 모든 것에 엄마는 아직도 살아 움직인다.

탁탁탁.

재희가 제 옆자리를 손으로 치며 누우라는 시늉을 했다. 승해는 거부하지 않고 가만히 그 옆에 앉았다. 그러자 재희가 승해의 손을 끌어당겨 눕게 했다.

"생각나면 생각하고 슬프면 울어. 나는 그걸 제대로 못해서 너무 길게 힘들었거든."

"지금은 어때요?"

조심스럽게 상처를 끄집어내는 재희 곁에서 승해도 조심스럽게 물었다.

"특별한 때가 아니면 별로 생각 안 나."

오 여사와 같은 말을 하는 재희다. 이들이 말하는 특별한 때란 대체 언제인 걸까. 언제인지는 알 수 없지만 두 사람의 그 특별한 때가 같지 않을까 싶다.

"산 사람은 어떻게든 산다고 하잖아."

재희가 아프게 웃어 보였다. 그런 재희가 안쓰러워 승해는 그의 얼굴을 가만히 손으로 어루만졌다. 시선이 교차하고 공기가 뜨거워졌다.

"어머니도 눈감아주실 거야."

"뭐를……."

재희의 입술이 승해의 입술을 덮었다. 뜨거웠지만 부드러운 입맞춤이었다. 승해가 달아나지 않도록, 승해가 놀라지 않도록 재희는 천천히 입을 맞췄다.

"아프지 마라."

그 말에 승해는 참았던 울음을 터트렸다. 눈물이 묻은 승해의 뺨에, 그리고 입술에 재희는 위로하듯 감미롭게 키스했다. 그리고 마지막으로 승해를 품에 꼭 끌어안으며 햇살이 내려앉은 정수리에 입을 맞췄다.

업무를 보느라 오전 내내 바빴던 재희는 친구에게 걸려온 전화를 받으며 커피 한 잔을 마셨다.

―철이라도 든 거야?

모임이나 술자리에 코빼기도 보이지 않는 재희를 두고 친구들은 철이 들었다, 사고를 크게 쳤다더라, 이런저런 얘기들을 만들어내고 있었다. 10년 넘게 노는 것 외에는 딱히 한 게 없었던 친구들이니 갑자기 무리에서 빠지는 재희가 이상하긴 했을 거다.

"그렇다고 쳐."

―진짜 무슨 일인데?

"노는 게 지겨워졌어."

쓸데없는 것들로 웃고 떠들며 술이나 퍼마시던 게 이제는 아무런 위로가 되지 않았다. 잊고 싶은 기억들이 너무 많아서, 도망칠 곳이 없어서 술에 의지해 망나니처럼 살았지만 승해에게 말했던 것처럼 특별한 순간이 아니면 더는 아프지 않았다. 술을 마시지 않아도 숨이 쉬어졌고 흥청망청 돈을 쓰지 않아도 외롭지 않아졌다.

―철든 게 아니라 미쳤구나?

"그래, 미쳤다, 미쳤어."

빠지는 건 순간이었다. 발을 빼기엔 늦었다. 그리고 무엇보다 빠진 발을 빼내고 싶지가 않다.

"바쁘니까 그만 끊어라."

―야, 내일 정유 생일인데 설마 내일도 안 나오는 건 아니지?

남다른 감정으로 10여 년을 함께한 친구, 이정유. 타인의 눈에는 연인으로 보일 정도로 가까웠고 때로는 은밀했었다. 하지만 진짜 연인이었던 적은 단 한 번도 없었다. 더구나 정유가 프랑스로 여행을 떠난 지난 2년간은 전화통화도 해본 적이 없었다.

"들어왔다는 소식은 들었어."

친구로부터 이정유가 돌아왔다는 소식을 들었지만 아무렇지 않았다.

―나올 거지?

"아니, 약속 있어."

—정유가 서운해할 텐데?

"그러든지."

—설마 연락 없었다고 서운해서 그런 거야?

"미친놈. 끊는다."

전화를 끊고 재희는 곧바로 승해에게 전화를 걸었다. 한참이나 신호음이 이어지고서야 승해가 목소리를 들려줬다.

"뭐 하는데 늦게 받아?"

—아래층에 있었어요.

"거기서 뭐 했는데?"

—그냥 할머니랑 차 마셨어요.

시계를 보니 점심을 먹고 차를 마실 시간이긴 했다.

"지루했겠네."

가게 일도 돕고 하루 24시간을 쪼개고 쪼개며 아르바이트를 하던 승해가 매일 집에서 오 여사와 대화를 나누고 차를 마시고 어쩌다 정원에 나가 잔디 위를 걷거나 하는 게 하루 일과의 전부이니 얼마나 지루하고 심심할까.

"나올래?"

—지금이요?

"저녁에 나와. 밥이나 먹고 들어가자."

계기가 있어서 철이 든 건 아니었다. 승해에게 빠져든 것처럼 그냥 자연스럽게 생각이 달라졌다. 잘 보이고 싶은 마음이 컸고 승해에게 믿음직한 남자이고 싶은 마음이 생겼다. 집에서 빈둥거리는 것보다는 열심히 회사 일 하는 모습을 보이고 싶어 조금씩 호텔에 나와 있는 시간을 늘이다 보니 저절로 업무에 충실하게 됐다.

-그럼 할머니 혼자…….

"윤승해."

-네?

"효부 심청이냐? 적당히 해. 너무 착한 척하는 거 매력 없어."

-말을 해도 꼭…….

"차 보낼 테니까 준비하고 있다가 나와."

-내가 알아서 갈게요.

툴툴거리며 말해도 안 나오겠다는 말은 하지 않는 승해였다. 재희는 전화를 끊고 나서야 씨익 웃었다.

오 여사에게 허락을 맡고 승해는 재희와의 약속 시간보다 몇 시간 일찍 집에서 나왔다. 뜨거운 햇살을 피해가며 버스를 타고 도착한 곳은 〈승해 분식〉 앞이었다. 자물쇠로 걸어 잠근 분식집 앞에서 승해는 몇 번이나 숨을 몰아쉬었다. 고작 며칠 만인데도 몇 달은 비워둔 것처럼 외관이 초라하고 썰렁했다.

"엄마……."

울컥, 목구멍이 뜨거워진다.

"보고 싶다."

애써 미소를 지으며 승해는 씩씩한 척했다. 가게 문을 열고 들어가면 앞치마를 두르고 떡볶이를 휘젓고 있을 것만 같고, 현관문을 열고 들어가면 보글보글 끓는 된장찌개를 맛 좀 보라며 한 숟가락 떠서 입에 넣어줄 것만 같다. 아직도 이렇게 생생한데 어떻게 인정할 수 있을까. 대체 얼마나 시간이 지나면 무던해질 수 있는 걸까.

"하아."

승해는 가게 앞에서 닫힌 문을 바라보며 거의 20여 분을 서 있었다. 입술을 깨물고, 이를 악물고, 그러다 주먹을 둥글게 말아 쥐던 그녀가 이내 한 발을 내디뎠다. 길게 숨을 내쉬고 승해는 가게 문을 열었다.

드르륵.

소리를 내며 가게 문이 열리고 설마 하며 바랐던 엄마는 모습을 보여주지 않았다.

"진짜 미치겠다."

고개를 발아래로 푹 떨어뜨리고 승해는 잠깐 숨을 골랐다. 감정이 격해진 당장이라도 악을 쓰며 울 것 같았다. 아직 혼자는 무리인가 보다. 그래도 사람이 옆에 있으면 우는 모습을 보이고 싶지 않아서 이를 악물고 참게 되는데 아무도 없는 곳에서는 감정 조절이 쉽지가 않다.

"다음에 다시 올게요."

들어간 그대로 승해는 다시 뒷걸음질을 쳐서 밖으로 나왔다. 겨우 가게 문 앞에까지 간 게 다였다. 냉장고 문 한번 열어보지 못했고 집 안으로 들어가 보지도 못했다. 도저히 용기가 나지 않았다.

띠리리링.

한창 동네를 걸어 내려오는데 전화가 왔다.

"여보세요."

–어디야?

한껏 격앙된 재희의 목소리에 승해는 걸음을 멈췄다.

"무슨 일 있어요?"

-무슨 일 있어?

똑같은 묻는 두 사람이었다.

"아무 일도 없어요. 왜요?"

-한참 전에 나갔다면서 어디를 돌아다니고 있는 건데?

제법 성질이 난 듯한 재희의 목소리에 승해는 이상하게도 가슴이 저려왔다.

"엄마 보러 왔는데 용기나 안 나서 들어가지도 못했어요."

입술을 늘어뜨려 웃는데 눈가는 촉촉하게 젖어든다.

-가게 갔어?

"네."

-같이 가지 뭐하려고 거길 혼자 가?

"나 없어진 줄 알고 놀랐어요?"

-전화 안 받으면 바로 경찰에 신고하려고 했어.

정말 놀랐나 보다. 휴대폰 너머로 재희가 크게 숨을 내쉬는 소리가 다 들릴 정도였다.

"서재희 씨."

-왜.

"미안한데 나 조금만 봐줘요."

-무슨 뜻이야?

"얼마가 될지는 모르지만 그때까지만 나 봐줘요."

-괜히 긴장하게 만들지 말고 알아듣기 쉽게 말해.

후, 깊게 숨을 몰아쉬고 승해는 입을 열었다.

"서재희 씨 옆에 있을래요."

아무 말도, 작은 숨소리도 들리지 않았다. 몇 초가 흐른 후에야 재희는 말했다.

—지금 가, 꼼짝 말고 있어.

전화가 끊겼다. 승해는 차를 피해 건물 가까이 몸을 붙이고 섰다. 그러고는 재희가 올 때까지 꼼짝하지 않았다.

10

아무리 철이 들었다고 해도 주 5일이나 출근하는 건 재희에겐 아직 무리였다. 그래도 3일은 정시에 출근해 정시에 퇴근해서 회장을 놀라게 하기는 했다.

"일어나서 아침 먹어요."

승해와 오랜만에 데이트다운 데이트를 즐기고 늦은 시간 영화까지 보고 들어온 재희는 아침 9시가 넘도록 일어나지 못하고 있었다. 오 여사의 걱정에 승해는 얼른 2층으로 올라와 재희를 깨웠다.

"오늘 출근 안 해."

"출근이 아니라 아침 먹으라고요."

침대에서 조금 멀찍이 서서 승해는 재희를 내려다봤다.

"뭐라고?"

"아침 먹으라고요."

"무슨 말인지 하나도 안 들려."

베개에 얼굴을 묻고 엎드린 채로 재희는 일어날 생각을 하지 않았다.

"들리는 거 알아요. 일어나요, 할머니 기다리세요."

"아, 안 들린다."

재희가 반대로 돌아누웠다. 하는 수 없이 승해는 좀 더 가까이 다가가 재희에게 말했다.

"일어나요."

순간 재희가 손을 뻗어 승해의 손을 잡아당겼다. 휘청하며 승해는 재희 옆에 쓰러졌다. 몸을 일으킬 새도 없이 재희는 승해를 향해 돌아눕고 그녀의 목에 팔베개까지 해 반듯하게 눕게 했다.

"아침부터 이게 무슨 변태적 행동이에요?"

한달음에 달려와줘서, 길을 걷는 내내 손을 잡아줘서, 맛있는 음식을 하나라도 더 먹이려고 일일이 숟가락에 올려주고 입에 넣어줘서, 영화를 볼 때도 잡은 손을 놓지 않아줘서, 집에 들어올 때도 한발 물러서서는 현관 비밀번호를 눌러 당당하게 문을 열게 해줘서, 악몽 같은 건 꾸지 말고 무조건 잘 자라고 다정한 눈으로 말해줘서, 닫힌 방문 앞에서 무서우면 소리 지르라고 그러면 바로 달려올 거라고 말해줘서…… 그래서 마음이 열려버렸다.

"그러는 너는 아침부터 누가 유혹하라고 했어?"

"내가 언제요?"

"남자 혼자 자는 방에 겁 없이 들어온 것 자체가 유혹이야. 몰랐어?"

"억지 부리지 말고 얼른 일어나기나 해요."

"곱게 나가려고?"

"곱게 안 나가면요?"

"내가 지금 홀딱 벗고 있거든?"

재희의 눈빛이 음흉하게 꿈틀거렸다.

"그, 그래서요?"

"남자는 말이야, 아침에 특히 힘들거든."

"뭐가 힘들어요?"

승해의 커다란 눈이 경계심으로 작아졌다.

"뭐가 힘들까?"

점점 노골적인 미소를 지으며 재희가 한쪽 입술 끝을 올려 사악하게 웃었다. 그러고는 스윽, 승해에게로 얼굴을 바짝 갖다 댔다. 달리 도망갈 수가 없어 승해는 있는 대로 머리를 뒤로 뺐다. 하지만 그것도 머리를 감싸고 있는 재희의 손 때문에 여의치가 않았다.

"궁금해 죽겠다는 얼굴인데?"

아닌 척하고 있지만 재희의 가슴과 맞닿아 있는 승해의 가슴에서 커다란 울림이 고스란히 전해졌다.

"그럼 보여주든지요."

제법 당돌하게 승해가 재희를 부추겼다. 하지만 속으로는 진짜 보여주면 어쩌나 있는 대로 긴장을 하고 있었다.

"그렇게 원한다면."

재희는 벌떡 일어나 덮고 있던 이불을 순식간에 걷어버렸다. 눈을 깜박할 틈도 없이 일어난 일에 승해는 소리까지 지르며 두 눈을 질끈 감았다.

"아악!"

크크크, 재희의 웃음소리가 들려왔다. 승해는 아차 싶어 얼른 눈을 가리고 있던 두 손을 내렸다. 그래도 차마 눈을 뜨지는 못했다.

"엎드려서 잤더니 목 아파 죽겠네."

재희는 능청스럽게 목을 주무르며 침대에서 내려왔다. 그때까지도 재희 침대에 누워 있던 승해는 천천히 눈을 떴다. 상체는 벗고 있었지만 하체는 반바지를 입고 있는 재희의 뒷모습이 서서히 승해의 눈에 들어왔다.

당했다.

"남의 침대에 너무 오래 누워 있는 거 아니야?"

씩씩거리면서 승해가 침대에서 일어났다. 벗어뒀던 티셔츠를 입고 재희가 승해에게도 다가왔다.

"굿모닝, 예비 마누라."

얄밉게 눈웃음까지 치며 재희가 승해 볼에 입을 맞췄다.

"못됐어!"

"알아, 매력 있는 거."

능글맞은 서재희를 이기려면 아직도 먼 승해였다.

점심 약속에 저녁 약속까지 있다며 오 여사는 재희와 승해가 아침을 먹자마자 외출을 했다. 보통 하루에 2개씩, 그것도 저녁에는 약속을 잡지 않는 분인데 이상하다며 재희는 고개를 갸웃거렸다.

"우리도 나가자."

"어디를요?"

"어디든."

망설이는 승해의 등을 밀어 준비를 시키고 재희도 나갈 준비를 서둘렀다. 오전인데도 차 안은 뜨거운 햇살이 가득해 열기가 상당했다.

"아침부터 덥다."

재희는 에어컨부터 켰다.

"어디 갈 건데요?"

"정해."

시동을 켜고 재희는 승해가 목적지를 정하도록 기다려줬다. 딱히 생각나는 곳이 없는지 승해는 한참이나 결정하지 못했다.

"얼마나 안 돌아다녔으면 생각나는 게 그렇게 없냐?"

"원래 노는 것도 놀아본 놈이나 노는 거예요."

"놈?"

승해는 시선을 회피하며 안전벨트를 맸다. 승해의 머리를 아프지 않게 콕, 쥐어박고 재희를 차를 출발시켰다.

띠리리링.

동네를 빠져나가기도 전에 재희의 휴대폰이 울렸다.

"안 받아요?"

"됐어."

"누군지도 모르잖아요, 잠깐 세우고 받아요."

승해의 채근에 재희는 한쪽에 차를 세우고 주머니에서 휴대폰을 꺼냈다. 웬만큼 대단한 사고가 아니고는 호텔에서 전화가 올리는 없었다. 그렇다면 친구 녀석들 중 한 놈이 분명했다.

"누군데요?"

"모르는 번호."

저장되지 않은 번호에 재희는 받을지 말지를 고민했다.

"받아봐요."

재희가 아니고는 전화 통화할 사람이 별로 없어서인지 승해는 일단 전화가 걸려오면 거의 다 받는 편이었다.

"여보세요."

—아침 먹었어?

콩콩 튀는 매력적인 여자 목소리가 승해에게까지 들렸다.

"누구야?"

—진짜 모르는 거야, 화나서 못 알아듣는 척하는 거야?

차 안이 너무 조용해서일까, 아니면 여자 목소리가 너무 커서 일까, 굳이 신경을 곤두세우지 않아도 여자의 숨소리까지 다 들릴 정도였다.

"장난하지 말고 누군지…… 이정유?"

재희의 입에서 여자 이름이 튀어나왔다.

—정말 내 목소리를 잊은 거였어?

"무슨 일이야?"

—아침 먹자고.

"너랑 내가 아침을 같이 먹을 사이는 아니지 않나?"

흔들리던 때가 있었다. 오랜 시간을 함께한 탓에 우정과 사랑 사이에서 헷갈린 적도 있었다. 그리고 이정유의 애매모호한 태도 에 그 혼란은 더 컸었다. 하지만 정유가 연락 한 번 하지 않던 2

년의 시간 동안 재희는 말끔히 마음과 생각을 정리했다. 사실 정리를 하기까지 반년도 걸리지 않았기에 그간 헷갈렸던 감정들이 사랑이 아니라 우정이었다는 결론을 사뭇 간단하게 내렸다.

-단단히 화났구나? 정식으로 사과할 테니까 만나주라.

"바빠."

-나 너 많이 보고 싶었어.

보고 싶었다는 말에 재희보다 승해가 더 당황했다. 차라리 잠깐 자리를 비켜주는 게 맞는 건가 싶을 정도로 승해는 재희와 좁은 차 안에 같이 있는 게 불편할 지경이었다.

"헛소리하지 말고 끊어."

재희는 냉정하게 먼저 전화를 끊었다. 그러고는 휴대폰을 뒷자리로 휙 집어 던지고 다시 핸들을 잡았다.

"신경 쓰지 마."

동네를 빠져나와 큰 도로에 접어들고서야 재희는 그렇게 말했다.

"안 써요."

"진짜 안 써?"

"쓰지 말라면서요."

"어, 쓰지 마. 근데 신경이 쓰이기는 하지?"

"별로."

괜히 기분이 좋지 않다. 웃어주기 싫고 고분고분하게 대해주기 싫어진다. 겨우 여자랑 전화 통화 한 번 했다고 이런 기분이 들면 어쩌라는 걸까.

"사람 많은 데 갈까, 사람 없는 데 갈까?"

"아무 데나 가요."

이미 외출에 대한 기대감은 사라진 후였다. 감정 변화가 많이 둔한 편이라고 생각했는데 최근 들어서는 변덕이 심하다는 생각이 들 정도로 기복이 있었다. 물론 그 모든 중심엔 서재희가 있었다.

"신경 안 쓰는 거 맞아?"

"왜요?"

"통화한 후부터 상당히 기분이 안 좋아 보여서."

승해의 질투가 눈에 보여 재희는 기분이 나쁘지 않았다. 가슴에서 몽글몽글 구름이 만들어지는 것처럼 피식피식 웃음이 새어 나오려고 했다.

"사람 없는 데로 가자."

콧노래를 흥얼거리며 재희는 운전에 열중했다. 그런 재희 옆에서 승해는 차분해지려고 무던히도 애를 썼다.

재희가 승해를 데리고 온 사람 없는 데는 번화가에, 하지만 후미진 골목 끝자락에 자리한 만화방이었다.

"여기를 어떻게 알았어요?"

차도 들어오지 못하는 좁다란 골목 끝에 바람이라도 세게 불면 떨어질 것 같은 낡은 간판이 걸려 있었다. 이런 곳에 만화방이 있다는 것도, 이런 곳을 알고 있다는 것도 승해는 마냥 신기했다.

"들어가자."

계단을 내려가자 생각보다 훨씬 넓은 만화방이 나타났다. 절로 감탄의 소리가 터져나오는 그런 곳이었다.

"꼭 다른 세상에 와 있는 것 같다."

"만화 좋아해?"

"당연하죠."

남들 다 순정만화에 빠져 있을 때 승해는 이미 순정만화를 졸업하고 무협지를 읽고 있었다. 그림만 잘 그린다면 만화가가 되고 싶다는 생각을 하기도 했었다. 하지만 사는 게 고달파지면서 만화를 완전히 잊고 있었다.

"눈이 아주 반짝반짝 빛나네."

승해는 재희보다 먼저 안으로 들어가 책을 고르기 시작했다.

"오랜만에 왔네?"

만화책에서 금방 튀어나온 것같이 생긴 수염 덥수룩한 아저씨가 재희를 알아보고 먼저 인사를 건넸다.

"여전하시네요."

"왜, 굶어 죽었을 줄 알았어?"

"제가 여기에 적립해둔 돈이 얼만데 굶어 죽어요?"

아무도 만나고 싶지 않은 극도로 우울한 날이면 재희는 혼자 이곳을 찾곤 했었다. 일부러 웃지 않아도 되고, 속 쓰리고 아픈 말을 하지 않아도 되는 곳이었다. 몇 시간 만화책에 푹 빠져 있다 보면 머릿속도 맑아지고 가슴도 한결 후련해졌다.

"애인이야?"

주인아저씨가 턱 끝으로 승해를 가리켰다.

"네."

"웬일이야, 여자를 다 데리고 오고?"

"그냥 여자가 아니라서요."

날이 선 눈으로 처음 이곳을 왔을 때와 너무나 달라진 모습이었다. 라면을 서비스로 주면서도 잔뜩 눈치를 보게 만들던 녀석이었는데 눈빛이 깊어지고 입매가 부드러워졌다.

"예쁘죠?"

"글쎄……."

"안경 바꾸실 때 됐나 보네요."

퉁명스럽게 말하고 재희는 승해가 있는 곳으로 걸어갔다. 이미 승해는 만화책을 품에 한가득 끌어안고 있었다.

"그거 다 보려고?"

"나 빨리 읽어요."

"나하고 맞는 게 하나는 있네."

"그러게요, 서재희 씨가 만화를 좋아할 줄은 진짜 상상도 못했어요."

그건 재희도 마찬가지였다. 애어른 같기만 하던 승해였는데 만화책을 보며 눈을 빛내다니, 어색할 정도로 안 어울린다.

"여긴 어떻게 알았어요?"

"그냥 길 잘못 들어섰을 때 발견했어."

"원래 만화 좋아했어요?"

"아니, 여기가 좋아져서 만화도 좋아졌어."

뭔가 순서가 바뀐 듯한 대답이었지만 만화에 정신이 팔린 승해는 이유를 따져 물을 생각도 하지 않았다.

"난 다 골랐어요."

싱긋 웃으며 승해가 들고 있는 만화책을 자랑스럽게 보여줬다. 재희는 승해가 들고 있는 만화책을 뺏어 들고 가장 구석에 있는 소파로 가 앉았다.

"안 골라요?"

"같이 보지, 뭐."

"나 빨리 읽는데…… 그럼 서재희 씨가 먼저 읽어요."

"됐어, 너 먼저 읽어."

"그래도 되겠어요?"

"어."

승해는 가장 아래쪽에 있는 책을 집어 들고 읽기 시작했다. 그녀는 책을 집자마자 무서운 집중력을 보였다. 재희는 그런 승해를 물끄러미 바라봤다. 흘러내린 머리카락도 의식하지 못하고 만화책에 빠져든 승해를 보면서 재희는 몇 번이나 픽, 웃었다. 그러고는 승해의 머리카락을 귀 뒤로 넘겨줬다.

"그러다 책 속으로 들어가겠다."

대꾸도 하지 않고 승해는 책을 읽었다. 이렇게 좋아하는데 그동안 얼마나 읽고 싶었을까 생각하니 마음이 짠했다.

"벌써 다 읽었어?"

10분도 되지 않아 승해는 만화책 한 권을 다 읽고 다음 권을 집어 들었다.

"안 읽어요?"

"어."

"뭐라도 봐요."

"난 더 재미있는 거 찾았으니까 걱정 말고 너나 실컷 읽어."

"다른 재미있는 거 뭐요?"

"너."

재희의 입술이 스윽, 위로 올라갔다. 매력적인 미소에 승해는 가슴이 쿵쿵 뛰었다.

"근데 여기 손님이 왜 이렇게 없어요?"

정말 그가 말한 대로 사람이 없는 곳이었다. 오로지 책과 서재희만 있는 것 같은 그런 공간이었다.

"모르지."

"아저씨 속상하겠다."

"강남에 빌딩 갖고 있는 알부자래. 이건 그냥 취미생활로 하는 거고."

재희가 승해에게 얼굴을 바짝 들이밀고 속삭였다.

"정말이요?"

"어."

"그래서 저렇게 여유롭구나?"

"있는 자의 여유지."

"부럽다."

"있는 자의 여유가?"

"아니요, 이렇게 많은 만화책을 갖고 있는 게요."

만화가 될 수 없다면 만화방 사장이라도 되고 싶었다. 그래서 한때는 돈 많은 남자랑 결혼해서 만화방이나 차려야겠다는 허무맹랑한 꿈을 꾸기도 했었다.

"차려줄까?"

재희가 다리를 꼬며 건방진 표정을 지었다.

"깜박했네요."

"뭘?"

"여유를 넘어 자만이 가득한 있는 자가 바로 내 옆에 있다는 걸요."

승해는 고개를 절레절레 흔들며 다시 만화책에 시선을 고정했다. 그렇게 두 사람은 3시간이 넘도록 만화방에서 나오지 않았다.

기어이 한 보따리의 만화책을 사고서야 재희는 만화방을 나왔다.

"이제 밥 먹으러 가자."

책을 차에 실어놓고 재희는 승해의 손을 잡았다.

"너무 많이 산 것 같아요."

"하루면 다 읽을 거면서 많기는."

"워낙에 없이 살아서 돈 쓰는 게 무섭거든요, 나는."

"앞으로 펑펑 쓰면서 살게 해줄게."

장난으로 한 말이지만 승해는 진지해졌다. 재희의 말 한마디에 마음은 자꾸만 주책없이 열렸다. 정말 결혼을 할 건지, 하고 싶은 건지 묻고 싶지만 아직은 재희의 대답을 똑바로 직면할 자신이 없었다.

"냉면 먹을래요?"

"먹고 싶어?"

"더우니까."

"그래, 찾아보자."

발을 내디디면서 재희는 자연스럽게 승해의 손을 잡았다. 몸짓으로, 눈빛으로 보여주고 있었지만 승해는 좀 더 확신이 필요했다. 그런데 아직은 마음의 여유가 없었다. 사랑을 할 여유도, 마냥 설렐 여유도 당장은 없었다.

"저기 있다."

냉면집을 찾아내고 재희는 걸음을 재촉했다. 뜨거운 태양 아래서 오래 걷는 건 힘들었다.

"내가 살게요."

"됐어."

"냉면 사줄 능력은 돼요."

"들어가기나 해."

가게 안으로 승해를 먼저 들어가게 하고 재희도 따라 들어왔다. 시원한 에어컨 바람에 더위가 금세 사라졌다. 물냉면 2개를 주문하고 두 사람은 잠시 말없이 앉아만 있었다.

"점심은 내가 살게요. 계속 얻어먹기만 하는 거 불편해요."

"나랑 일해?"

"네?"

"아니면 우리 우정 쌓아가고 있는 중이야?"

재희의 표정이 좋지 않았다.

"얻어먹는다는 말, 그거 상당히 기분 나빠."

"그게 왜 기분 나빠요?"

"너랑 나, 결혼할 사이야. 우리 지금 연애하고 있는 중이라고."

여자를 만나면서 돈 쓰는 거에 대해 제재를 받아보긴 처음이었다. 어떻게 하면 조금이라도 더 뜯어낼까 궁리하던 여자들뿐이었는데 승해는 달라도 너무 달랐다.

"진짜 아니잖아요."

"뭐?"

"계약이잖아요, 기한을 두고 하는 계약 결혼."

말간 얼굴로 승해는 재희를 쿡, 찔렀다.

"그렇게 생각했어? 그런 생각으로 지금까지 나랑 지냈어?"

충격을 받은 것 같은 얼굴로 재희는 승해에게 물었다.

"생각이 아니라 사실이잖아요."

좋아한다고 고백했지만 달라진 건 사실 없었다. 서 회장과 재희가 했다는 결혼에 대한 조건이 없어진 것도 아니었고 재희도 그일에 대해서는 더 이상의 설명이 없었다. 치사하지만 덜컥 말이 나와버렸다.

"너 바보야? 내가 좋아한다고 했잖아. 그런데 뭘 더 의심하고 걱정해?"

좋아하는 거지 사랑은 아니잖아요, 라는 말이 목구멍까지 차올랐다 내려갔다.

"딴생각하지 마."

싸늘하게 식은 얼굴로 재희는 물을 들이켰다. 다른 말을 할 틈도 없이 주문한 냉면이 나왔고 승해와 재희는 한마디 말도 없이 냉면을 먹었다. 생각보다 맛없는 냉면이었다.

냉면으로 점심을 먹고 커피숍에서 커피까지 마시며 두 사람은 위태로운 데이트를 즐겼다. 그리고 저녁 시간이 다 돼서야 집으로 돌아왔다. 승해가 고집 부리지 않았다면 재희는 저녁까지 먹고 들어올 생각이었다.

"할머니도 안 계신데 굳이 집에서 저녁을 먹자는 이유가 뭐야?"

차에서 내리면서도 재희는 계속 툴툴거렸다.

"할머니가 안 계시니까 들어와서 먹어야죠. 외출하셨다 들어오셨는데 집에 아무도 없으면 얼마나 서운하시겠어요."

"별걸 다 신경 쓰네."

아까의 어색함은 떨쳐버리고 승해는 재희를 보며 헤헤, 예쁘게도 웃었다.

"얼른 들어가요."

재희가 내민 손을 잡으려고 막 손을 뻗는 그때,

"서재희!"

카랑카랑한 목소리의 여자가 재희의 이름을 불렀다. 대문 앞에서 승해는 소리가 들리는 쪽으로 고개를 돌렸다. 몸매가 훤히 드러나는 블랙의 원피스를 입은 늘씬한 미녀가 재희를 향해 걸어왔다. 얼핏 봐도 부잣집 아가씨였다.

"뭐야, 하루 종일 전화도 안 받고."

재희는 휴대폰을 차 뒷자리에 던져뒀다가 내리기 직전 챙겼었다.

"보고 싶었어, 서재희."

딱딱하게 굳은 얼굴로 서 있는 재희를 여자는 와락 끌어안았다. 마치 승해는 눈에 보이지도 않는 것처럼 시선 한 번 주지 않았다.

"뭐야, 이 무례함은?"

재희가 여자를 품에서 떼어냈다. 먼지라도 묻은 것처럼 옷을 손으로 툭툭 털며 재희는 여자를 향해 싸늘한 눈빛을 해 보였다.

"연락 못해서 미안해."

재희의 냉담한 반응에도 여자는 아랑곳하지 않았다. 오히려 더 살갑게 웃으며 다가올 뿐이었다.

"많이 기다렸어?"

"착각이 심하다, 이정유. 내가 왜 널 기다려?"

"아무튼 성질하고는. 가자, 애들 다 기다려."

정유가 재희의 팔에 팔짱을 꼈다. 승해는 그림자처럼 말없이 두 사람을 지켜보고만 있었다.

"오늘 내 생일인 건 알지? 너 빠지면 파티 안 할 거니까 그만 버티고 가."

"파티를 하든 말든 나랑은 상관없으니까 그만 가."

"정말 이럴 거야? 내가 너 데리러 여기까지 직접 왔는데 진짜 이렇게 차갑게 굴 거냐고. 정말 너무한다."

콧소리를 내며 화내는 게 사랑스러운 여자였다.

"피곤하게 굴지 말고 가라."

정유를 밀어내고 재희는 승해에게 손을 내밀었다. 그때까지 존재감 없이 서 있는 승해를 정유가 알아보고는 고개를 비스듬히 기울였다.

"누구?"

"알 거 없어."

"친척 동생?"

정유가 승해에게 물었다. 승해는 입을 다문 채로 덤덤한 표정으로 정유를 쳐다봤다. 모델처럼 키가 크고 날씬한 정유가 눈을 크게 뜨고 승해를 위아래로 훑었다. 친척 동생이냐고 묻는 여자에게 약혼자라고 차마 말이 나오지 않았다.

"먼저 들어갈게요."

승해는 재희가 내민 손을 못 본 척 무시하고 먼저 대문을 열고 안으로 들어갔다. 뒤이어 재희가 따라 들어올 거라고 생각했지만 계단을 오르고 정원을 지나 현관문 앞에 설 때까지도 발소리는 들리지 않았다.

외출했던 오 여사가 들어오고 저녁을 다 먹을 때까지도 재희는 들어오지 않았다. 어디를 간다는 말도, 언제 들어오겠다는 말도 없었다. 전화를 걸어볼까 싶었지만 방해가 될까봐, 그리고 어쩐지 오기나 나서 막상 휴대폰을 꺼내 들지도 않았다.

"같이 나갔다더니 왜 혼자 들어왔어?"

내내 조용하던 오 여사가 차를 마시며 넌지시 물었다.

"집 앞으로 친구가 찾아왔어요."

"친구 누구?"

"저는 처음 보는 사람이라 누군지는 모르겠어요."

예의 바르게 눈을 맞추며 대답하고 있었지만 승해의 표정이 그리 밝지는 않았다. 눈치 빠른 오 여사가 그 이유를 단번에 알아챘다.

"여자로구나."

"네?"

공손히 앉아 찻잔을 들던 승해가 당혹스러움을 감추지 못했다.

"정신 차린 줄 알았더니 아직 아닌가 보구나. 속상했겠다, 우리 승해."

우리 승해……. 오 여사의 따뜻함에 승해는 재희의 존재는 잊어버렸다.

"할머니."

"그래."

"감사드려요."

"뜬금없이 뭐가?"

"저 받아주셔서요."

이 집에 들어온 후로 제대로 된 인사는 처음이었다.

"어린 너한테 우리가 너무 많은 걸 짊어지게 한 건 아닐까 늘 미안했단다. 그런데 승해야."

"네."

"나는 네가 아주 예쁘단다. 그래서 우리가 너한테 바라는 걸 짐이라고 생각하지 말았으면 싶구나."

바라는 게 뭔지 구체적으로 들어본 적이 없어 승해는 오 여사의 다음 말을 묵묵히 기다렸다.

"네가 진심으로 우리 재희를 좋아했으면 한단다. 너로 인해 재희가 바뀌기를 바랐고 재희를 잡아 앉히기 위해서 회장님이 조건을 걸기는 했다만 너희 둘이 행복하게 살았으면 하는 게 회장님 본심일 게다. 마음이라는 게 바란다고 되는 게 아니기는 하지만 그래도 네가 조금은 너그럽고, 조금은 인내해서 재희 녀석이 중심 잡고 살도록 해주면 좋겠구나."

말을 끝낸 오 여사는 찻잔을 들며 씁쓸하게 웃었다.

"말을 해놓고 보니까 참 이기적인 할머니, 할아버지구나. 아니, 비겁한 건가?"

"할머니."

"우리는 한 번도 마음을 다해 재희를 위로한 적이 없단다. 제대로 안아주지도 못했고 괜찮다고 말해주지도 못했어. 그래놓고 이제 와서 모든 매듭을 네가 풀었으면 하고 떠넘기는구나."

오 여사의 애잔한 미소에 승해는 마음이 아팠다. 본심은 오 여사나 서 회장이나 같았다. 하지만 재희와 같이 아팠고, 어쩌면 재희보다 더 큰 고통과 상실감에 괴로웠을지도 모른다. 그러니 어린 재희를 위로할 여력이 오 여사나 서 회장에게도 없었던 게 당연하다. 그렇게 시간이 너무 흘러버렸고 세 사람은 상처를 숨긴 채 그저 평행선을 달려왔던 게 아닐까.

"그런데 승해야."

"네."

"믿음을 주지 못하는 남자라면 손을 놓는 게 맞아."

아무리 고슴도치 할머니라고 해도 그것까지 품어주라는 말은 못하겠는 오 여사였다.

"네."

"너는 귀한 아이고 사랑받아 마땅한 아이야."

없는 약속을 만들어 집을 나가고 똑같은 전시회를 두 번이나 보러 다닌 건 다 승해를 위해서였다. 아직은 이 집이 낯설고 아직은 나이 많은 할머니가 불편할 것 같아 조금이라도 편하게 있으라고 집을 비워줬던 거였다. 서로 조금씩 양보하고 또 배려하다보면 책장 넘기는 소리만 들리는 이 넓은 거실이 익숙해질 거고, 웃음소리 나지 않는 식탁이 어렵지만은 않아지겠지 하는 게 오 여사의 생각이었다.

"감사합니다."

"이것도 인연이고 운명이라고 생각하자."

"네."

오 여사는 찻잔을 내려놓고 일어섰다. 승해도 그녀를 따라 일어났다.

"밖에 너무 오래 있었더니 피곤하구나."

"쉬세요."

"회장님은 오늘은 늦으신다니까 올라가서 쉬어."

"네."

소파를 지나 안방으로 걸어가던 오 여사가 다시 뒤를 돌았다.

"그냥 넘어가주지 말아라."

"네?"

"한 번씩은 네가 얼마나 무서운 아이인지 보여주는 것도 나쁘지 않단다. 특히나 여자 문제에 있어서는 말이다."

단호한 어투로 그렇게 말하고 오 여사는 안방으로 들어갔다.

정유가 휴대폰을 뺏어가는 바람에 재희는 다시 차에 오를 수밖에 없었다.

"내놔."

정유의 생일 파티를 한답시고 친구들이 술집 하나를 통째로 빌려서 놀고 있었다.

"안 올 것처럼 굴더니 왔네?"

친구들의 시선이 재희에게로 쏠렸다. 재희는 대충 손을 들어 인사를 하고 다시 정유를 뚫어져라 쳐다봤다.

"진짜 너무한다."

팔짱을 낀 정유가 입을 씰룩거리며 재희를 원망스러운 눈길로 바라봤다.

"휴대폰이나 내놓으라고."

"그만 풀자, 응?"

워낙에 쉽지 않은 남자였지만 이렇게까지 길게 화를 낸 적은 없었다. 무심하다 할 정도로 쿨했던 재희였는데 이번엔 어쩐지 그렇지 않은 것 같아 정유는 미안하면서도 흥미로웠다.

"너랑 나 사이에 풀고 말고 할 게 있나?"

"없는데 이래?"

자리에 앉지도 않고 대치하듯 신경전을 벌이고 있는 두 사람을 친구들이 호기심 어린 눈으로 힐끔거렸다. 하지만 누구도 두 사람에게 다가와 술을 권하거나 하지는 않았다. 생일 파티인데 생일 주인공은 없는 것 같은, 그냥 술 마시고 노는 분위기였다.

"짜증나니까 휴대폰이나 내놔."

"짜증나?"

정유의 얼굴이 일그러졌다.

"화가 나는 게 아니라 짜증이 난다고?"

"못 본 사이에 많이 구질구질해졌구나, 이정유?"

"구질구질?"

재희가 진심이라는 걸 이제야 눈치챈 정유는 고개를 기울이며 그에게로 한발 가까이 다가섰다.

"서재희, 왜 이래?"

"뭐가?"

"아까 그 여자 때문이야?"

자신을 바라보던 여자의 눈빛이 단순히 사촌 동생의 눈빛은 아니었던 것 같다.

"설마 그 여자랑 무슨 관계라도 되는 거야?"

"내가 그걸 왜 너한테 말해야 되는 건데? 뭔가 착각을 하고 있는 것 같은데, 너랑 나는 길 가다 만나면 인사나 하면 되는 사이야."

"인사나 하면 되는 사이?"

헷갈렸던 건 정유도 마찬가지였다. 늘 곁에 있고 언제나 어울려 놀던 재희였다. 시간이 흐를수록 헷갈림은 줄어들었다. 대신 서재희는 항상 옆에 있어주겠구나 하는 확신이 커졌었다. 2년이나 연락을 하지 않았지만 불안하거나 미안하지 않았다. 어차피 서재희가 마음을 다해 만날 여자는 없을 거라고 믿어 의심치 않았기 때문이었다. 그랬던 재희였는데 그가 달라졌다. 싸늘하다 못해 냉담하다.

"나 없는 사이에 다른 여자 생겼구나?"

정유의 말에 재희가 가소롭다는 듯 비웃었다.

"뭐야, 그 웃음은?"

재희가 정유에게 바짝 얼굴을 들이밀었다.

"헷갈리게 해서 미안한데, 너는 처음부터 나한테 여자 아니었어."

"뭐?"

"근데 외국 나가서 고생 좀 했나 보다?"

씨익, 웃으며 말하는 재희의 눈빛에 정유는 왠지 모르게 소름이 끼쳤다.

"하긴 서른이 코앞이니 너도 늙긴 늙었다. 그래서 그런지 진짜 매력 없다."

"야, 서재희."

"앞으로 절대 헷갈리게 할 일 없으니까 걱정하지 마."

툭툭, 정유의 어깨를 두드려주고 재희는 그녀의 손에 들려 있던 휴대폰을 빠르게 낚아챘다.

"생일 축하한다."

재희는 그대로 정유에게서 멀어졌다.

술집 밖으로 나온 재희는 부재중 전화가 왔는지부터 확인했다. 하지만 휴대폰엔 문자 한 통 들어와 있지 않았다.

"어라?"

당연히 승해에게서 부재중 전화가 와 있을 거라고 생각했다. 해맑게 빛을 발하고 있는 휴대폰을 노려보며 재희는 한숨을 내쉬었다.

"뭐 하냐?"

그때 친구 녀석 하나가 재희에게로 걸어왔다. 이정유 생일이 뭐 그렇게 대단한 거라고 안면 있는 녀석들은 전부 모이는 듯했다. 그래도 최은석까지 온 건 의외였다.

"너도 왔냐?"

"어딜?"

"이정유 생일 파티 온 거 아니었어?"

"한국 들어왔대?"

역시 최은석이다. 중학교부터 고등학교까지 비슷한 환경에서 자라 같은 모임을 하고 있지만 은석은 엘리트 코스를 밟는 모범생이었다.

"어."

"근데 넌 왜 안 들어가고 여기 있는데?"

"내가 거길 왜 가?"

"결혼한다더니 진짠가 보네."

최근 친구들 사이에서 서재희가 정신을 차렸다는 소문이 들려오고 있었다. 워낙에 비뚤게 나가려고 작정을 한 녀석이라 은석은 그 소문을 있는 그대로 믿지 않았다.

"언제 한번 보여줘."

"아무한테나 함부로 보여주는 여자 아니다."

휴대폰에서 뭐가 튀어나오기라도 할 것처럼 뚫어져라 들여다보고 있는 재희였다.

"뭐야, 진짜 정신 차린 거야?"

"술이나 한잔할래?"

연락을 하지 않는 승해에게 재희는 오기가 발동했다.

"네가 사라."

은석이 흔쾌히 받아들였다. 두 사람은 주변을 둘러보다 제일 조용할 것 같은 술집으로 들어갔다.

밤 11시가 넘어 승해는 카디건을 하나 걸치고 조용히 정원으로 나왔다. 풀벌레 우는 소리가 제법 운치 있는 여름밤이었다. 하지만 승해의 마음은 그다지 평온하지가 않았다. 대문 앞에서 헤어진 후로 지금까지 재희는 문자 한 통 보내오지 않았고 승해도 그에게 어떤 연락도 하지 않고 있었다. 책도 꺼내 읽고 일기장을 꺼내 몇 줄 끄적이며 하루를 정리하기도 했지만 눈과 귀와 모든 신경은 밖으로 뻗어 있었다. 어쩌다 2층 계단 오르는 발소리라도 들리며 재희가 온 건가 싶어 바짝 예민해져서 문 쪽만 뚫어져라 보고 있다.

"뭐야, 진짜."

짜증 섞인 말이 승해의 입술 사이를 비집고 나왔다. 아랫입술을 깨물며 그녀는 발등을 건드리는 초록의 잔디를 괜히 툭 차버렸다.

"여기서 뭐 하나?"

갑작스러운 인기척에 승해는 놀라 어깨를 움츠렸다. 재희였다.

"그냥이요."

일렁이던 가슴이 재희를 보자마자 스르르 가라앉았다. 바지주머니에 손을 찔러 넣고 재희가 승해 옆으로 걸어와 섰다.

"제법이네?"

"뭐가요?"

승해가 재희를 향해 돌아섰다. 재희에게서 약간의 술 냄새가 났다. 자연스럽게 이정유라는 여자의 얼굴이 떠올랐다.

"어디서 배웠어, 밀당 하는 법은?"

재희의 눈썹이 삐딱하게 올라갔다.

"아니면 아예 관심이 없는 건가?"

"돌리지 말고 그냥 말해요."

"내가 다른 여자랑 나갔는데 궁금하지도 않았어?"

재희는 지금 화를 내고 있는 거였다. 그것도 질투를 가득 담아서.

"궁금했어요."

유치하지만 속내를 보여줬으니 승해도 본심을 말하기로 했다.

"근데?"

"자존심 상해서 하기 싫었어요."

승해의 거짓 없는 대답에 삐딱하게 올라갔던 재희의 눈썹이 제자리로 돌아왔다.

"어릴 때부터 놀던 친구 중에 한 명이야."

묻지도 않은 걸 재희는 술술 털어놓기 시작했다.

"연애를 한 적은 없어. 헷갈린 적은 있었는데 그게 다야. 2년 넘게 연락 한 번 안 하고 지냈고 앞으로 연락할 일 없어. 아무 사이 아니라고."

"믿음을 주지 않는 남자는 만날 필요도 없대요."

한층 진정된 마음으로 승해는 덤덤히 말했다.

"누가?"

"할머니가요."

"별소리를 다 하시네. 근데 설마 내가 믿음을 주지 않는 남자다, 뭐 그런 말은 아니지?"

"특히 여자 문제에 있어서는 호락호락 넘어가주지 말라고 하셨어요."

재희는 잠깐 안채를 향해 눈을 흘겼다.

"이정유랑 있었던 거 아니야. 휴대폰을 뺏어가는 바람에 그거 찾으러 갔다가 다른 친구 녀석이랑 한잔했어. 그것도 네 전화 기다리느라고 일부러 마신 거라고."

이번엔 승해의 눈썹이 삐딱하게 올라갔다.

"아무래도 내가 널 많이 좋아하나 보다."

재희가 승해를 가만히 끌어안았다.

"뭐 하는 거예요."

승해는 몸을 비틀며 재희를 밀어내려 했지만 별 소용이 없었다.

"나는 네가 질투해주길 바랐고 수없이 전화해주길 바랐어."

어정쩡하게 주먹을 말아 쥐고 있던 승해는 슬그머니 재희의 허리에 팔을 둘렀다.

"내가 보는 앞에서 네가 다른 놈을 따라 나갔다면 나는 눈이 뒤집혀서 너 찾으러 서울 시내를 다 돌아다녔을 거야."

휴대폰을 찾자마자 승해에게 전화를 하려고 했었다. 그런데 갑자기 궁금해졌다. 과연 승해가 어떤 목소리로 전화를 해올지. 하지만 승해는 1시간이 지나고, 3시간이 지나도 문자 한 통 보내오지 않았다. 안달이 나고 조급해지는 건 오히려 재희 자신이었다.

"그러니까 다른 놈 만나지 말라고요?"

"그렇지."

"서재희 씨는 만나고 다니면서 나는 왜 안 돼요?"

"야, 내 허리를 이렇게 세게 끌어안고 있으면서 다른 놈 만나겠다는 말이 나오냐? 너 이미 다 들켰어."

치, 코웃음을 치면서도 승해는 팔을 풀지 않았다.

"뭐 했어?"

"할머니랑 서재희 씨 욕했어요."

"욕할 게 있어?"

"없다고 생각해요?"

"너무 완벽한 게 흠이라면 흠이기는 하지."

대책 없이 자신감이 넘치고 잘난 척도 하늘을 찌른다. 그런데 그게 밉지가 않다. 처음엔 거부감이 들고 불쾌했는데 이젠 그게 서재희의 매력으로 보이니 큰일이다.

"오늘 하루도 지나가네요."

"어제보다 괜찮은 하루였지?"

재희의 품에서 승해는 고개를 끄덕였다.

"내일은 오늘보다 더 괜찮은 하루가 될 거야."

"그랬으면 좋겠어요."

질투도 하고 설레기도 하면서 남들처럼 평범한 일상을 보내고 있는 게 은주에게 미안했지만, 괜찮은 하루였다는 걸 인정하지 않을 수가 없었다. 따라 죽을 게 아니라면 하루하루를 최선을 다해 잘 살아내는 게 엄마에게 효도하는 또 다른 일이 아닐까, 승해는 마음을 다잡았다.

"나 다시 일할래요."

재희가 승해를 품에서 떼어냈다.

"왜?"

"빈둥거리는 거 체질에 안 맞아요."

"넌 왜 사서 고생을 하려고 하냐?"

"젊으니까요."

승해는 히죽 웃었다.

"생각 좀 해보자."

"내가 일을 하겠다는데 왜 서재희 씨가 생각을 해요?"

"넌 가끔 우리 관계를 잊는 것 같은데 너랑 나 결혼할 사이야, 결혼할 사이."

"안 잊었어요."

"근데 왜 멋대로 결정을 하겠다는 건데? 일을 하는 것도, 공부를 하는 다시 하는 것도 일단은 나랑 상의를 할 문제야."

"하게 해줘요."

고양이처럼 커다란 눈을 깜박이며 승해가 어울리지 않게 애교를 부렸다. 재희는 순간 들이마신 숨을 토해내지 못하고 경직된 채로 그런 승해를 빤히 쳐다봤다.

"설마 지금 그거 애교야?"

"이상해요?"

금세 시무룩해져서는 커졌던 승해의 눈이 작아졌다.

"다른 사람 앞에서는 절대 하지 마라."

"왜요?"

"졸도하게 귀여워."

"네?"

"심장 멎는 줄 알았다고. 다음부터는 예고하고 해."

픕, 승해가 웃음을 터트렸다. 때로는 아픈 말로 가슴을 난도질하고, 때로는 힘든 말을 서슴없이 해 당혹스럽게 하지만 그때마다 서재희는 언제나 솔직했다.

"들어가요."

"잠깐만 더 있다가 들어가자."

재희는 승해를 돌려세워 뒤에서 껴안았다. 승해의 목덜미에 얼굴을 묻고 그는 나직이 속삭였다.

"이젠 네 살 냄새도 좋다."

목덜미를 간질이는 달콤한 속삭임에 승해는 싱긋 입술을 늘어뜨렸다. 겨울이 지나고, 봄이 지나고, 이제 여름이다. 이제는 춥고 아픈 일은 다 지나가고 따뜻하고 좋은 일만 있으면 좋겠다. 그렇게 행복한 여름이 지나갔으면 좋겠다.

다음 날 아침, 재희는 아침 식사 자리에서 곧바로 승해가 일을 하겠다는 말을 서 회장에게 전했다.

"공부를 다시 할 생각은 없고?"

식사를 하며 좀처럼 말하는 일이 없는 서 회장이 요즘은 부쩍 말수가 늘었다.

"돈 좀 모으면 복학하려고요."

"등록금은 우리 대장님이 내주실 거니까 돈 모을 생각은 하지 마. 그렇죠, 회장님?"

재희가 깐족거리듯 서 회장에게 물었다. 서 회장은 서슬 퍼런 눈으로 재희를 힐끗 노려보다 흠흠, 헛기침을 했다. 넷이 한식탁에 둘러앉아 밥을 먹을 때면 언제나 아슬아슬했다. 그대로 신기한 건 기분 상한 얼굴로 자리에서 먼저 일어나는 사람은 단 한 명도 없다는 거였다. 서 회장도 시간만 맞으면 식구들과 식사를 하려고 했다.

"복학은 내 힘으로 할 거예요."

"돈 많은 할아버지가 있는데 왜 힘들게 돈을 모아?"

"그만해요."

승해가 식탁 밑으로 재희의 손을 슬쩍 잡았다. 그러고는 그만하라고 눈짓을 했다.

"한창 젊은데 집에만 있기 답답할 거예요."

"호텔에 나와서 일해보지 않겠니?"

"호텔이요?"

사람들을 상대하는 일을 해도 잘할 것 같았다. 단아하고 깔끔한 인상이 호의적으로 보일 것 같았고 사람을 상대하는 승해의 마음가짐이 반듯해 호텔 일에 적격이었다.

"아직 대학을 졸업한 것도 아니고 전문적으로 호텔 일에 대해 배운 것도 없어서 해봤자 소소한 일이 전부겠지만, 그래도 다른 곳에서 일하는 것보다는 낫지 않을까 싶구나."

"내 비서 할래?"

재희의 말에 서 회장이 못마땅한 기색으로 고개를 들었다. 승해는 재빨리 서 회장의 표정을 살피고 재희 말에 대꾸했다.

"내가 비서 하면 서재희 씨 엄청 피곤할걸요?"

"하긴."

몇 초 고민하는 듯하더니 재희는 금방 수긍하며 고개를 끄덕였다.

"제가 할 수 있는 일 있으면 시켜주세요, 열심히 할게요."

"그래, 찾아보도록 하자."

위태로웠던 아침 식사가 또 지나갔다. 서 회장과 함께 재희는 호텔로 출근했고 승해는 오 여사를 도와 찻잔을 정리했다.

"네가 재희 비서를 하는 것도 나쁘지 않을 것 같더구나."

우아한 손짓으로 찻잔을 닦으며 오 여사가 빙그레 웃었다.

"제가요?"

"네가 재희 옆에 있으면 회장님도 쉽게 화내시는 게 어려울 것 같던데?"

아침에 있었던 일을 떠올리며 오 여사는 기특하다는 듯 승해를 힐끔 쳐다봤다. 언젠가 재희가 승해를 두고 애어른 같다고 했던 말이 이제 이해가 됐다. 나이는 어려도 속이 깊었다.

"내가 너한테 점점 더 바랄 것 같아 걱정이구나."

평온한 가정에서 티 없이 밝게 큰 아이를 재희의 짝으로 바란 적도 있었다. 승해를 크게 반대하지는 않았어도 내심 아쉬웠던 것도 사실이다. 하지만 승해는 그런 생각을 했던 자신을 많이도 부끄럽게 하는 아이였다. 누구보다 밝았고 꼬인 것도 없었다. 있는 그대로 보고, 있는 그대로 마음에 담는 어여쁜 아이였다. 그걸 알아버린 지금은 자꾸만 승해에게 이것저것 기대하게 됐다. 지금이 얼마나 평화로운 순간인지 알면서도 더 큰 걸 바라는 걸 보면 나이가 먹어도 욕심은 줄지 않는 모양이다.

"제가 할 수 있는 게 그거밖에 없으니까요."

그리고 이제는 재희가 서 회장에게 혼나는 모습을 보고 싶지 않아졌다. 비록 싸가지 없다는 말을 들어도 재희가 어느 누구 앞에서도 당당했으면 싶었다. 그게 친할아버지인 서 회장 앞에서일지라도 고개 들고 어깨 펴고 자신감 넘치는 모습으로 있어줬으면 좋겠다.

"그게 얼마나 대단한 일인지 아직 모르는구나."

오 여사의 살가운 눈빛만으로도 승해는 그 마음을 알 것 같았다. 고맙다고, 잘했다고 오 여사는 그렇게 말하고 있었다. 여전히 문득문득 그립고, 그럴 때마다 숨이 쉬어지지 않아 가슴을 주먹으로 내리치지만 그래도 많이 좋아졌다. 엄마가 없다는 슬픔에서 서서히 빠져나오고 있다는 걸 승해 자신도 알 정도였다. 억울함도 많이 줄었고 분했던 마음도 많이 풀렸다. 재희의 가족 안에서 그렇게 치유를 받고 있었다.

띠링.

문자 소리에 승해는 휴대폰을 꺼냈다.

[보고 싶으면 참지 말고 전화해.]

시건방진 표정을 하고 있을 재희를 생각하니 절로 웃음이 났다. 휴대폰을 보며 미소를 짓고 있는 승해를 오 여사는 사랑스러운 눈길로 바라봤다.

[알았어요.]

답장을 보내놓고 승해는 다시 하얀 수건을 들어 찻잔을 닦았다.

띠링.

찻잔 하나를 다 닦기도 전에 재희에게서 문자가 또 들어왔다.

[참으면 병 된다.]

하여간 못 말리는 남자다.

[병날 정도는 아닌데요?]

승해는 아예 휴대폰을 들여다보며 재희의 답장을 기다렸다. 온종일 휴대폰을 손에 쥐고 문자를 주고받는 친구들이 이해가 안 됐는데 정작 자신이 그러고 있었다.

[나 오늘은 늦는다.]

답장이 오기는 했는데 기대했던 답은 아니었다. 실망한 듯한 표정으로 승해는 휴대폰을 주머니에 넣었다.
띠링.
그런데 몇 초 지나지 않아 또 한 통의 문자가 들어왔다. 오 여사가 옆에 있다는 것도 잊고 승해는 후다닥 휴대폰을 꺼내 문자를 확인했다.

[잘 지내요?]

모르는 번호였다. 잘못 온 건가 싶어 승해는 다시 휴대폰을 주머니에 넣으려고 했다.

[나 이현수예요.]

승해는 멍하니 휴대폰을 들여다봤다. 번호는 어떻게 알았을까, 잘 지낸다고 답장을 해야 하나, 이런저런 생각들로 그녀는 잠시 고민했다.

"그만하고 올라가서 네 할 일 해."

"네?"

"다 했으니까 올라가서 쉬어도 돼."

낯설고 어려울 텐데도 틈만 나면 심심하지 않게 옆에서 재잘재잘 떠들어주고, 집에 있는 동안은 가능하면 혼자 있게 하지 않으려고 졸졸졸 따라다니고, 저녁이 되면 재희와 서 회장이 어색한 감정을 털어내도록 두 사람 사이에 앉아 끊임없이 대화를 시도하려고 마음을 쓰고 있는 승해였다. 그런 마음을 다 아는데 어떻게 예쁘지 않을 수 있을까.

"아, 네."

다 닦은 찻잔들을 도우미가 주방으로 가지고 들어가는 걸 도와주고 승해는 제 방으로 올라왔다.

책 한 권을 펼쳐 들고 승해는 창가 앞에 앉았다. 싱그러운 초록의 잔디와 나무들을 내려다보고 있는 것만으로도 평화로운 순간이었다. 돈이 많다는 건 누릴 게 많다는 거였다. 상식적으로는 알고 있었지만 직접 경험을 해보니 왜 돈 많은 사람들이 더 많은 부를 축척하기 위해 발버둥치는 건지 알 것 같았다. 역시 백 번 듣는 것보다 한 번의 경험이 중요했다. 이렇게 계속 이 좋은 집에서 풍요롭고 여유로운 생활을 하다 이 생활에 익숙해지면 어쩌나, 그래서 이 집에서 나가기 싫어지면 어쩌나 겁이 날 정도다.

띠링.

오늘따라 휴대폰이 바쁘다.

[그냥 잘 지내는지 궁금해서요.]

어지간히도 걱정됐나 보다. 그의 본심이 무엇이든 승해는 고마웠다. 통화 버튼을 누르고 그녀는 펼쳐놓았던 책을 덮었다.

─통화 괜찮아요?

기다리고 있었던 듯 현수는 받자마자 승해부터 챙겼다.

"괜찮아요."

─연락을 해도 되나 많이 망설였어요.

"네."

─재희 집에 들어가서 지낸다고 들었어요.

재희와 현수가 친구라는 걸 잠시 잊고 있었다.

"네, 그렇게 됐어요."

─재희 녀석이 승해 씨 많이 걱정됐나 보네요.

둘 사이가 그다지 좋아 보이지는 않았는데 그래도 현수의 말투에서 악의적인 감정은 느껴지지 않았다.

─같이 밥이라도 먹자고 하고 싶은데 그러면 많이 곤란할 테니까⋯⋯.

"오늘 시간 되세요?"

─나요?

"시간 되면 같이 밥 먹어요."

놀랐는지 현수는 당장 대답을 하지 못했다.

"와주셨는데 인사도 못했잖아요."

시간이 지나고 마음이 어느 정도 진정이 되고 나니 장례식장을 찾아줬던 사람들 얼굴이 하나둘씩 생각났다. 휴대폰에 있는 친구들마다 재희가 연락을 해 은주의 죽음을 알렸고 대부분의 친구들이 장례식장을 찾아 조문했다. 며칠 전 다녀갔던 친구들에게 문자를 하거나 전화를 걸어 고마움을 전했던 승해는 오늘 현수의 문자에 그날 현수도 왔던 게 떠올랐다.

─재희가 싫어할 텐데, 괜찮겠어요?

당연히 싫어할 거다. 재희는 남자라면 나이를 불문하고 전부 경계하라고 했다. 할아버지인 서 회장과 조금만 다정하게 있어도 눈에 불을 켜며 질투를 해대는데 현수와 같이 있는 걸 본다면……. 상상만으로도 웃음이 나오려고 했다.

"나 아직 결혼 안 했어요."

승해의 말끝에 웃음이 섞여 나왔다.

─내가 그 근처로 갈게요.

시간과 장소를 정하고 승해는 외출을 하기 위해 화장대 앞에 앉았다. 매번 화장대 앞에 앉을 때마다 기분이 묘했다. 매일 자그마한 손거울을 들고 스킨이나 로션을 바르는 게 다였는데 공주님이나 쓸 것 같은 하얀 색의 예쁜 화장대가 있다는 것도 믿기지 않고 그 앞에서 화장을 하고 있는 게 다름 아닌 자신이라는 것도 실로 놀라웠다. 화장대가 편해지고, 창가에 앉아 책을 읽는 게 익숙해지고, 잔디 위를 사부작사부작 거니는 게 즐거워지고, 무섭고 어렵기만 했던 서 회장과 오 여사 앞에서 조잘조잘 수다를 떠는 게 일상이 돼가고 있었다. 이런 걸 누려도 되는 건지, 누릴 자격이 있는 건지 하루에도 몇 번씩 생각을 하며 숨을 고르게 된다.

　조금 늦은 점심시간, 승해는 현수와 동네 근처에 있는 레스토랑을 찾았다. 얇은 지갑이 걱정스럽기는 했지만 왠지 해장국이나 자장면보다는 좀 더 비싼 걸 대접하며 인사하는 게 좋을 것 같았다.

　"감사했어요."

　"당연한 일이죠."

　대학 선후배 사이이기는 하지만 딱히 친분이 없었고 우연히 만나 인사를 나누고 또 우연히 만나 영화를 본 게 고작인 사이에 한달음에 달려와 같이 슬퍼하고 마음으로 위로해줬다는 게 승해는 눈물 나게 고마웠다.

　"아직은 많이 힘들죠?"

　현수가 조심스럽게 물었다.

　"아직은요."

　일부러 생각하려고 하지 않아도 문득문득 생각나고 그러다 울컥 눈물이 나고 그런다. 새벽에도 몇 번은 깨서 답답한 가슴을 손으로 쓸어내리거나 그리움이 사무쳐 입을 틀어막고 울기도 한다. 잘 지내고 있다는 걸 보여주려고 많이 웃고 많이 떠들고 하지만 여전히 속은 시커멓게 피멍이 들어 있었다.

　"그래도 재희가 있어서 다행이에요."

　승해와 재희가 인연이 닿아 있지 않았다면, 재희보다 먼저 승해를 만났더라면 얼마나 좋을까 하고 생각하며 시샘을 했었다. 승해가 가슴 아픈 일을 겪는 걸 보면서 그런 옹졸한 마음은 접어됐다. 진심으로 안쓰러웠고 진심으로 괜찮기를 바랐다.

"네, 서재희 씨 없었으면 버티기 힘들었을 거예요."

승해의 눈빛이 달라져 있었다. 재희의 이름을 말하면서 승해는 눈을 빛냈다. 어려운 일을 겪으면서 둘은 뭔가 단단해진 듯했다. 그래서 어제 재희가 이정유를 그렇게 모질게 대했나 보다.

"사실 어제 같이 술 마셨어요."

우연히 술을 마시고 있는 재희를 보고 합석을 하게 됐었다. 물론 서재희는 달가워하지 않았고, 그걸 온몸으로 내비쳤었다. 하지만 예전에도 그랬던 것처럼 삐걱거림 없이 일상을 얘기하며 술잔을 기울였다. 재희와는 늘 그랬던 것 같다, 딱히 친하지는 않지만 적개심은 없는 사이. 약속을 하고 단둘이 만나지는 않아도 같이 있으면 그다지 어색함이 없었다. 친구들과 여럿이 모여 놀다가도 어느 순간 돌아보면 둘이 남아 술을 마시는 편이었다. 친구라는 이름하에 애매모호한 관계를 유지하고는 있지만 그 관계가 그리 짧게 끝날 것 같지는 않았다.

어쨌든 어제 만난 서재희는 시달라진 눈빛, 달라진 말투. 완전히 다른 사람으로 변해 있었다. 그 변화의 중심에 승해가 있다는 걸 현수는 모르지 않았다. 그래서 어제는 재희가 배가 아플 정도로 부럽기도 했다.

"같이 술 마셨다는 친구가 선배님이었어요?"

"친구들이랑 술 마셨다고 말해요?"

"네."

"그래도 그중에 내가 있었다는 말은 안 했나 보네요."

현수가 픽, 웃었다.

"그러게요, 왜 선배님이랑 마셨다는 말은 안 했을까요?"

지금 현수와 같이 있는 걸 알게 된다면 과연 재희가 어떤 반응을 보일지 승해는 상상만 해도 우스웠다. 그의 질투가 이제는 즐겁기까지 하다.

"내가 승해 씨한테 다른 마음 있는 걸 녀석도 알았나 보네요."

승해가 웃음기를 거두고 현수를 바라봤다.

"몰랐어요?"

현수가 웃으며 물었다.

"혹시, 하기는 했어요."

그걸 눈치 못 챌 정도로 아둔하지는 않다.

"드라마 한 편 찍을까도 싶었는데 여자주인공이 전혀 그럴 생각이 없어 보여서 포기했어요."

정략결혼이라는 걸 알고 나서 승해에게 더 관심이 갔던 게 사실이었다. 반듯하고 순수해 보이는 게 재희와는 절대 어울리지 않겠다고 단정 짓기도 했었다. 적극적으로 다가가면 넘어올 것도 같았다. 약간은 장난스러운 마음이 앞섰었다. 하지만 지금까지 만나왔던 여자들처럼 대하면 안 되겠다는 걸 지난번 영화를 볼 때 알았다. 일말의 틈도 주려고 하지 않았다. 영화에 빠져들어 집중을 하면서도 승해는 자세를 흐트러트리지도 않았고 다 보고 난 후에도 태도는 똑같았다. 재희의 이름이 나올 때만 움찔, 눈빛을 달리했다. 그리고 무엇보다 서재희가 달라졌다. 아무리 잘난 척하며 다가가 봤자 보기 좋게 물먹겠구나 하는 생각이 들어 뭘 어쩌겠다는 엄두를 내지 못했다. 더구나 어제의 술자리에서 재희는 대놓고 엄포를 놨었다.

"네, 전혀 그럴 생각 없어요."

다시 승해의 얼굴에 미소가 번졌다.

"복학은 할 거죠?"

"네."

"학교에서 보면 그때는 무서운 선배로 돌아갈 겁니다."

"네."

마주 보며 웃는 두 사람 앞에 기다린 그림자 하나가 드리워졌다. 누가 먼저랄 것도 없이 승해와 현수는 동시에 시선을 돌렸다.

"승해 씨한테 사람 붙였냐?"

현수가 빈정거리며 그림자 주인을 흘겨봤다.

"둘이 뭐 하냐?"

한여름 더위도 날려버릴 것 같은 싸하게 식은 재희의 목소리에 승해는 미간을 좁혔다.

"이 시간에 여긴 웬일이에요?"

"그러게, 이 시간에 여긴 웬일일까?"

재희가 승해 옆에 앉았다.

"내가 어제 경고했던 것 같은데?"

살벌한 눈빛으로 재희가 현수를 노려봤다.

"술이 좀 과해서 기억이 잘 안 나네."

싱글싱글 웃으며 현수가 재희의 화를 돋게 했다. 현수의 진심이 무엇인지 알아서 승해는 지금의 상황이 걱정되지 않았다. 그저 서른을 코앞에 둔 다 큰 남자 둘이 벌이는 유치찬란한 신경전을 흥미로운 눈길로 구경할 뿐이었다.

"기억이 번쩍 나게 해줄까?"

"할 수 있으면 해보든지."

속내를 터놓으며 우정을 쌓은 사이는 아니지만 이상하게도 어려서부터 많이 어울리며 지냈던 두 사람이었다. 서로의 철없는 짓을 지켜보며, 또 서로의 아픔을 알면서도 모르는 척하며 그렇게 두 사람은 깊지도, 그렇다고 얕지도 않은 우정을 이어가고 있었다.

"밥은 먹었어요?"

승해가 넌지시 재희의 끼니를 챙겼다. 살벌한 눈빛을 거두고 재희가 승해를 다정한 눈으로 바라봤다.

"먹었지. 너는?"

"보다시피 지금 먹고 있는 중이에요."

재희의 눈이 가늘어졌다.

"너무 당당한 거 아니야?"

"당당하지 못할 이유가 없으니까요."

"매력적인데?"

승해가 현수와 단둘이 만나 밥을 먹는 게 기분 좋지는 않지만 그렇다고 불안하지는 않았다. 그게 현수가 보여주는 의리에 대한 믿음일지 승해에 대한 무한 믿음일지는 모르겠다.

"뭐예요, 느끼하게."

승해가 질색을 하며 몸을 뒤로 젖혔다.

"남들은 멋있다고 하는데 넌 진짜 특이해."

"그걸 멋있다고 하는 사람들이 이상한 거겠죠."

주거니 받거니 대화를 이어가는 두 사람을 현수는 호기심 어린 눈으로 지켜봤다. 절대 안 어울릴 것 같던 두 사람이었는데 지금은 그냥 하나처럼 보였다. 어느새 눈빛이 닮아 있었다.

"근데 진짜 이 시간에 여기는 어떻게 왔어요?"

"집에 들렀다가 아주머니한테 들었어."

승해가 눈을 동그랗게 떴다.

"장 보고 오시다 너 여기 들어가는 거 보셨대."

"아."

"물론 다른 남자랑 함께 들어가는 것도."

당황해서 어쩔 줄 몰라 할 줄 알았는데 승해는 태연히 그렇구나 하며 고개를 끄덕였다.

"뭐야, 이 당당함은?"

"뭐가요?"

"내 앞에서는 그렇다고 해도 할머니한테까지 너무 당당한 거 아니야? 이거 오해할 수 있는 상황이거든? 아주머니가 집에 가서 어떻게 말씀드렸는지 걱정 안 돼?"

승해는 붇기 시작한 스파게티를 포크로 돌돌 말아 입에 넣었다.

"말씀드리고 나왔어요."

"어?"

"학교 선배님이자 서재희 씨의 친구를 만난다고 미리 말씀드렸다고요."

재희와 현수 둘 다 놀란 표정이었다.

"이 여자 진짜 특별하지 않냐?"

재희는 승해를 보며 현수에게 물었다. 현수 역시 승해를 쳐다보며 재희에게 대답했다.

"어, 진짜 어마어마하게 특별하네."

"배 아파서 어쩌냐?"

"그러게, 배가 좀 아프려고 하네."

"그래도 내 거니까 눈독 들이지 마라."

"보는 것도 안 되냐?"

"닳는다."

"매정한 놈."

"둘이 뭐 해요?"

승해가 스파게티를 먹으며 두 남자를 번갈아 쳐다봤다.

"할머니가 뭐라셔?"

"뭐를요?"

"다른 놈 만나러 나간다고 하니까 그러라고 하셔?"

"네."

"왜?"

"얼마나 놀았으면 그런 믿을 수 없다는 표정을 해요?"

"뭐?"

"앞으로 잘해요."

돌돌 만 스파게티를 승해는 재희의 입에 쏘옥 넣어줬다.

"너무 시시하게 끝났는데?"

"날 이렇게 시시하게 만든 여자는 윤승해 씨가 처음인데?"

가만 보면 둘이 척척 잘 맞는다.

"다 먹었으면 그만 가지?"

"아직 덜 먹었다. 그리고 오늘 약속에 너는 포함 안 된 거니까 네가 좀 일어나줄래?"

"맞아요, 퇴근한 거 아니면 얼른 가요."

재희가 승해의 볼을 두 손으로 꼬집었다.

"이것만 먹고 들어가."

"알았어요."

"들어가면 영상통화 하고."

"아슬아슬한 거 알죠?"

"뭐가?"

"의처증."

"뭐야, 벌써 내 마누라라고 생각하고 있었던 거야?"

얘기의 포인트가 그게 아닌데 재희는 멋대로 해석하며 흐흐흐,
능글맞게 웃어댔다.

"집까지 잘 데려다줘."

재희는 다시 호텔로 돌아가고 승해는 현수와 차 한 잔을 마시
고 헤어졌다. 뭔가 마음이 홀가분해진 듯해 정원을 가로지르는 승
해의 발걸음이 가벼웠다.

집으로 돌아와 승해는 낮잠을 잤다. 아무런 꿈도 꾸지 않고 1시
간 넘게 단잠을 자고 일어난 승해는 저녁을 먹기 전, 오 여사와 동
네 산책에 나섰다.

"좋구나."

오 여사의 팔을 살갑게 잡고 승해는 느릿느릿 걸었다. 높다란
담이 대부분인 동네지만 간간이 담을 낮추거나 없애서 초록의 정
원이 훤히 들여다보이게 해놓은 집들도 있었다.

"이 동네도 많이 변했네."

"여기서 오래 사셨어요?"

"내 인생 대부분을 여기서 살았다고 봐야지."

결혼을 하고 아이를 낳고 아이가 커가는 걸 지켜보면서 그렇게 같은 곳에서 십수 년을 산 오 여사는 이 동네에 대한 애착이 남달랐다.

"그렇게 오래 살았는데 산책은 처음인 것 같구나."

뭐가 그렇게 바쁘다고 동네 한 바퀴 도는 것도 못하고 살았을까.

"제가 자주 모시고 나올게요."

"그래, 그러자."

오 여사가 승해가 손등을 보드랍게 어루만졌다.

"승해야."

"네, 할머니."

"공부는 계속하는 게 좋을 것 같구나."

학비를 벌어 복학을 하겠다는 승해의 말이 오 여사는 참 대견하면서도 짠했다. 비록 어렵게 살았지만 은주가 딸 하나는 제대로 키워냈구나 싶기도 했다.

"자존심 때문에 그러는 건 아니에요."

사는 게 바빠서 정말 원하는 게 뭔지, 진정 하고 싶은 일이 뭔지 생각할 겨를이 없었다. 이제라도 천천히 여유를 부리며 마음을 들여다보고 싶었다.

"하고 싶은 게 생각나면 말씀드릴게요."

"하고 싶은 게 뭔지 생각할 수 있고 꿈을 꿀 수 있다는 게 참 부럽구나."

"할머니는 제 나이 때 뭘 하고 싶으셨어요?"

승해의 물음에 오 여사는 생각에 잠긴 듯 걷는 속도를 늦췄다.

"노래도 하고 싶었고 그림도 그리고 싶었고 글도 쓰고 싶었지."

하고 싶은 게 많았던 나이, 하지만 남의 재능을 감상하며 한 남자의 아내로 평생을 살아왔다.

"안 하고 후회하는 것보다는 하고 후회하는 게 낫다고 하잖니. 하고 싶은 게 있으면 원 없이 해봐."

"네, 그럴게요."

아빠의 울타리가 절실했고 그리웠다. 그러나 이제는 더 많은 울타리가 생겼다. 든든하고 따뜻한 울타리, 그 안에 마음 놓고 웃으며 살아갈 수 있을 것 같다.

"재희는 오늘 일찍 들어온다니?"

"아니요, 늦을 것 같대요."

"오늘 저녁은 우리 둘이 먹어야겠구나."

"네."

오 여사는 혼자 먹는 밥이 맛없다고 생각해본 적이 없었다. 노느라 바쁜 게 아니라 일 때문이라는 걸 알아서 불평을 늘어놓은 적도 없었다. 그런데 승해와 함께 살면서부터 혼자 먹는 것보다는 둘이 먹는 밥이 더 맛있다는 걸 알게 됐다. 쓸쓸하지 않았고 허하지 않았다. 입 밖으로 꺼내놓기 민망한 욕심이지만 재희와 승해가 결혼을 하면 아이를 많이 낳았으면 하고 바랐다. 재희도, 그리고 승해도 모두 외롭게 큰 아이라 그런 욕심을 부리기도 했다. 그런

데 과연 재희와 승해가 늙은 할머니의 욕심을 들어줄까 모르겠
다.

"오랜만에 걸었더니 벌써 배가 고프구나."

"그만 들어갈까요?"

"오늘은 여기까지 걷자."

"네."

단아한 몸짓으로 오 여사가 발길을 돌렸다. 승해가 그 옆을 든
든하게 지켰다.

11

　9월이 됐는데도 바람은 여전히 후덥지근하고 밤에도 기온은 떨어지지 않았다. TV 앞에 앉아 과일을 먹는 재희의 집에도 늦도록 에어컨이 돌아갔다. 오랜만에 이른 퇴근을 한 서 회장은 얼마 전 승해에게 선물받은 책에 대해 얘기하느라 시간 가는 줄 몰라 했다.

　"다른 세대를 이해하는 게 경영에 도움이 되겠더구나."

　"재미있으셨어요?"

　"흥미로웠지."

　"다음엔 좀 더 가벼운 걸로 사드릴게요."

　"용돈이나 넉넉하게 주시고 사달라고 하세요."

　재희가 복숭아를 먹으며 구시렁거렸다.

　"내가 사달라고 했냐, 승해가 사준다는 거지."

무안한 듯 서 회장이 헛기침을 했다. 승해와 같이 산 후로 서 회장의 얼굴에 서려 있던 근심이 많이 사라진 것 같았다. 제법 밖에서 있었던 일도 얘기해주고 특별한 약속이 없으면 일찍, 일찍 들어오려고 했다. 어린 승해가 만들어낸 동화 같은 기적은 이미 곳곳에서 일어나고 있었다. 마냥 즐겁기만 한 건 아니지만 그래도 재희와 얼굴을 붉히거나 언성을 높이는 일은 거의 없었다. 딸처럼, 손녀처럼 살갑게 구는 승해가 그래서 오 여사는 고맙기까지 했다. 홀쭉했던 얼굴에 살도 붙고 요즘은 밤에도 잘 자는지 퀭했던 눈에도 생기가 돌았다. 전혀 다른 세상에서 살던 사람들이 한 집에 살면서 서로에게 좋은 기운을 불어넣어주고 있는 걸 보면 서 회장의 말처럼 인연이고 운명인 것 같다.

"그래, 학교생활은 힘들지 않고?"

가을 학기부터 복학을 한 승해는 점차 활력을 되찾아가고 있었다. 방 안에 웅크리고 앉아 슬퍼만 하는 것보다는 웃으며 사람들 사이에 섞여 사람답게 살아가고 있는 지금을 하늘에 있는 은주도 더 기뻐할 거라고 생각해 승해는 더 밝아지려고 노력했다. 사실 요즘은 굳이 노력을 하지 않아도 웃을 일이 많았다.

"네, 재미있어요."

"그래도 힘들면 오후에 아르바이트하는 건 그만두는 게 어떨까 싶은데."

강의가 끝나면 승해는 호텔 주방에서 아르바이트를 했다. 그리고 재희와 함께 퇴근을 했다. 덕분에 재희는 일주일에 5일이나 출근을 했고 퇴근도 남들보다 1시간이나 늦게 해야 했다.

"이제 막 적응했는데 그만두긴 왜 그만둬요?"

이제 막 적응을 한 건 승해보다 오히려 재희였다. 일하는 재미도 알게 되고 승해와 손잡고 퇴근하는 재미도 즐기는 중이었다.

"그거야 네 생각이고."

"아니에요, 하나도 안 힘들어요."

호텔을 지켜주고 있는 재희가, 그런 재희를 옆에서 격려하며 잡아주고 있는 승해가 서 회장은 든든했다. 이제 죽어도 여한이 없을 거란 생각에 밤에 잠자리에 드는 게 두렵지도 않았다.

"그래, 젊어서 고생은 사서도 한다니까."

"네."

"이제 슬슬 결혼날짜를 잡는 것도 괜찮을 것 같구나."

옅게 미소를 지으며 세 사람의 대화를 경청하던 오 여사가 차분히 말을 꺼냈다.

"그런가?"

서 회장도 슬그머니 오 여사 편에 서서 재희와 승해의 반응을 기다렸다. 당연히 재희는 몸까지 들썩이며 안달을 내는 듯했고 승해는 부끄러운지 선뜻 대답을 하지 못하고 있었다.

"당장 다음 달에 하자는 건 아니니까 천천히 생각해보거라."

"네."

"나는 봄이 좋을 것 같기는 하구나."

생각해보라더니 오 여사는 슬쩍 봄이 좋겠다고 말했다.

"봄이면 아직 반년은 더 남은 거 아니에요?"

재희가 발끈했다.

"그냥 10월 달에 해요."

"그렇게 빨리요?"

승해가 놀라서 재희의 손을 잡으며 말렸다.

"빨라?"

"네, 빨라요."

"그래도 봄은 너무 늦잖아. 그럼 결혼식은 봄에 하고 혼인신고부터 하자."

"네?"

"어차피 한집에서 사는 거 알 만한 사람들은 다 아는데 방을 2개씩 쓸 필요는 없는 거 아니야?"

단둘만 있는 것도 아니고 할아버지, 할머니가 바로 코앞에 계신데 재희는 아무런 거리낌 없이 하고 싶은 말을 하고 있었다.

"흐흠."

서 회장이 얼른 시선을 돌리며 못 들은 척했다.

"안 돼요?"

하지만 이에 굴하지 않고 재희는 서 회장에게 대놓고 물었다.

"그거야……."

노골적인 물음에 서 회장은 오 여사를 쳐다봤다. 도움을 구하는 듯한 눈빛에 오 여사는 선하게 웃었다.

"승해 생각은 어떠니."

오 여사가 승해의 생각을 물었다. 망설이던 끝에 승해가 허리를 반듯하게 세우고 자신의 생각을 꺼내놨다.

"저는 아직 결혼 생각은 없습니다."

"윤승해."

승해는 재희를 돌아보며 싱긋 웃어줬다.

"물론 결혼을 하면 재희 씨랑 하고 싶어요. 그런데 아직은 하고 싶지 않아요."

"그럼 언제 하고 싶다는 건데?"

"봄에요."

설마 몇 년 후에 하겠다고 하는 건 아닌지 재희는 심장이 덜컥 내려앉았었다. 십년감수한 듯한 표정으로 안도의 숨을 내쉬는 재희를 보며 승해는 천진하게 웃었다.

"그리고 이제 그만 집으로 돌아갈까 해요."

"집?"

"네, 너무 오래 비워뒀어요."

이미 이곳이 익숙해졌다. 떠나기 싫을 만큼 좋아졌다. 가서 청소도 하고 엄마와의 추억도 되새기고 싶다. 제대로 된 이별을 하지 못한 게 내내 마음에 걸렸다. 어리광은 그만 부리고 이제 씩씩한 윤승해로 돌아갈 때다.

"그건 안 돼."

재희가 정색하며 반대했다.

"그렇게 할게요."

승해가 서 회장에게 차분히 말했다.

"괜찮겠니?"

"네."

"그래. 그럼 그렇게 하거라."

너무나 쉽게 허락하는 서 회장을 재희는 다시금 화가 실린 눈으로 응시했다.

서 회장과 오 여사가 방으로 들어가고 재희는 승해를 데리고 정원으로 나왔다. 끊은 담배가 생각날 만큼 속이 부글부글 끓었다. 그러나 말간 얼굴로 밤하늘에 뜬 별을 구경하며 예쁘다고 말하는 승해 앞에서 있는 대로 성질을 부릴 수는 없었다.

"나한테 프러포즈 안 한 거 알아요?"

한참이나 하늘을 올려다보고 있던 승해가 투정 부리듯 말했다.

"그거 때문에 나가겠다는 거야?"

"네."

"할게, 해줄게. 레스토랑이 아니라 호텔 하나를 통째로 빌려서 거하게 해줄게."

승해는 키득키득 터져 나오는 웃음을 참지 못했다.

"기대할게요."

"그럼 안 나가는 거야?"

"나 모레 나갈게요."

"야, 윤승해!"

"너무 정신없이 지나갔어요. 매일, 매일이 꿈을 꾸는 것 같았어요. 이제 현실로 되돌아올 때가 됐어요. 혼자 울고, 혼자 그리워하고, 혼자 극복하면서 잘 지낼게요."

후, 깊은 한숨을 쉬면서 재희는 제 머리칼을 헝클었다.

"호텔에서 매일 볼 거잖아요."

감사하게도 등록금은 서 회장이 일체 내주겠다고 했다. 받지 않으려고 했지만 계속 거절하는 것도 예의가 아닌 것 같아서 승해는 감사한 마음으로 받기로 했다. 며칠 짐을 정리한 후 집을 내놓으면 결혼하기 전까지 혼자 지낼 작은 원룸도 구할 수 있고 좋은 이불 한 채도 마련할 수 있을 것 같다. 다른 건 몰라도 결혼할 때 이불은 최고로 좋은 걸로 해주겠다며 한 푼 두 푼 모았던 은주였다. 속상하지 않도록 은주의 뜻을 따라 재희와 덮을 좋은 이불을 준비할 생각이다.

"넌 왜 이렇게 어렵냐?"

"쉬운 여자는 매력 없다면서요."

"누가, 내가?"

"그랬어요, 예전에."

"그래서 나한테 매력 있는 여자 하고 싶어서 이러는 거라고?"

승해가 히죽 웃으며 재희의 팔에 팔짱을 꼈다.

"매일 놀러 와도 돼요. 맛있는 밥도 해주고 신나게 놀아도 줄 게요."

비로소 연애를 하는 것 같다. 헤어지면 애틋하고 만나면 설레는 진짜 연애. 뒤죽박죽 엉망이었지만 제자리를 찾았으니 괜찮다.

"어렵게 가지 말고 그냥 쉽게 하자. 일단 혼인신고부터 하고 그러고 봄 되면 결혼식 올리자. 지금까지 잘 지내왔는데 왜 굳이 그 집으로 다시 돌아가겠다고 하는 건데? 내가 못 미더워서 그래?"

"그런 거 아니에요. 엄마랑 제대로 이별할 시간이 필요해서 그래요. 그리고 서재희 씨랑 제대로 된 연애 하고 싶어요."

"하면 되잖아. 그리고 어머니랑은……."

차마 그 부분에 있어서는 할 말이 없었다. 승해의 마음이 어떤지, 무슨 생각인 건지 알 것 같았다. 불쑥불쑥 떠오르는 기억에 다치지 않으려면 안녕을 고하는 시간이 필요하긴 했다.

"가게까지 하겠다는 건 아니지?"

"가게 일까지 어떻게 해요."

"일단 청소부터 하고 들어가."

"네."

"내일 가자."

서울 밖으로 드라이브를 갈 생각이었다. 맛집도 알아뒀고 근처에 있는 허브 농장도 가려고 했었다. 일을 하는 틈틈이 인터넷을 뒤져가며 토요일 데이트 계획을 세워뒀는데 모든 게 수포로 돌아갔다.

"나 서재희 씨 많이 좋아해요."

느닷없는 승해의 고백에 재희는 얼어붙었다.

"아마 서재희 씨가 생각하는 것보다 훨씬 더 많이 좋아할 거예요."

고맙다는 말보다, 미안하다는 말보다 좋아한다는 말이 재희를 더 기쁘게 하는 말이라는 걸 승해도 모르지 않았다. 그저 하기 쑥스럽고 부끄러워서 참고 참았다. 그런데 풀벌레 우는 소리마저 들리지 않는 이 고요한 순간에 고백을 하지 않으면 안 될 것 같았다.

"사랑은 아니고?"

재희의 손이 승해의 허리를 부여잡았다. 심장의 두근거림이 느껴질 정도로 두 사람은 몸을 밀착시키고 있었다.

"서재희 씨는요?"

"나는 사랑이지."

망설이지 않고 재희가 대답했다. 승해는 발끝을 들어 재희의 입에 수줍게 입을 맞췄다.

"나도 사랑이에요."

재희의 입술이 승해의 입술을 향해 내려왔다. 뜨거운 숨을 내쉴 틈도 없이 재희의 혀가 승해의 입안으로 들어왔다. 아찔하고 정열적인 키스에 승해는 다리가 풀릴 것만 같았다. 허리를 잡은 재희의 손도, 재희의 목을 끌어안은 승해의 손도 돌처럼 단단하게 서로를 조였다.

달랑 옷가지만 들고 들어간 탓에 재희의 집을 나올 때도 승해의 짐은 간단했다. 서 회장과 오 여사에게 감사의 인사를 전하고 승해는 〈승해 분식〉으로 향했다. 기분이 사뭇 달랐다. 깊게 박힌 가시 하나가 빠진 것 같기도 하고, 여전히 쓰리고 아리지만 더 이상 피는 흐르지 않는 것 같은 기분이 들기도 했다.

"진짜 혼자 지낼 수 있겠어?"

"문제없어요."

"너무 씩씩한 거 서운해."

승해가 재희의 손을 잡았다.

"그래도 질질 짜는 것보다는 낫잖아요."

"무슨 일 있으면 바로 전화하는 거 알지?"

"알아요."

정말 혼자 둘 것처럼 말했지만 사실 재희는 오늘 밤 집에 돌아가지 않을 생각으로 갈아입을 옷을 미리 차 트렁크에 넣어둔 상태였다.

시원한 에어컨 바람에 이런저런 얘기를 하다 보니 어느덧 〈승해 분식〉 앞에 도착했다. 차 밖으로 보이는 〈승해 분식〉의 간판을 보며 재희도 기분이 남다른 듯했다.

"들어가요."

승해가 재희의 손을 잡아끌었다. 가게 문을 열고 안으로 들어 온 두 사람은 곧장 마당을 지나 집 안으로 들어섰다. 몇 달 만에 온 집은 떠나기 전 그대로의 모습으로 승해를 맞아줬다. 왈칵, 속 이 뜨거워졌지만 승해는 아랫배에 힘을 주고 눈물을 참아냈다.

"좋다."

신발을 벗고 거실로 올라서서 승해는 집 안을 주욱 둘러봤다. 그러고는 제일 먼저 주방으로 들어가 냉장고 문부터 열어봤다. 정 리도 하지 못하고 떠나느라 엉망이 됐을 줄 알았는데 냉장고 안은 깨끗했다.

"아주머니한테 부탁해서 중간중간 들여다보게 했어."

"그랬어요?"

"어."

"고마워요."

언젠가 승해가 집으로 돌아가겠다고 할 것 같았다. 보내지 않 을 생각이었으면서 가게와 집을 몇 주에 한 번은 청소하도록 해놨 었다.

"장 안 봐도 오늘 저녁은 먹을 수 있겠어요."

오 여사가 싸준 반찬만 해도 한가득이었다. 오늘뿐만 아니라 며칠은 먹을 수 있을 정도였다.

"기분이 좀 그렇네."

재희가 혼잣말을 하며 거실에 앉았다. 그의 눈이 닿는 곳에도 은주의 모습이 생생하게 보이는 듯했다. 그러니 승해는 오죽할까.

"저녁 먹고 갈래요?"

"어."

"국이랑 찌개는 없어요."

"어."

"된장찌개라도 끓일까요?"

"어."

"왜 대답이 성의 없어요?"

"몰라."

골이 난 아이처럼 재희는 바닥에 드러누워 팔로 눈을 가리고 있었다. 승해는 냉장고 안에 있는 차가운 음료 2병을 가지고 나와 하나를 재희 얼굴에 대주었다. 재희가 차가움에 놀라 팔을 치우고 눈을 떴다.

"자고 갈래요?"

장난스럽게 웃으며 승해가 재희를 떠보듯 물었다.

"됐어."

재희는 천연덕스럽게 속마음을 숨겼다.

"고기 구워줄까요?"

"완전 신났네."

"너무 티 냈나?"

목을 뒤로 한껏 젖히고 승해는 시원한 오렌지주스를 마셨다.

"주인한테는 내가 전화할 테니까 너는 신경 쓰지 말고 있어."

집을 내놓는 것도, 원룸으로 이사를 갈 것도 승해는 어젯밤 재희에게 다 말해놓았다. 괜한 일로 고집 부리고 자존심 세우는 건 하지 않기로 마음먹었다. 좋은 일만 있을 거란 긍정적인 생각으로 하루하루를 최선을 다해 살겠다고 까만 밤하늘을 보며 다짐하기도 했다.

"짐 정리할 동안 한숨 자요."

"정리해, 내가 걸레질할게."

"걸레질을 한다고요, 서재희 씨가?"

"안 해서 그렇지 하면 뭐든지 잘하는 거 몰라?"

"그건 알지만 걸레질까지 할 줄은 몰랐죠."

"어쩌겠어, 윤승해한테 잘 보이려면 안 하던 짓도 해야지."

품, 눈이 휘도록 웃으며 승해가 제 방으로 들어갔다. 승해는 방에서 옷 정리를 하고 재희는 걸레를 빨아 거실을 닦기 시작했다. 새로운 시작을 하는 것처럼 조금씩 설레었다. 힘들고 어려웠던 순간은 다 지나간 것처럼, 뭐든 잘될 것만 같은 기분이 산뜻했다.

1시간 넘게 자고 가겠다는 재희와 실랑이를 벌이던 승해는 기어코 그를 집으로 돌려보내는 데 성공했다. 오롯이 혼자 남은 순간, 승해는 은주의 사진을 들여다보고 있었다.

"엄마, 나 요즘 행복해."

은주에게 미안할 정도로 행복한 요즘이었다. 마음도 가볍고 머릿속도 말끔했다.

"엄마가 같이 있었으면 더 좋았을 텐데. 엄마도 아쉽지?"

사진을 보며 승해는 가슴 속에 담아두었던 말들을 하나씩 꺼내기 시작했다.

"아빠는 만났어? 아빠가 왜 이렇게 빨리 왔느냐고 뭐라고 안해? 나 혼자 두고 왔다고 혼나지 않았어? 하긴 아빠는 엄마 많이 좋아했으니까 내 걱정보다 엄마 만났다고 좋아했겠다. 엄마가 거기서 혼자가 아니라서 마음이 놓여. 아빠도 더는 외롭지 않을 거고. 오랫동안 떨어져 있었으니까 이제는 아빠랑 엄마랑 헤어지지 말고 오래오래 살아요. 내 걱정은 하지 말고."

주르륵, 뺨을 타고 흐르는 눈물을 손으로 닦으며 승해는 연신 웃었다. 정수리가 띵해지고 가슴이 쓰라렸지만 그래도 웃을 수가 있었다. 다정하게 어깨를 감싸고 앉아 자신을 내려다보고 있을 엄마와 아빠의 모습이 보이는 듯했다. 그거면 됐다. 아픔도 없고, 고통도 없는 그곳에서 행복하게만 지내주길 바랐다.

"엄마, 그거 알아? 나는 사람들이 엄마 닮았다고 말해주면 그게 그렇게 좋았어. 엄마가 자랑스러웠거든."

온실 속 화초로 곱게만 자랐던 엄마. 사랑만으로도 얼마든지 행복할 수 있다는 걸 몸소 보여준 엄마. 그런 엄마의 딸로 태어나서, 그런 엄마를 닮은 딸이라서 넘치게 행복했었다.

"다음 생에도 엄마 딸로 태어날래. 그래서 다음엔 못다 한 효도 하면서 깔깔깔깔 웃으면서 살자. 아빠도 같이."

주절주절, 하고 싶은 말을 맘껏 떠들면서 승해는 가만히 침대에 드러누웠다. 환하게 웃고 있는 은주의 사진을 번쩍 얼굴 위로 들고 그녀는 계속 얘기했다.

"재희 씨? 글쎄, 그 사람은 하는 거 봐서. 근데 지금 같아서는 또 만나고 싶을 것 같아. 많이 좋은 사람이야. 그러니까 나한테 더는 미안해하지 않아도 돼. 엄마 덕분이잖아, 서재희 씨처럼 좋은 사람 만난 건."

까칠하고 못된 서재희가 한없이 다정하고 좋은 사람으로 변할 수 있었던 것도, 그런 남자를 만날 수 있었던 것도, 그 남자와 사랑에 빠지게 된 것도 다 운명이었다. 그리고 그 운명을 현실로 만든 건 엄마였다. 그저 하나밖에 없는 딸에게 가난을 물려주고 싶지 않았던 모성애 넘치는 엄마 덕분이었다.

"졸리다."

오늘은 한 번도 깨지 않고 잘 수 있을 것 같다. 엄마와 아빠를 만나 아침까지 푹 달게 잘 것 같다.

손이 시리게 차가운 아이스커피를 하나씩 들고 학생들은 강의실에 들어와 자리를 잡고 앉았다. 그 속에 승해도 자리 하나를 차지하고 앉아 책을 펼쳐놓고 있었다.

"선배, 혹시 결혼했어요?"

같은 강의를 듣는 과 후배 하나가 뜬금없이 얼굴을 들이밀며 물었다.

"결혼?"

휴학과 복학을 반복했던, 선배들 중 가장 예뻐 남자 후배들로부터 선망의 대상이었던 덕분에 여자 후배들은 승해에 대해 질투와 함께 많은 궁금증들을 갖고 있었다. 들리는 소문에 의하면 결혼을 하느라 휴학을 했던 거라는 말이 있었다.

"아니에요?"

당돌하게 물어보는 후배를 승해는 다정스레 바라봤다.

"결혼 안 했는데?"

"정말이요? 뭐야, 헛소문이었잖아."

어쩐지 다수의 여자 후배들이 아쉬워하는 듯한 표정이었다.

"애인은 있죠?"

"어, 있어."

학교를 가기 위해 가게 문을 열고 나왔을 때 재희는 언제 왔는지 차문을 열어줘 승해를 어리둥절하게 했었다. 그렇게 자상한 애인이 있는데 어떻게 없다는 거짓말을 할 수 있을까.

"뭐 하는 사람이에요?"

"네가 그걸 왜 궁금해하는데?"

과 동기인 수진이 눈을 부라리며 탁, 책을 내려놓고 승해 옆에 앉았다.

"좀 궁금해하면 안 돼요?"

"어디 감히 선배님의 연애사에 이러쿵저러쿵 말을 해?"

위협적인 분위기를 자아내는 수진이 우스워 승해는 입술을 길게 늘어뜨렸다.

"가여운 동기들을 위해 이 한 몸 희생 중이라고요."

"가여운 동기들?"

"윤승해 선배를 여자로 보며 어떻게 하면 눈에 들까 조바심을 내고 있는 저 불쌍한 동기들이요."

여자 후배가 손을 들어 한쪽에 몰려 있는 남학생들을 가리켰다. 승해와 수진의 시선이 그쪽으로 향하자 남자들은 일제히 시선을 피하느라 우왕좌왕했다. 사실 그 모습이 자연스럽지는 않았다. 후배들이나 동기들이 힘든 일을 겪은 승해를 위해 일부러 더 그런다는 걸 승해도 알고 있었다. 웃게 해주려고, 조금이라도 어색해 하지 않게 해주려고 다들 나름대로의 배려를 해주고 있는 거였다.

"뭐야, 윤승해한테 반한 애들이야?"

"어디 한둘이어야죠."

"좀 조용히 학교 다니나 싶었더니 또 시작이네, 시작이야."

수진이 과장을 해서 말하는 했지만 없는 사실은 아니었다. 1학년 신입생일 때도 승해만 몰랐지 과 전체가 들썩일 정도였다. 승해는 화려하게 예쁘지는 않아도 은은한 매력이 있었다. 웃는 게 예뻤고 전체적인 느낌이 좋았다. 남자들이 좋아하는 딱 그런 스타일이었다. 하지만 워낙 아르바이트를 몇 개씩 하느라 친구들과 어울릴 시간이 없었던 승해는 동기들이나 선배들이 자신에게 관심을 갖고 있다는 걸 눈치챌 겨를이 없었다. 그렇게 가슴앓이만 하다 승해가 휴학을 한 틈에 졸업을 한 선배들도 여럿 있었다.

"한번 웃어줘."

수진이 승해를 툭 쳤다.

"뭐?"

"저렇게 침 질질 흘리고 있는데 한번 웃어주라고."

"장난해?"

"비싸게 굴기는. 그럼 내가 해주지, 뭐."

수진이 남자들을 향해 돌아앉더니 눈이 안 보이게 웃어줬다. 남자 후배들이 동시에 우, 하며 야유를 보냈다.

"자식들, 좋아하기는."

고등학교 때에 비해 수진은 많이 걸걸하고 털털해졌다. 제대로 대학 생활을 즐겼다는 뜻인 것 같아 승해는 못내 부러웠다.

"오늘도 와?"

"누가?"

"네 애인 말이야."

복학을 한 후로 재희는 벌써 몇 번이나 학교 앞으로 승해를 데리러 왔었다. 그러니 연애를 한다느니, 결혼을 했다느니 하는 소문이 안 날 수가 없었다.

"오지 말라고 했어."

"그래도 나는 왜 그 사람이 올 것 같냐."

수진이 승해를 보며 화사하게 웃었다. 이런 친구가 있다는 걸 잊고 살았다. 깔깔깔, 배를 부여잡고 웃을 수 있고, 계절이 지나가는 걸 온몸으로 느낄 수 있고, 살아 있음을 매 순간 느낄 수 있어 너무 좋다.

"다행이다."

"뭐가?"

"네 옆에 좋은 사람이 있어서."

장례식장에 제일 먼저 와준 사람이 수진이었다. 매번 만나자는 전화에 바쁘다는 핑계로 약속을 미루기만 했는데, 한 번도 수진의 일에 발 벗고 나서준 적이 없었는데 수진은 모든 일을 팽개치고 눈물을 흘리며 달려와 줬다.

"어."

"같이 수업 들어서 너무 좋다."

"고마워."

"고마운 거 알면 앞으로는 나한테도 좀 잘해."

"충성을 맹세할게."

승해가 거수경계까지 하며 수진의 기분을 띄워줬다.

강의가 끝나고 승해는 남자 후배들에게 둘러싸여 강의실을 나왔다. 물론 옆에는 수진도 함께였다.

"밥 좀 사주세요, 선배님."

덩치가 산만 하고 목소리는 굵은 남자들이 애교를 부리는 게 승해는 적응이 안 돼 어색하기만 했다.

"야, 존경하는 선배를 위해 후배가 지갑도 열고 그래야지."

수진이 나서서 후배들을 대했다.

"그럼 제가 사드릴게요, 저랑 같이 먹어요."

좀 산다 하는 집안의 외아들이라고 소문이 난 경진이 냅다 승해 옆에 섰다.

"대신 선배님이랑 저랑 단둘이요."

"어라?"

"가요, 선배님."

경진이 승해의 손목을 잡았다. 승해는 픽, 웃으며 제자리에 섰다.

"후배님."

"네?"

"어디 감히 하늘 같은 선배님의 손목을 허락도 없이 막 잡아요?"

조곤조곤, 비단결 같은 목소리로 승해가 경진을 쳐다보며 말했다. 왠지 웃으면서 말하는데 등골이 서늘해졌다.

"제가 그랬나요?"

"어, 그랬어."

수진이 승해의 손을 잡고 있는 경진의 손을 매몰차게 쳐냈다. 머쓱해질 법도 한데 경진은 넉살좋게 웃었다.

"허락도 없이 손잡았으니까 내일은 영화도 보여드릴게요."

이쯤 되면 경진은 확실히 승해에게 마음이 있는 게 분명했다.

"미안, 내일은 바빠."

"괜찮아요, 그럼 모레 보면 되죠, 뭐."

"모레도 바쁘다."

낯익은 목소리가 무리 밖에서 들려왔다.

"어?"

선글라스를 쓴 재희가 승해에게 걸어왔다. 선글라스에 가려졌지만 재희의 눈빛이 사납게 빛나고 있다는 건 보지 않아도 알 것 같았다.

"누구예요?"

경진이 물었다.

"윤승해 애인."

수진이 대신 대답했다.

"진짜 애인 있었어요?"

"그럼 가짜로도 있냐?"

수진과 경진은 만담 커플도 아니고 쉬지 않고 묻고 대답하고 했다.

"너 뭐냐?"

이번엔 재희가 경진에게 물었다.

"네?"

"너 뭔데 남의 여자 손을 마음대로 잡고 난리냐고."

한참 어린 경진을 상대로 재희는 진심으로 화를 내고 있었다. 승해는 얼른 재희 옆에 서서 그의 손을 잡았다.

"후배예요, 후배. 근데 이 시간에 왜 왔어요?"

"앞으로 윤승해한테 접근 금지."

"네?"

"한 번 더 눈에 띄면 3년 후에 학교 졸업하게 만들 테니까 그렇게 알아."

"유치하게 왜 그래요."

승해는 얼굴까지 붉히며 부끄러워했다. 후배들 앞에서, 더구나 킥킥 웃고 있는 수진 앞에서 유치함의 끝을 보여주는 재희 때문에 정말 쥐구멍이라도 숨고 싶을 정도였다.

"자, 이걸로 쓰린 속이나 달래."

재희는 지갑에서 수표 몇 장을 꺼내 경진에게 내밀었다.

"하늘 같은 선배님의 애인이 한턱 쏘는 거니까 눈치 보지 말고 먹고 마시라고."

후배들이 박수까지 치며 금세 재희를 우러러봤다. 하여간 돈에 약한, 심지 얕은 녀석들이다.

학교에서 나와 승해는 재희의 차를 타고 호텔로 향했다.

"오지 말라고 했잖아요."

"들켰으면 그냥 미안하다고 해."

"내가 뭘 어쨌다고?"

"뭘 어쨌다고?"

"내가 잡은 것도 아니고, 잡았다고 헤벌쭉 좋아하지도 않았잖아요."

재희가 쳇, 코웃음을 쳤다.

"뭐예요, 그 웃음은?"

"잘났다, 윤승해."

"못나진 않았죠."

아침이면 애틋한 얼굴로 만나고 점심이면 투닥투닥 싸우고 그러다 저녁이면 애정이 샘솟은 눈빛으로 다시 만난다. 평범한 일상이지만 두 사람에게만은 하루하루가 특별했다.

"집 나간 거 알지?"

"언제 이사 온대요?"

"리모델링해서 들어온다나 봐."

"나도 빨리 집 알아봐야겠다."

"벌써 알아봤어, 짐만 싸면 돼."

"언제요?"

승해가 놀라서 재희를 향해 돌아앉았다.

"어제."

"나는 보지도 않았는데?"

"지금 보러 가잖아. 가서 보고 괜찮으면 계약하자."

"비싼 집은 곤란해요."

재희에게 또 신세를 질 수는 없었다. 결혼 전까지는 어떻게든 혼자 힘으로 살아가고 싶었다. 그래야 결혼을 해서도 당당할 수 있을 것 같았다. 자존심 세우지 않기로 다짐했지만 이건 자존심이 아니라 최소한의 예의라고 생각했다.

"호텔이랑 우리 집 중간에 있어."

"그럼 학교도 가깝겠네요."

"안전이 최우선이니까 가격 보지 말고."

"나는 안전보다 가격이 최우선인데?"

어린아이를 물가에 내놓은 심정이 어떤 건지 요즘 들어 절실히 느끼고 있는 재희였다. 눈에 안 보이면 불안하고 걱정됐다. 보디가드라도 붙여주고 싶지만 그건 질색을 할 게 빤하니 시간이 날 때마다 연락하고 만나러 가는 방법밖에는 없었다.

"계속 말 안 들으면 짐 싸서 들어가는 수가 있어."

"그런 협박은 안 통해요."

"협박? 과연 협박일까?"

승해는 얼른 입을 다물었다. 재희가 승해의 볼을 손으로 쓸어내렸다. 작은 스킨십에도 가슴이 뛰는 걸 보면 재희한테 푹 빠지긴 한 것 같다.

재희가 먼저 봐놨다는 원룸은 승해가 생각했던 것보다 너무 크고 좋았다. 안전이야 두말할 것도 없어 보였다. 1층엔 아예 로비가 있어 전문 관리 요원이 따로 있을 정도였다. 사실 원룸이 아니라 고급 오피스텔이었다.

"여기서 나보고 살라고요?"

집을 둘러보며 승해는 한숨부터 나왔다. 재희의 집보다는 못하지만 이곳도 다른 세상임에는 분명했다.

"왜, 별로야?"

"아니요, 너무 좋아요."

"그럼 여기로 하자."

당장이라도 계약을 할 기세로 재희가 승해의 손을 잡았다.

"잠깐만요."

승해는 재희의 손을 놓고 부동산 중개인에게 잠깐만 자리를 비켜달라고 부탁했다.

"나 이렇게 길들여서 어떡하려고 그래요?"

"무슨 말이야?"

"이러다 서재희 씨보다 서재희 씨 돈을 더 좋아하게 되면 어쩌려고 그러는 거냐고요."

"비싼 건 아는데 그래도 여자 혼자 사는데 아무 데서나 살 수는 없잖아. 세상이 얼마나 험한지 몰라?"

"이렇게 좋은 곳이 아니어도 여자 혼자 충분히 살 수 있어요."

재희는 한숨부터 내쉬었다.

"일단 나가요."

오피스텔을 나와 승해는 재희와 근처 칼국숫집으로 들어갔다. 듬성듬성 썬 손칼국수를 재희의 그릇에 한 그릇 가득 퍼주고 그 앞으로 맛깔스러운 겉절이도 밀어줬다.

"먹어봐요."

"말 좀 들어라."

"그렇게 비싼 집에서 살 거면 그냥 재희 씨 집으로 들어가지 뭐 하려고 쓸데없는 돈을 쓰면서 거기서 지내요?"

"그럼 집으로 들어오든지."

"아침에 만나고 저녁에 헤어지는 거 좋지 않아요? 난 막 설레고 가슴이 떨려서 밤에 잠도 잘 안 와요."

재희는 똑바로 승해를 쳐다봤다.

"봄에 결혼할 거잖아요. 그때까지만 내 힘으로 살게요. 그때까지만 우리 평범하게 연애해요."

"이렇게까지 하는 진짜 이유가 뭔데?"

"당당하고 싶어서요. 그리고 서재희 씨도 당당해지라고요."

"너는 그렇다 치고 나는 왜?"

"유산 상속받으려고 나랑 결혼한다고 했잖아요."

"그거야……."

"3년만 살고 나랑 헤어질 생각이었잖아요."

"야, 그건 아니지!"

재희가 발끈해서는 고개를 치켜올렸다.

"지금은 아니지만 어쨌든 그런 이유와 생각으로 나를 만났잖아요. 그래서 나한테 미안하잖아요. 아니에요?"

그 부분에 있어서는 재희는 반박하지 못했다. 목적이야 어쨌든 3년 후에 이혼할 생각을 했다는 게 승해에게 미안했었다. 어떻게든 사과를 할 생각까지도 하고 있었다.

"평범한 연애하면서 서로한테 충실하자고요. 그렇게 미안했던 것 사과하고 당당하게 결혼하자고요."

"나이도 어린 게 무슨 생각을 그렇게 많이 해?"

"헤헤."

승해가 귀엽게 소리까지 내며 웃었다.

"그렇게 하면 나 너한테 그만 미안해해도 되는 거야?"

"네."

"너는 당당해지고?"

"네."

"참 어렵다."

포기한 듯 재희는 젓가락을 들어 칼국수를 먹기 시작했다. 그 앞에서 승해는 흐뭇하게 웃으며 재희가 먹는 걸 지켜봤다. 밥을 먹을 때면 은주는 항상 먹는 것만 봐도 배가 부르다고 했었다. 자식이 아닌데도 지금 승해가 딱 그랬다. 재희 입에 맛있는 게 들어가는 게 좋았고 재희가 웃는 게 좋았다. 이런 게 사랑이 아니면 뭐가 사랑이라는 걸까.

"후식으로 아이스크림도 사줄게요."

"왜, 먹는 걸로 기분 풀어주려고?"

"손잡고 길도 걷고."

"또?"

"집 앞에서 헤어질 때 키스도 하고."

"또?"

"또?"

"그게 다야?"

"그럼 뭘 원하는데요?"

어째 대화가 점점 야릇해지는 기분이다.

"오늘은 자고 갈 거야."

승해는 후다닥 주변을 돌아봤다. 그 모습이 귀여워 재희는 승해 모르게 낮은 웃음을 터트렸다.

"무조건 자고 갈 거니까 쫓아낼 생각 하지 마."

"서재희 씨."

"얼른 먹어, 아이스크림 먹으러 가게."

빨갛게 달아오른 얼굴로 승해는 겨우 젓가락을 들어 칼국수를 먹었다.

저녁때부터 내리기 시작한 비가 제법 굵은 빗줄기를 자랑하며 떨어졌다. 지붕에 떨어지는 소리도 꽤나 컸다.

"손잡고 걷는 건 다음으로 미뤄야겠네."

재희는 편하게 거실을 차지하고 앉아 TV 리모컨을 들었다.

"진짜 안 가요?"

"안 가."

난감한 표정으로 승해는 이러지도 못하고 저러지도 못한 채 재희만 쳐다봤다.

"맥주라도 사올 걸 그랬다."

"사다줄까요?"

"비 오는데 어딜 나가, 그냥 있어."

단둘이 있는 게 처음도 아닌데 왜 심장이 미친 듯이 요동을 치며 뛰는 걸까. 빗소리에 심장이 예민해졌나 보다.

"안 씻어?"

재희의 말에 승해는 눈만 동그랗게 떴다.

"먼저 씻고 나와."

"먼저?"

"좁아서 같이 씻을 수는 없잖아."

뭔가를 단단히 결심한 것처럼 재희는 노골적으로 웃었다. 승해는 소리가 나도록 꼴깍, 침을 삼켰다.

"안 잡아먹어, 얼른 씻기나 해."

아까부터 놀란 토끼눈을 하고 안절부절못하는 승해가 재미있어서 재희는 일부러 더 그런 거였다.

"비도 오는데 얼른 가요."

"안 간다니까."

"이러다 더 쏟아지면 운전하기 힘들어요."

"걱정 마, 안 가."

백 번을 말해도 안 들을 것 같았다. 승해는 포기하고 제 방으로 들어갔다. 그러고는 문 뒤에 기대 별생각을 다 했다. 손도 잡았고 키스도 했다. 몇 달 후면 결혼도 한다. 그러니까 오늘 밤 재희와 사랑을 나누는 게 문제 될 건 없었다. 그런데 왜 이렇게 겁이 나고 긴장이 되는 걸까.

"나 먼저 씻는다."

쾅, 욕실 문 닫히는 소리가 희미하게 들렸다. 그 소리를 들은 후부터 승해의 심장은 고장이 난 것처럼 뛰어댔다.

"설마 진짜 씻으러 들어간 거야?"

혼잣말까지 중얼거리면서 승해는 한걱정을 했다.

"뭐야, 갑자기."

내내 침착하고 차분했던 승해가 한 방에 무너졌다. 남자 앞에서, 특히나 서재희 앞에서는 여자일 수밖에 없었다.

10여 분이 흐르고, 욕실 문이 열렸다 닫히는 소리가 다시 들렸다. 침대에 앉아 손톱만 물어뜯고 있는 승해가 다시 긴장했다.

똑똑똑.

노크 소리에 승해는 용수철처럼 침대에서 일어났다.

"네?"

"다 씻었어, 씻고 나와."

젖은 머리를 손으로 툭툭 털며 재희가 방 안으로 들어왔다.

"나는 별로 안 씻고 싶어서요."

"그래? 그럼 그냥 자자."

"어?"

"이 방은 너무 좁으니까 거실에서 자자."

거실에 누워 TV를 볼 때처럼 재희는 아무렇지도 않은 것 같았다. 일상인 듯 태연하기만 했다. 그가 이불을 가져다 거실에 까는 동안에도 승해는 복잡한 심정으로 아무것도 하지 못했다.

"누워."

재희가 먼저 누워서는 바로 옆자리를 손으로 툭툭 쳤다.

"저기 나는 그냥 방에서……."

"누우라고."

재희가 승해의 손을 잡아 넘어뜨리듯 자리에 눕게 했다. 그야말로 벌러덩 드러눕게 된 승해는 눈도 깜박이지 못하고 그대로 굳어버렸다. 팔꿈치를 세우고 재희는 그윽한 눈길로 승해를 내려다봤다.

"떨려?"

"네?"

"긴장하지 마."

"진짜 하려는 건 아니죠?"

"뭘?"

파르르 입술을 떠는 것도, 침을 꼴깍꼴깍 삼키는 것도, 배 위에 두 손을 맞잡고 반듯하게 누워 있는 것도 마냥 사랑스럽기만 했다.

"우리 그러니까 그런 건 결혼하고 나서 하는 게 어때요?"

"그러니까 그런 게 뭔데?"

"정말 이럴 거예요?"

"어, 정말 이럴 거야."

재희가 승해의 입술을 찾아 얼굴을 내렸다. 숨을 크게 들이쉬고 그는 그대로 승해의 입안을 정복해 들어갔다. 아이스크림 탓인지 승해의 입안에서 달콤한 향이 났다. 장난으로 시작된 키스였는데 멈추기가 어려워졌다. 말캉한 승해의 가슴이 재희의 젖은 가슴에 닿았다. 긴장으로 굳어졌던 몸이 스르르 부드럽게 풀리고 향긋한 향을 풍기는 승해의 혀가 재희의 욕망을 일깨웠다. 이러다가는 진짜 큰일이 날 것 같았다. 재희는 깊고도 진한 키스를 하며 승해의 손에 깍지를 꼈다. 그러고는 천천히 그녀가 숨을 쉴 수 있게 입술을 뗐다.

"나쁜 짓 못하겠다."

감았던 눈을 뜨며 승해가 재희는 빤히 쳐다봤다.

"대신 결혼할 때까지는 못 참아."

그제야 재희의 말뜻을 이해한 승해가 빙긋 웃었다.

"그렇게 웃지 마, 나쁜 짓 하고 싶어지니까."

재희는 승해에게 팔베개를 해주고 나란히 누웠다. 투둑투둑, 떨어지는 빗소리가 음악 소리처럼 들리는 밤이었다.

"좋다."

커튼이 쳐지지 않은 거실 창에 회색의 밤하늘이 드리워졌다.

창문을 적시며 내리는 빗물이 더해져 아무것도 보이지 않는 밤이
었지만 그림처럼 아름다웠다.

"행복하게 해줄게."

"나도 행복하게 해줄게요."

"고맙다."

"뭐가요?"

"태어나줘서, 그리고 내 옆에서 살아줘서."

살아 있는 게 감사했던 적은 처음이었다. 늘 왜 나만 살았을까,
왜 그때 같이 죽지 못했을까 자책하고 원망했었다. 그런데 지금은
승해와 같이 숨을 쉬며 살아갈 수 있어서 감사하고 또 감사하다.
이렇게 오래도록 살고 싶다는 욕심도 생겼다. 행복하고 싶고 행복
하게 해주고 싶다.

"사랑해요."

승해는 재희의 품을 파고들었다. 재희는 승해를 안고 길게, 그
리고 뜨겁게 숨을 쉬었다.

에필로그 1

벚꽃이 흐드러지게 핀 남산은 사람들로 북적였다. 굳이 점심을
남산에서 먹자는 재희의 전화에 승해는 발이 편한 신발을 신고 집
을 나섰다. 버스도 타고 잠깐 산책 삼아 걷고도 싶었지만 귀한 자
손을 가진 귀한 손부라고 서 회장은 차문까지 열어주며 승해를 배
웅했다. 극진한 사랑을 받으며 승해는 매일 행복한 비명을 지르며
살고 있는 중이었다.

"윤승해!"

차에서 내려 몇 발짝 걷지도 않았는데 재희가 큰 소리로 승해
를 불렀다. 뒤를 돌아보니 재희가 그녀에게로 걸어오고 있었다.

"언제 왔어요?"

다가온 재희가 승해를 안았다.

"좀 전에."

"근데 왜 갑자기 남산에서 만나자고 해요?"

"꽃이 예쁘게 폈다고 해서."

차를 타고 남산을 올라오면서 승해는 이미 차창 밖으로 보이는 벚꽃에 넋을 잃을 정도였다.

"어, 너무 예쁘게 폈어."

"가자."

재희의 손을 잡고 승해는 천천히 걷기 시작했다. 바람 냄새마저 향기로웠다.

"좋다."

사랑하는 남편의 손을 잡고 꽃비가 내리는 길을 걷는 게 이렇게 행복할 줄은 몰랐다.

"연애할 때 생각난다."

1년 전 봄에 결혼식을 올리기까지 겨우 몇 달의 연애가 전부였지만 재희는 승해에게 많은 추억을 선물해줬다. 매일이 이벤트 같았고 매일이 설레었다. 시험을 앞두고는 같이 새벽까지 도서관에서 책을 읽으며 있어주기도 했고, 친구들과 어울려 놀라고 일부러 바쁜 척하고는 근처에서 기다렸다가 짠, 하고 나타나 놀라게 하기도 했다. 싸가지 서재희가 사람 됐다고 그와 어울렸던 친구들은 혀를 내두를 정도였다. 결혼하면 달라질 거라며 친구들이 조심하라고 놀렸지만 그것마저도 기우에 불과했다. 유부남이 된 재희는 더 살뜰히 승해를 챙겼다. 손님이 없어 쓸쓸해할 승해를 위해 결혼식도 조촐하게 치렀고 입장도 나란히 손을 잡고 같이했다. 이제는 그 어떤 바람이 불어도 머리카락 한 올 흔들리지 않을 정도로 승해는 재희에 대한 믿음이 깊었다.

"그때가 그리워?"

"아니, 그때도 지금도 다 좋아요."

재희는 승해의 어깨를 감싸 안고 그녀가 걷기 수월하도록 보폭을 맞췄다. 지나는 사람들과 부딪치지 않도록 옆을 신경 쓰며 걷고 몇 발짝을 걸은 후에는 꽃구경을 핑계로 승해를 잠시 쉬게 했다. 그가 배려하고 있다는 걸 알기에 승해의 얼굴에 자리한 미소는 사라질 줄을 몰랐다.

"할아버지가 우리 아기 신발 사오셨어요."

"벌써?"

임신 4개월, 서 회장은 퇴근할 때마다 선물을 하나씩 사들고 들어왔다. 오 여사가 핀잔을 줬지만 아랑곳하지 않았다. 이미 태어날 아이를 위해 방까지 준비 중이었다.

"조심해야겠어."

"뭘요?"

"잘못하다가는 할아버지한테 우리 아기 뺏길 수도 있겠어. 눈 똑바로 뜨고 지켜야지 안 되겠어."

"말도 안 돼."

"우리 대장이라면 얼마든지 가능한 일이거든?"

"으이그."

승해가 눈을 흘겨 재희를 타박했다. 재희는 오른손으로는 승해의 어깨를 끌어안고 왼손으로는 승해의 손을 잡은 채 느긋하게 걸음을 옮겼다.

"나는 아직도 실감이 안 나요."

한 달 전 지독한 감기몸살에 걸렸던 승해는 함부로 약을 먹지 말라는 오 여사의 말에 함께 진맥도 할 겸 병원을 찾았었다. 그리고 그곳에서 임신인 것 같다는 말을 듣고 곧장 산부인과로 향했고 결혼 1년 만에 임신했다는 소식을 듣게 됐다. 실감도 나지 않고 애태우며 기다리지도 않았는데 임신이라는 소리를 듣자마자 꺼이꺼이, 울어버렸다. 그때의 그 감정이 정확히 무엇이었는지 지금도 알지 못했다.

"나도 그래."

"우리가 잘할 수 있을까요?"

"행복한 모습으로 오래오래 곁에 있어주면 되는 거 아닐까?"

재희의 말에 승해는 가슴이 먹먹해졌다.

"나는 다른 건 몰라도 내 아이 옆에 아주 오래 있어줄 거야."

"그건 우리 마음대로 할 수 있는 게 아니잖아요."

"아니, 할 수 있어."

"어떻게?"

"건강검진도 규칙적으로 하고, 운동도 부지런히 하고, 위험한 일은 안 하고, 위험한 곳은 안 가고."

"그게 뭐예요."

"어떻게든 살 거야, 건강하게."

다 낫지 않은 재희의 상처를 어루만지듯 승해는 그의 가슴에 손을 얹었다. 그러고는 눈을 맞추며 화사하게 웃어줬다.

"너도 무조건 내 옆에서, 그리고 우리 아기 옆에서 오래오래 살아야 돼. 이건 남편으로서 하는 명령이야."

"네!"

갑자기 걸음을 멈추고 승해가 우렁찬 목소리로 대답했다. 마침 곁을 지나던 사람들이 그런 승해를 보며 키득거렸다.

"아줌마 되더니 부끄러운 것도 없어졌네, 우리 마누라."

"그래도 예쁘죠?"

"어, 미치게 예뻐."

이렇게 행복해도 될까 싶을 만큼 행복했다. 호텔에서도, 집에서도 얼굴 붉힐 일이 없었다. 숨 쉬는 것 자체가 짜증스럽던 시절은 이제 기억에서도 사라졌다. 간혹 친구들과의 모임에 나가서야 철없던 시절이 떠오를 뿐이었다.

"힘들면 그만 올라갈까?"

"아니, 좋아요."

"무리하지 말고."

"괜찮다니까."

"업고 갈까?"

"아니, 이렇게 손만 잡고 가도 나는 충분히 좋아."

재희가 더 힘을 주어 승해의 손을 잡았다. 새하얀 꽃잎이 바람이 흩날려 승해의 머리 위에 떨어졌다. 재희가 손으로 꽃잎을 집었다.

"감히 내 여자 머리에 떨어지다니."

"그러게, 감히 내 남자 신경을 건드리다니."

부창부수, 툭하면 재희와 승해가 사람들로부터 듣는 소리였다. 꽃잎을 바람에 날려주고 두 사람은 눈이 안 보이게 웃었다.

"점심 안 먹어도 배부르다."

"돈가스 먹자."

"안 좋아하잖아요."

그러고 보니 아직 마음을 확인하기 전에 남산에 올랐다 돈가스를 먹었던 일이 생각났다. 그때 이후로 남산도, 그리고 돈가스도 처음이었다.

"너 좋아하잖아."

"그냥 재희 씨가 먹고 싶은 걸로 먹어요."

"네가 좋으면 나도 좋아. 돈가스 사주려고 남산에서 만나자고 한 거야."

"사실은 며칠 전부터 먹고 싶었어요."

"그럼 말을 하지."

"말 안 해도 이렇게 알아주는 남편이 있잖아요."

생글생글, 웃는 승해와 함께 재희는 둘만의 설익은 추억이 있는 곳으로 걸어갔다.

데이트를 끝내고 집으로 돌아오자 2층은 난리가 나 있었다. 당장 인테리어 디자이너를 집으로 부른 서 회장 때문에 오 여사는 심기가 불편했고 서 회장은 그러거나 말거나 신경도 쓰지 않고 디자이너와 어떻게 공사를 할지 상의하느라 여념이 없었다.

"무슨 공사를 주인 허락도 없이 시작해요?"

재희도 공사 소식을 듣자마자 싫은 내색을 했다.

"이 집이 내 집인데 누구 허락을 맡아?"

"2층은 저희 거잖아요."

"승해야, 그만둘까?"

무슨 짓을 해도 예쁘기만 한 승해에게 서 회장이 물었다.

"네? 아니요, 괜찮아요. 할아버지가 알아서 예쁘게 꾸며주세요. 아기도 분명히 좋아할 거예요."

"그렇지?"

"네."

재희가 뭔가를 말하려고 입을 열었지만 승해가 얼른 손으로 그의 입을 막았다. 그러고는 재빨리 아래층으로 끌고 내려왔다.

"내가 그랬지, 우리 아가 뺏어갈 거라고."

"좋아서 그러시는 거잖아요."

"좋아도 정도껏 해야지."

"저렇게 좋아하시는 거 오랜만인데 그냥 봐드려요."

"공사하면 먼지 나고 시끄러워. 그러면 너 제대로 쉬지도 못한다고."

결혼을 하면서 분가를 하려고도 했었다. 하지만 승해는 단둘보다는 여럿이 사는 게 좋다고 했다. 분명 여러모로 좋은 점이 더 많았다. 일단 승해가 힘들거나 외로워하지 않았고 출근을 해도 혼자가 아니라 걱정이 덜 됐다. 그러나 점점 서 회장의 승해에 대한 애정과 배 속 아이에 대한 사랑이 커지는 통에 슬슬 불안해지기 시작했다.

"당신 할아버지예요, 이웃 아저씨가 아니고."

"너도 넘어갔잖아."

"응?"

"가끔 나보다 할아버지 편을 들잖아. 그럴 때마다 내가 얼마나 성질나는지 알아?"

역시 서른이 넘은 재희는 아직도 애였다.

"이제 곧 아빠 되는 사람 맞아요?"

"아기한테는 아빠지만 너한테는 영원히 애인이고 남자야. 그러니까 내 편만 하라고."

"어차피 시작하셨는데 빨리 끝내는 것도 나쁘지 않잖아요."

"그걸 왜 할아버지 마음대로 하시냐고."

안 보던 잡지도 보고, 인터넷을 뒤지기도 하고, 어쩌다 약속이 있어 외부에 나갈 때면 주변에 있는 아이도 그냥 지나치지 않았다. 아이에게 필요한 게 무엇인지, 아이 방은 어떻게 꾸며줄 건지 이미 다 생각하고 있는 중이었다. 그런데 그걸 할아버지가 멋대로 낚아채갔다. 그게 영 속상했다.

"진짜 할아버지랑은 맞지가 않는다."

위태로울 때도 많았지만 그런대로 잘 지낸다고 여겼다. 하지만 진짜 곪았던 상처들을 두 사람은 여전히 풀지 못하고 있었다.

일주일 뒤, 아이 방을 꾸미기 위한 철거 작업이 시작됐다. 승해는 공사가 끝날 때까지 재희와 호텔에 머물기로 하고 간단히 짐을 싸서 집을 나왔다. 마음대로 공사를 시작했다고 재희는 서 회장에게 골을 냈지만 둘만 나와 며칠을 지낼 수 있다는 사실에는 마냥 들떠 있었다.

"그렇게 좋아요?"

"지내보고 좋으면 아예 분가하자."

"3년은 살기로 했잖아요."

"몰라."

재희는 널찍한 침대에 두 팔을 벌리고 대자로 드러누웠다. 그 옆에 승해가 가만히 앉았다.

"안 바빠요?"

"바빠."

"그럼 가서 얼른 일해요."

"뭐 할 건데?"

"할 거 없어요. 옷 정리는 아주머니가 다 해주고 가셨고 밥도 먹었고. 잠깐 책 좀 읽다가 나가서 산책이나 하죠, 뭐."

승해가 보이도록 옆으로 돌아누워서는 재희는 곰곰이 생각에 잠겼다.

"캠핑 갈까?"

"캠핑?"

"요즘 그게 유행이라잖아."

"맞다, 요즘 애들 데리고 캠핑 다니는 거 유행이라고 하더라고요. 그런데 우리 호텔엔 그런 이벤트 안 해요?"

"무슨 이벤트?"

"멀리 갈 여건이 안 되는 사람들을 위해서 서울 시내에서 하룻밤 캠핑을 하는 거죠. 아이들하고 같이 와서 바비큐도 해 먹고 밤공기 마시면서 캠프파이어도 하고. 텐트랑 그런 건 호텔에서 다 준비해주고요."

"괜찮은 생각인데?"

"이벤트니까 좀 저렴하게 하면 홍보 효과도 좋을 것 같아요."

호텔에서 아르바이트를 하는 동안 호텔 경영에 관심이 생겼고 승해는 많은 아이디어를 내놓았다. 그중 몇 개는 채택이 돼 반영이 되기도 했었다.

"기특하네, 우리 마누라."

재희가 승해의 머리를 마구 쓰다듬었다. 콧잔등에 주름을 만들며 승해가 재희의 손을 거둬냈다.

"첫 캠핑은 우리가 해요."

"그럴까?"

승해가 고개를 끄덕였다. 벌써 텐트를 치고 밤하늘 아래서 별구경을 하는 듯 승해는 기대로 눈을 반짝였다.

5월의 첫날, 아기 방은 공사를 끝내고 그 어느 방보다 안락하고 아름다운 방으로 재탄생했다. 늘 툴툴거리기만 하던 재희도 아이의 방을 보고는 쑤욱 나왔던 입을 집어넣었다. 서 회장이 얼마나 많은 정성을 들였는지 벽지 하나만 봐도 알 수 있었다.

"이곳에서 많은 꿈을 꾸는 아이로 컸으면 좋겠구나."

"그렇게 클 거예요."

승해가 서 회장의 손을 꼭 잡아줬다.

"재희가 태어났을 때 이런 방을 선물하고 싶었단다."

뒤에 서 있던 재희가 경직된 얼굴로 서 회장의 뒷모습을 쳐다봤다.

"바쁘다는 핑계로 아무것도 해주지를 못했는데 나중에는 상처까지 더해줬지. 참 못나고 못된 할아버지지."

승해가 가만히 뒤를 돌아 재희를 바라봤다. 그러고는 그의 손을 잡아 옆에 서게 했다.

"재희야."

서 회장이 나직이 재희의 이름을 불렀다. 재희는 무뚝뚝한 표정으로 미동도 없이 서 있었지만 서 회장을 피하지는 않았다. 뭔가 할 얘기가 많을 것 같은 두 사람을 위해 승해는 잠시 자리를 비켜줬다. 방문이 닫히고 승해는 주르륵, 흐르는 눈물을 훔쳐내고 웃으며 1층으로 내려왔다.

"재희는?"

소파에 앉아 책을 읽고 있던 오 여사가 혼자 내려오는 승해를 보고 물었다.

"할아버지랑 할 얘기가 있나 봐요."

"둘이?"

"네."

"무슨 안 좋은 일이라도 있던 게야?"

승해는 오 여사 옆에 앉아 그녀의 손을 잡았다.

"할아버지가 재희 씨 마음을 풀어주시려는 것 같아요."

감정이 북받쳐 승해는 결국 울먹이고 말았다.

"승해야."

"감사드려요. 이제 재희 씨 그만 아파도 될 것 같아요."

눈물을 흘리며 웃는 승해를 오 여사가 안아줬다. 등을 쓸어내리며 오 여사도 눈물을 흘렸다.

"고맙다. 고맙다, 승해야."

이제 진정한 평화가 찾아오는 듯했다. 각자 다른 세상에서 다른 삶을 살던 사람들이 만나 서로의 상처를 위로하면서 어제보다 나은 오늘을 살아가게 됐다. 이제 오늘뿐만 아니라 내일도, 그리고 모레도 같이 기뻐하고, 같이 슬퍼하고, 같이 행복해하면서 그렇게 살아갈 일만 남았다.

잠자리에 누워 재희는 배 속 아이에게 아빠 목소리를 들려줬다. 인터넷에서 그랬단다, 아빠 목소리를 많이 들어야 세상 밖으로 나올 때 엄마를 덜 힘들게 한다고. 아무리 신빙성 떨어지는 말이라고 해도 재희는 열심이었다.

"우리 아가, 오늘도 잘 자라."

재희가 이렇게까지 가정적인 남자로 변할 줄은 꿈에도 몰랐다. 그래서 하루에도 몇 번씩 승해는 깜짝깜짝 놀랐다.

"우리도 자자."

승해는 재희의 품에 쏘옥 들어가 안겼다.

"근데 안 물어?"

"뭘요?"

"할아버지랑 무슨 얘기 했는지 궁금하잖아."

궁금하긴 했다. 하지만 굳이 묻고 싶지는 않았다. 어쩌면 재희가 비밀로 묻어두고 싶어 할지도 모른다고 생각했다.

"미안하다고 하시더라."

시선도 맞추지 않고 허공에 대고 얘기했지만 분명히 서 회장은 그렇게 말했다.

"여전히 다 좋기만 한 건 아닌데 그래도 이해는 돼."

승해는 고개를 들어 재희를 물끄러미 바라봤다. 승해의 머리칼을 손가락으로 쓸어 넘기며 재희가 말을 이었다.

"난 아직 만나지도 못했는데도 내 아이가 이렇게 절절하게 소중한데 할아버지는 몇십 년을 함께하셨잖아."

서로 원망할 대상이 필요했을 뿐이었다. 그리고 가장 위로가 될 상대이기도 했었다.

"역시 서재희 씨 멋지다."

재희가 훗, 짧게 웃었다.

"너한테 잘하라는 말씀도 하셨어."

"이보다 더?"

"나 잘하고 있어?"

승해가 크게 고개를 끄덕였다.

"나는 더 바라는 거 없어요. 그냥 지금처럼만 살았으면 좋겠어요."

"하여간 소박하기는. 나 같은 남자랑 사는데 어떻게 그렇게 일관성 있게 소박할 수가 있어?"

정말 일관성 있게 잘난 척이 하늘을 찌르는 남자다.

"좀 더 꿈을 크게 가져도 돼."

"난 그냥 소박한 게 좋은데."

"난 지금보다 훨씬 더 잘해줄 수 있거든?"

승해가 가자미눈을 하고 재희를 흘겨봤다.

"더 잘해줄 수 있는데 안 하고 있는 거였어요?"

"말이 그렇게 되나?"

재희가 딴청을 피우며 승해의 귓불을 만지작거렸다. 승해는 가늘어졌던 눈을 풀고 따사로운 시선으로 재희를 바라봤다.

"나는 가끔 잠자는 것도 아까울 때가 있어요."

"왜?"

"잠을 자는 동안은 당신을 볼 수 없으니까."

재희는 흐뭇하게 웃으며 승해의 이마에 뽀뽀를 했다.

"좋은 현상이야."

"설마 나만 그런 거예요?"

"에이, 설마."

능글맞게 웃는 재희가 승해는 마냥 좋았다.

"근데 우리 아이가 태어나면 우선순위가 바뀔까요?"

"아이는 아이고 남편은 남편이지. 윤승해 인생에 1순위는 영원히 나야, 알았어?"

"봐서요."

도도한 표정으로 승해가 눈을 굴렸다.

"봐서?"

가늘어진 눈으로 재희가 승해를 노려봤다. 하지만 이내 재희는 승해가 까르르 웃는 바람에 그녀를 품에 안고 여기저기 입을 맞춰댔다.

두 사람의 달콤한 밤이 또 하루 지나가고 있었다.

에필로그 2

첫 아이인데도 승해는 배가 제법 컸다. 혹시 쌍둥이가 아니냐는 우스갯소리를 들을 정도였다.

"윤승해 님!"

산부인과 정기검진이 있는 날, 승해는 바쁜 재희에게 연락을 하지 않고 혼자 조용히 병원을 찾았다.

"네!"

가방을 들고 의자에서 일어나는데 누군가 그녀의 팔을 부축했다. 고개를 들자 재희였다.

"어? 어떻게 왔어요?"

"차 타고 오지, 어떻게 오긴."

약간은 화가 난 듯 재희는 싸늘하게 대꾸했다. 그의 눈치를 살피며 승해는 진료실 안으로 들어갔다. 늘 하던 검사를 하고 아이의 우렁찬 심장 소리를 들을 수 있었다.

"건강하게 잘 크고 있네요."

"감사합니다."

"엄마가 잘하고 있는 건데 나한테 감사할 건 아니죠."

상냥하게 웃어주는 담당 선생님에게 승해도 해맑게 웃어줬다. 좋은 것만 보고, 좋은 것만 생각하고, 좋은 것만 먹으며 지낸 6개월이었다.

"아빠를 많이 닮았네요."

"네?"

의사의 말에 재희와 승해가 동시에 되물었다. 그러다 곧 그게 무슨 뜻인지 알아채고 두 사람은 서로 다른 표정을 지었다. 승해는 마냥 흥분된 표정이었고 재희는 실망한 듯한 표정이었다.

"아들이란 말씀이시죠?"

재희가 재차 확인했다.

"네, 그런 것 같네요."

"아들은 딸보다 움직임이 더 많겠죠?"

"글쎄요."

"그럼 혹시 산모가 많이 힘들거나 하지는 않을까요?"

오늘도 어김없이 아내바보의 면모를 톡톡히 보여주고 있는 서재희였다.

"이제 6개월 넘어가면 산모는 힘들어요. 앉았다 일어나는 것도 그렇고 소화도 그렇고요."

의사의 대답에도 재희는 뭔가 궁금한 게 더 있는 듯한 표정이었다.

"더 궁금한 거 있으면 물어보세요."

"무리한 운동은 안 되겠죠?"

망설이지 않고 재희가 물었다. 잠시 승해와 의사는 무슨 말인가 싶어 서로를 응시했다. 그러다 의사가 먼저 피식 웃으며 시선을 돌렸다.

"무리만 하지 않는다면 운동은 좋아요."

"그래요?"

"아이도 엄마랑 아빠가 사랑하고 있다는 걸 알면 심리적으로 좋을 거예요."

그제야 승해는 재희가 말한 무리한 운동이 무엇을 의미하는지 깨닫고 얼굴을 붉혔다.

병원을 나서면서 재희는 승해는 온몸으로 부축했다. 마치 다리라도 부러져 걷지 못하는 사람처럼 그는 거의 안고 가는 수준이었다.

"엄청 민망했던 거 알죠?"

"부분데, 뭐."

여전히 퉁명스러운 말투에 승해는 입을 삐죽거리다 참지 못하고 물었다.

"근데 왜 화났어요?"

"화난 건 알아?"

"그렇게 불친절하게 말하는데 그럼 몰라요?"

몸과 얼굴이 따로 노는 남자다, 서재희는.

"내가 혼자 다니지 말라고 했잖아."

정기검진인 걸 알고 회의도 일찍 마치고 집으로 달려갔는데 승해는 이미 집을 나선 후였다. 모임이 있어 잠깐 외출을 하느라 오여사도 승해가 병원에 가는 걸 알지 못했다고 한다. 그 소리를 들으며 공연히 화가 치솟았다. 아무도 승해를 따라 나서지 않았다는 사실에 화가 났고, 자신이 같이 간다고 그렇게 말했는데도 굳이 혼자 집을 나선 승해에게 섭섭했다.

"바쁘잖아요. 아직은 혼자 다닐 수 있어요."

"내 아이야."

"누가 당신 아이 아니래요?"

"내가 일을 하고 돈을 벌고 하는 거 다 너랑 아이 때문이야. 그런데 왜 아빠로서의 할 일을 멋대로 가로채?"

더불어 남편으로서도 해주는 게 없는 것 같아 미안하기만 했다. 승해의 지나친 배려에 재희는 오히려 서운했다.

"미안."

"됐어."

"화 풀어요."

"풀 때 되면 내가 알아서 풀어. 계단이나 조심해."

잡아주는 손길도, 바라보는 눈길도 재희는 변함없이 다정했다. 그래서 가끔 한 번씩 지금처럼 툴툴거리는 재희가 승해는 귀엽기만 했다. 질투가 많아서 회장의 남다른 손자며느리 사랑에 눈을 부라릴 때도 있지만 그것마저도 이제는 행복한 일상이 돼버렸다.

"내일까지 갈 건 아니죠?"

"그거야 모르지."

승해가 걸음을 멈추고 재희를 똑바로 올라다봤다.

"왜?"

"내가 내일까지 안 가게 할게요."

"어떻게?"

"운동으로."

"뭐?"

"무리만 하지 않으면 된다잖아요."

뻔뻔하고 당차게 말하고 싶은데 이미 승해의 얼굴은 붉어지고 있었다. 부부에 아이까지 가졌는데도 재희 앞에서는 여전히 가슴이 뛰었다.

"자신 있어?"

"네!"

빨개진 얼굴로 말하는 승해가 예뻐서 재희는 그대로 입맞춤을 했다.

"사람들 봐요."

"무리하지 않은 운동 1단계야."

"몇 단계까지 있는데요?"

계단을 내려와 주차장으로 걸어가면서 두 사람은 은밀한 대화를 이어나갔다.

"무리하지 말라고 했으니까 5단계 정도?"

"5단계씩이나?"

"한 15단계까지 가고 싶은 거 아이 때문에 참는 거니까 뺄 생각은 하지 마."

재희가 엄포를 놓듯 승해의 허리를 세게 부여잡으며 말했다.

"윤승해 씨는 가만히 있기만 하면 돼."

승해가 눈을 가늘게 뜨며 입술 끝을 올려 웃었다. 차에 타고 재희는 직접 승해의 안전벨트를 채워주고서야 운전석으로 돌아갔다.

"근데 아들이라 서운해요?"

핸들을 잡은 재희에게 승해가 물었다.

"응?"

"왠지 그런 것 같아서요."

"서운하다기보다는 약간 아쉽다고 할까?"

"왜요?"

"남자 녀석이 네 가슴 물고 있으면 기분이 이상할 것 같아서."

"서재희 씨!"

승해가 몸을 뒤로 빼며 얼굴을 구겼다. 재희는 아랑곳하지 않고 차를 출발시켰다.

"진짜 못 말려."

"나는 너한테 죽을 때까지, 아니 죽어서도 남자이고 싶거든. 그것도 유일한 남자."

"아들하고 경쟁하는 아빠는 세상에 서재희 씨 하나밖에 없을 거예요."

"난 특별한 남자니까."

어깨까지 으쓱하며 재희가 잘난 체를 했다.

외식을 하고 싶었지만 6개월이 된 지금까지도 입덧에 시달리는 승해 때문에 재희는 곧장 집으로 돌아왔다. 외출에서 돌아온 오 여사가 미안한 얼굴로 두 사람을 맞았다.

"그래, 진료를 잘 받았고?"

"네."

"혼자 보냈다고 재희가 골 부린 건 아니고?"

"네, 혼자 왔다고 저한테도 골 부렸어요."

승해와 오 여사가 재희를 한심하다는 눈빛으로 쳐다보며 혀를 찼다.

"아무리 그래도 혼자는 안 돼."

"알았어요."

재희가 승해의 손을 잡아 소파에 앉도록 도와줬다. 앞으로 더 힘들 거라는 의사 말을 들은 후로 재희의 유별은 더해진 것 같았다. 이러다 밥까지 떠먹여준다고 하는 건 아닐지 승해는 슬쩍 걱정이 되기도 했다.

"다른 말은 없고?"

"네, 건강하게 잘 크고 있대요."

"다행이구나."

"아빠를 닮아서 잘생겼대요."

"어?"

"아들인 것 같아요."

승해는 아들이라는 말을 들었을 때 제일 먼저 오 여사의 얼굴이 떠올랐다.

"재희 씨는 딸이 아니라서 좀 서운하다고 하는데 저는 좋아요."

"그래, 아들이든 딸이든 건강하게만 낳으면 되지."

말은 그렇게 했지만 오 여사도 어쩔 수 없는 늙은이가 됐는지, 아들이란 소리에 가슴부터 뛰었다.

　"뭐 먹고 싶은 건 없고?"

　"네."

　"피곤할 텐데 얼른 올라가서 쉬어라."

　재희가 일어날 때도 승해의 손을 잡아줬다. 2층 계단으로 올라가는 두 사람을 보며 오 여사는 묵힌 숨을 토해내듯 큰 숨을 내쉬었다. 큰일을 하나 끝낸 것 같은 안도감에 그녀는 눈시울이 붉어졌다.

　새근새근, 승해의 규칙적인 숨소리를 들으며 재희는 새벽까지 잠을 이루지 못하고 있었다. 아이를 가진 임산부인데도 재희 눈에는 승해가 넘치게 섹시했다. 안고 싶었고 입을 맞추고 싶었고 만지고 싶었지만 몇 시간이나 꾹꾹 참아내고 있는 중이었다.

　"인내심 최고다, 서재희."

　이불을 끌어당겨 목 아래까지 덮어주고 재희는 침대에서 일어나 욕실로 들어갔다. 찬물에 세수라도 하지 않으면 꼬박 밤을 새우고 출근을 해야 할 판이었다.

　차가운 물에 몇 번이나 어푸거리며 세수를 하고 재희는 조용히 욕실에서 나왔다. 승해가 깨지 않도록 이불을 걷고 그 옆에 눕는데 다리에 닿는 감촉이 달랐다. 머리를 갸웃거리며 슬그머니 이불을 걷어내자 승해의 새하얀 살이 그의 눈이 들어왔다.

　"1단계는 했으니까 2단계 해야죠."

　자는 줄 알았던 승해가 눈을 뜨고는 야릇하게 말했다.

"깼어?"

"그렇게 뜨거운 눈길로 바라보는데 어떻게 안 깨요?"

승해가 팔을 들어 재희의 목에 둘렀다.

"진짜 인내심 엄청 늘었다."

"어, 누구 때문에."

"사랑해요."

승해가 먼저 재희의 입술에 살포시 제 입술을 포갰다. 재희는 머뭇거리다 이내 사납게 승해의 입술을 삼켰다. 목마름이 컸던 탓에 찬물에 세수를 했던데도 금방 본능이 꿈틀거리며 되살아났다.

한번 시작된 키스를 멈출 수가 없었다. 승해의 머리를 단단히 부여잡고 재희는 더 깊이 들어가려 애를 썼다. 하지만 키스만으로는 성에 차지 않았다. 그의 손은 승해의 가슴을 찾아 움직였고 그의 발은 승해의 다리를 더듬었다. 그러나 애무만 할 뿐 그 이상은 하지 못하는 재희였다.

"하아."

숨을 몰아쉬며 승해가 한껏 고개를 뒤로 젖혔다. 재희는 혀끝으로 승해의 매끈한 목덜미를 끈적이게 맛봤다. 가슴을 움켜쥔 손이 애타게 다른 것을 찾았다. 점점 둘의 몸이 엉켜들고 어느새 승해는 재희의 아래서 벅찬 숨을 몰아쉬었다. 재희는 한 손으로 침대를 지탱한 채로 승해와의 사랑을 즐겼다.

"그냥 안아도 돼요."

침대를 지탱하고 있는 재희의 손을 승해가 잡았다.

"안 돼, 힘들어."

"괜찮아요."

"그러다 다치면 어떡해."

임신 초기엔 승해가 다칠 수도 있다는 생각을 하지 못해 임신 전과 똑같이 사랑을 나눴었다. 그러다 승해가 하혈을 했고 그건 재희에게 큰 충격이었다. 아는 사람에게 묻기도 하고, 책을 찾아보고 인터넷을 뒤져서 어떤 걸 조심해야 하는지 전부 머릿속에 넣었다. 그래서 참았고 조심했었다.

"안 다쳐요."

재희가 얼마나 참고 조심하는지 승해는 다 알고 있었다. 그게 고맙고 또 안쓰럽기도 했다. 그래서 가능하면 재희 앞에서는 덜 힘든 척했다.

"안 되겠다."

재희가 몸을 일으켰다.

"왜요?"

"너 다치는 것보다는 내가 혀를 깨물며 참는 게 낫겠어."

"내가 괜찮다는데 뭘 혀까지 깨물면서 참아요."

이불자락을 끌어당겨 가슴을 가리며 승해는 배시시 웃었다.

"아니야. 한번 참아보지, 뭐."

재희는 제 머리를 벅벅 긁더니 침대에서 내려갔다.

"뭐 갖다 줄까?"

"아이스크림."

자다 깼는데도 너무나 환하게 웃어주는 승해였다.

차가운 얼음을 몇 개를 씹어 먹고 재희는 아이스크림을 들고 다시 2층으로 올라왔다. 잠이 들었는지 승해는 침대에 반듯하게 누워 눈을 감고 있었다.

"나 안 자요."

돌아서려는데 승해가 나직이 말했다.

"자는 거 같아서 다시 갖다 놓으려고 했지."

재희가 승해 옆에 올라와 앉았다. 숟가락으로 아이스크림을 떠 승해의 입에 넣어줬다. 승해는 아이스크림을 입에 넣고 몸을 일으켜 재희에게 기대앉았다.

"맛있다."

"아이스크림을 이렇게 많이 먹는데도 살 안 찌는 거 보면 신기하다니까."

진짜 배만 볼록 나왔을 뿐 승해는 임신 전과 똑같았다.

"나도 그게 신기하긴 해요."

"대체 뭘 먹어야 살이 찔까?"

"난 지금이 좋은데?"

대화를 하면서 재희는 연신 아이스크림을 떠 승해에게 먹여줬다.

"너무 말랐어. 더 쪄도 돼."

"아이 낳으면 힘들어서 살이 더 쭉쭉 빠질 텐데?"

"할머니에 도우미 아주머니에 돌보미까지 둘 건데 네가 왜 힘들어?"

"그래도 내 아인데 내가 키워야죠."

엄마가 그랬던 것처럼 아이에게 그렇게 해주고 싶었다. 먹는 건 물론 싸는 것부터, 입고 자는 것까지 전부를 챙겨줄 생각이었다.

"안 돼, 힘들어."

"힘들면 도와달라고 할게요."

"또 그놈의 고집."

"그래도 사랑스럽죠?"

승해가 고개를 들고는 재희를 보며 눈을 깜박였다.

"하지 마."

"왜요?"

"안고 싶어지니까 하지 말라고."

픕, 승해가 웃음을 터트렸다.

"그러니까 참지 말라니까."

"너 다치는 일은 죽어도 안 해."

"멋있다, 내 남자."

재희가 아이스크림을 크게 떠 승해의 입에 넣어줬다. 입가에 묻은 아이스크림을 재희가 혀끝으로 닦아냈다.

"사랑해."

새벽의 뜬금없는 고백에 승해는 눈물이 나게 행복했다. 이런 소소한 일상을 살아가고 있는 요즘이 너무 좋았다. 특별한 내일보다 오늘과 다름없는 평범한 내일을 바라며 승해는 재희의 어깨에 머리를 기댔다.

"나도 사랑해요."

재희의 입술이 승해의 정수리에 내려앉았다.

-마침-

작가 후기

　봄, 이름만으로도 마냥 설레게 하는 매력 있는 계절. 처음 『봄, 설렘』을 쓰기 시작했을 때 저는 분명 많이 설레었답니다. 그저 쓰고 싶다는 열망 하나로 시작했고, 물론 그 전에 출간을 해보기는 했지만, 겁 없이 글을 써내려 갔습니다. 하지만 이내 글을 쓴다는 게 얼마나 어려운 일인가를 깨달았죠. 그래도 어떻게든 끝을 내야 했기에 하루에도 몇 번이나 자판 위에 손가락을 올려놓고 상상에 빠지곤 했습니다. 그렇게 2013년 봄에 시작했던 글이 2014년 봄에 마침표를 찍게 됐네요. 가벼웠던 마음에 잔잔한 파문을 일으키며 책임감과 자괴감, 그러다 또 무모함을 느끼게 해줬던 『봄, 설렘』이랍니다. 많이 아쉬울 것 같고 많이 부끄러울 것 같지만 그럼에도 저는 『봄, 설렘』 속 승해와 재희가 봄이 되면 생각날 것 같습니다. 누군가에게 때가 되고 어느 순간이 되면 떠오르는 작은 기억으로 남는 그런 글을 쓰고 싶습니다. 그래서 저는 계속 글을 쓰게 될 것 같네요.

응원이 필요하고 격려가 필요하고, 인내가 필요한 초보 글쟁이지만 무던히 노력하다 보면 작가라는 호칭에 삐죽 고개를 들 수 있게 되지 않을까 합니다. 좀 더 깊이 있고, 좀 더 유쾌하고, 좀 더 책임감 있는 글쟁이로 돌아오겠습니다.

마침표를 찍으며 마음이 더 무거워지긴 했지만 잠깐 하늘을 보며 웃을 수는 있을 것 같습니다. 감사합니다.

-2014년 어느 봄, 한새희 드림.